有一种力量，叫文学；
有一种美好，叫回忆；
有一种感动，叫青春；
有一种生命，在鲁院！

鲁迅文学院「百草园」书系

再见，时光

水墨清荷 ◎ 著

过了四十岁以后，
才发觉自己是一个心存留念的人，
才开始安静下来慢慢回望来路。

ZAIJIAN SHIGUANG

江西高校出版社
JIANGXI UNIVERSITIES AND COLLEGES PRESS

图书在版编目（CIP）数据

再见，时光 / 水墨清荷著. —南昌：江西高校出
版社，2017.6（2020.7 重印）
（鲁迅文学院"百草园"书系）
ISBN 978-7-5493-5678-2

Ⅰ.①再… Ⅱ.①水… Ⅲ.①散文集－中国－当代
Ⅳ.①I267

中国版本图书馆CIP数据核字(2017)第158250号

出 版 发 行	江西高校出版社
社　　　址	江西省南昌市洪都北大道 96 号
总编室电话	（0791）88504319
销 售 电 话	（0791）88595089
网　　　址	www.juacp.com
印　　　刷	北京一鑫印务有限责任公司
经　　　销	全国新华书店
开　　　本	700mm×1000mm　1/16
印　　　张	15.25
字　　　数	189 千字
版　　　次	2017 年 6 月第 1 版 2020 年 7 月第 2 次印刷
书　　　号	ISBN 978-7-5493-5678-2
定　　　价	42.00元

赣版权登字-07-2017-769

C目录
Contents

岁月沉淀出的文化芬芳 …………………………… 1

第一辑　醉在美的光阴里

沉香醉 ………………………………………… 6

今夜有茶入境来 ……………………………… 9

赴一场荷的盛节 ……………………………… 14

我被艺术撞了一下腰 ………………………… 17

一段午后时光 ………………………………… 20

静到极处便是雅 ……………………………… 23

一朵妖娆而幽秘的花 ………………………… 25

暗香涌动的梅 ………………………………… 28

映日荷花别样红 ……………………………… 31

张思，以及一些情怀 ………………………… 34

微幸福 ………………………………………… 37

第二辑　旧时光，小片段

再见，时光 …………………………………… 42

村　庙 ………………………………………… 62

西　窗 ………………………………………… 69

自画像 ………………………………………… 73

人文讲座的一些所得 ………………………… 76

渡上桃花寂寞开 ……………………… 79

隔世碎语 ……………………… 82

为爱生活为爱累 ……………………… 85

橘情难再 ……………………… 88

春里一片黄，迎风漫漫开 ……………… 90

释 然 ……………………… 93

第三辑 生活中，抹不去的尘埃

守 望 ……………………… 98

少年不识愁滋味 ……………………… 102

与一棵树的纠缠 ……………………… 105

路上的风景 ……………………… 109

砚台洗心呈心象 ……………………… 112

一锅醇香四溢的家教鸡汤 …………… 116

读 书 ……………………… 119

养 鱼 ……………………… 123

翻晒日子 ……………………… 126

兔的命运 ……………………… 128

生命，是一场缘 ……………………… 130

舌尖上的美味 ……………………… 132

在体验中超越 ……………………… 138

爱，与灾难同在 ……………………… 141

第四辑 屐痕，深浅处

遇 见 ……………………… 144

莲花佛国——九华山 ………………… 150

徽州印象——西递 …………………… 153

到天涯海角去看海 …………………… 156

忘情塞罕坝 ……………………… 159

走后岸 ……………………… 162

还原一座岛的本真……………………… 165

走过梨花处，静听年华声……………… 168

湖边别墅………………………………… 171

一枝园印象……………………………… 174

赶　海…………………………………… 177

第五辑　草堂纪事

重返乡村………………………………… 180

一场风花雪月的事……………………… 184

秋　美…………………………………… 187

山　间…………………………………… 189

烟火会…………………………………… 192

草堂花会………………………………… 195

草堂春夜………………………………… 198

冬夜听雨………………………………… 201

银杏叶黄时……………………………… 205

申时茶会………………………………… 207

做一个最美的绣娘……………………… 211

花和画的相会…………………………… 216

学会用诗意的眼睛看世界……………… 220

阳光地带………………………………… 227

后记：回向……………………………… 231

岁月沉淀出的文化芬芳

怀 悟

一天，我极为敬重的著名画家沈三草先生给我打电话说：能不能给他爱人水墨清荷的散文集《再见，时光》写篇序。我虽在文化圈里浪迹多年，和语言文字方面也有些交割，迄今为止名不见经传。现在要让我为一位文学上收获颇丰的散文作家写序，当时我就想沈先生这么做是不是有点迂腐。因为找名人写序，提显作品价值，应该是出书者常情之需。但是转而又想沈先生和夫人之所以逆潮流而动，也许是那种"不为浮云遮望眼"的高远脱俗追求吧。沈先生说到爱人，情深之切，溢于言表。我理解的爱人，顾名思义，就是每个人心中深爱的人。沈先生赋予自己"爱人"水墨清荷特殊感情的话语，让我感动。那我就倾尽自己微薄之识，微《序》一下。谈不上见解，只是抛砖引玉，以飨读者《再见，时光》的阅读。

览阅水墨清荷的散文集《再见，时光》，扑面而来的是浓郁的精神文化气息，我也是一个自称有文化品味的人，但是在水墨清荷的散文集里，我才感到自己在文化见识上的浅薄和囊中羞涩。水墨清荷的散文集里，有岁月沉淀出的文化芬芳，我认为不管你是一个何等宽泛的知性者，你总会在《再见，时光》里读到能触碰你心灵震颤的文字。而让我心灵震颤的是书中的文化力量。《一千零一夜》说过"书和夜"是人生最好的老师。读了水墨清荷的散文集《再见，时光》，让我真实感受到时间和书籍打磨出的女人，是文化酿造出的人间极品尤物。《再见，时光》就是极品尤物女人在生活中用语言艺术唱出的一曲精神文化恋歌。

先说开篇《沉香醉》，在这篇散文中我们就能感触到水墨清荷不仅是一位深情其怀的歌者，而且还是一位有兴趣、懂文化的广涉者。文章娓娓道来，先抑后扬，好像是在介绍沉香之木的知识或是有关这方面的见闻，作者却不着痕迹地在文脉转换中，出现了"佛光照耀"的神秘意境，在充满爱念的香意里，那空宇"般若的深邃和涅槃的宁静"，作者心涌圣洁之爱，"涕泪交加"虔诚跪拜，"似乎……冥冥中的牵扯，……脱离俗世的凡尘"，文体腾挪节奏，在"经受了巨大的痛苦和轮回后"，张弛有度地深陷在"迷香"的氛围中，峰回路转，舒缓有序的文笔流韵，在文的尾部画龙点睛般地让我们真正感受到文中喻体的沉香之木，就是作者心中永不褪色的爱情"梵音"所散发出的恒久芳香。散文经络气贯神通，物象意象浑然同成，好像是不经意的真切叙述，成就的却是一种自然唯美的爱情深韵。

作者是一位诗意生活着的人，她能从生活细碎的点滴，发现生活的趣意，她把生活中的小感受，准确地凝聚成文字的《微幸福》，并把发现生活的这种细碎点滴转化为美好的文字。比如作者说起自己先生角角落落的收藏，使"家里泛着的这股墨香和雅致。"她心中的欢喜，文字情感的温度，让人如沐家庭温暖和煦的春风。又如"儿子买给我的生日礼物……一只漂亮的发卡"母意感动的笔文，这些都可以称得上是妙笔生花和情感灵动的小舞蹈，枝叶曼舞，轻婉歌音，摇曳有情。而透过这些琐碎细小的《微幸福》，萌动的却是人间真爱与家庭和谐的真智慧，

构筑在中国泥土上的古老文化，在《老宅》《村庙》《西窗》等篇章中，这些烙下老祖宗文化印记的东西，读后让我突然有一种文化苏醒的痛楚。这些将要消失，或者将要远去的记忆，在水墨清荷的散文里复苏了。复苏的是那样的生动鲜活，在《老宅》一文里，作者动情的优美叙述："从木窗望出去，成片的青瓦之上，雕着飞禽的白色屋脊，造型各异，有着腾飞的威武。连绵起伏的青瓦缝隙，瓦松和

仙人掌蓬勃生长。"就是这鲜活的记忆击伤了其家园消失后的隐痛，让作者"成了一个迷路的孩子，站在宽阔的市府大道，只想放声大哭。"透过家族《老宅》沧桑的历史变迁，我们不难看出，不是作者"只想"放声大哭，而是面对朗朗苍天，欲哭无泪的不哭之哭。但是，我看了这段文字的记述，我真的要面对世界失声痛哭。这么有穿透力的叙事语言，谁看到之后，何能不哭！

在水墨清荷《再见，时光》的集子里，不乏形象生动和妙趣横生的语言，比如：

"树皮覆盖下的生命信息，原来正在酝酿一场轰轰烈烈的生命艳景。"小景意，大气度。

"似乎只是一条贴着泥土蠕动的小虫"新鲜、活脱、贴切的比喻。

"一个鲜花还充满野性的地方"和"窗棂写满了岁月的风情"，诗意和灵性闪烁其间。

在这部散文集里，也不乏富有哲理性很强的句子，如：

"生命也是有段落的。有些属于柴米油盐，有些属于风花雪月……"

"一个走了将近一个世纪的老人，拥抱着她一生的故事，与这条街融为一体，成为这个世纪投给千万生命中一个苍凉的影"，

"一意孤行才能走得更远"。

从水墨清荷这些富有深意的语言里，我们体悟到了文字的温度和力量！这些美妙的深刻意韵洋溢着灿烂魅力，在水墨清荷的散文集《再见，时光》里，不胜枚举，随处可见。

水墨清荷对我说：这部散文集里的文章有些也不够好，让我指正。我事务缠身，对读散文本来是没有太多耐心的。但是，我读了水墨清荷的这部《再见，时光》集子，不仅读了进去，还让我饶有兴趣的通读一遍，有些篇章甚至读了多遍。读完之后，确实如水墨清荷所说还有些小不足。但是南宋著名诗人戴复古有话：黄金无足色，白璧有微瑕。这句话大概意思说：黄金都没有足够的成色，是人怎么会没有瑕疵。何况水墨清荷又不是大家。即便如此，我个人认为水墨清

荷也有着大家风韵中少有的迥异旷悠。在这部集子里，她的文章大多灵光灿然、满腔深情。这源于水墨清荷的真性情，因为活得真实写得深情，即使有纯朴异样的文章体例，也是有态有范，素然之美，跃然纸上。世间最无价的是真诚，作者每篇都是真情实感，知性阅历情理韵化都贴近生命，而且是丰盈灵就的所感所见所闻。而舒婉美艳的抒情动机，如艺术天籁，是生活需要。这样一想，我就觉得这部集子也没有什么不妥的了。反而我们会从《再见，时光》的散文集里，看到、感受到一个有知识才情、有文化底蕴、有生活情趣的原生态作者。总体来讲水墨清荷散文集《再见，时光》的神情气象，如行云流水般自然和畅，是形散意不散的真散文。

最终作品还是要让真正的读者说话，细心的读者会发现微《序》不才，有蓬举不周，难概其全的愚钝。但是，我却相信凡有兴趣的读者，只要读了这部集子，一定会有比我更为真知洞怀的艺术灼见，我还相信一个热爱生活，热爱生命的人，读了水墨清荷的文章，一定会收获一些难能可贵而又不同凡响的人生体悟。

2017 年春月

第一辑
醉在美的光阴里

沉香醉

今夜有茶人境来

赴一场荷的盛节

我被艺术撞了一下腰

……

沉香醉

初识沉香，缘于宁波广德寺的一次沉香展。

那年五月，我在寺里文化苑的一楼大厅里，见着了大大小小的沉香木段和沉香木块。木段是做了造型单摆的，木块雕刻造型各异，大多摆在壁柜里。

那时，还不懂沉香的美和沉香的珍贵，只是沿着壁柜傻傻地看雕成菩萨的沉香姿态。而那些装在玻璃瓶里的沉香木片和小块奇楠，因为隔着玻璃，既闻不到它所谓的香，也感受不到它的美。只是记住了一些它们的名字，比如加里曼丹，高棉菩萨，越南牙庄，海南沉香……还知道了沉香中的极品被称为棋楠，以香气和外表分为白棋、绿棋、紫棋、黄棋、黑棋。浏览完一圈，我站在大厅的入口，向这些珍贵的木头挥了挥衣袖，没带走一片木材。心想，这神物离我的生活是那么遥远。

前年8月，雪域康区宁玛巴殊胜修持圣地，阿日扎普康寺。那个傍晚，金刚上师郑重地交给我一串沉香念珠。接过沉香那一刻，我涕泪交加，跪在了上师面前。

那一晚，我虔诚地拽着这串沉香念珠，看着佛光照耀下的降魔菩提塔，体会着般若的深邃和涅槃的宁静，心灵中的许多污浊渐渐散去……寂寂灭灭中，我终于闻到了沉香念珠上若有若无的香。

4300米的高度，七天。茹素、静心、绕塔、朝拜，宁静的大地，萦绕的梵音，冉冉升起的降魔菩提塔，让我看到了信仰的力量和高度。上师的沉香念珠，将带着佛教的清静和般若，引领着我穿越云彩，成为天，成就三摩地。

每天清晨，当我手捏沉香手串，就会回到那片净地，见到彩色的经幡高高飘扬在湛蓝的天空，见到降魔菩提塔工地上上师忙碌的身影。

上师，沉香，佛教。生命中能遇上谁，能拥有什么也许都是已注定的吧。

都说沉香是有灵性的木头，具有佛性和药性，要是能拥有，就是前世今生修来的福。在古代，它只被佛家和皇家贵族所拥有。佛家僧侣静心修禅，他们要的是定慧。静能生定，沉香的通气安神能帮助他们达到一种醉美的境界。皇家贵族则视沉香为圣物，祭天，礼佛才会作供。

而沉香与我，似乎只是冥冥中的牵扯，它带我脱离俗世的凡尘，拉着我的灵魂飞翔，让我的心变得寂寞安宁。

渐渐地，学会了与一块块叫作沉香的木头相守，并学会了与一块块叫作沉香的木头对话。夜深人静，当我轻轻地抚摸它，就能感觉到它无尽的能量。

许多时候，我觉得它不仅仅是一块木头，而是一个故事，一个传说。

很久很久以前，木曾是天庭里的一棵快乐树，而菌是长在树下的一株忘忧草。木用叶为菌遮风挡雨，菌每天仰望着木。终于，他们相爱了。

佛说，既然你们相爱，就去凡尘接受考验吧。

于是，佛一挥手，让木落在了一片森林里。又一弹指，把菌送到更远的山岗。

从落地的那一刻起，木就使劲地长，它不断的呼喊，菌呀菌，我已长高，你看得见我吗？菌呀菌，我已为你生香，你循着这香来找我呀！

蚂蚁闻到木的香，说，木，我们亲亲吧。木不屑地摇摇头。蚂蚁在木身上咬了几口，愤愤地走了；天牛听到木的叫唤，说，木，我们相爱吧。木厌恶地摇摇头。天牛生气地在木身上一阵乱啃，灰溜溜地爬走了；蛇经过这里，看到了伤心的木。说，木，我来抱抱你，我们在一起吧。

木挣扎着坚决地摇摇头。蛇又恼又气，尾巴在木身上重重地甩。

许多年过去了，木依然在森林里日复一日地呼喊。一个风雨交加的晚上，云带着雷经过这片森林，听到了木的喊声。一道闪电划过，雷狠狠地扑下来。木受伤了。木被雷击断枝臂，露出了白色的创口。忍着剧痛，木依然呻吟着轻唤，菌，来吧，快来吧。

又一场大雨过后，菌跋山涉水，终于在不远的森林里听到了木的呼唤。她率领着她的菌姐妹疯狂地在森林里寻找。钻过一个个草丛，跨过一片片落叶，菌终于找到了她日夜思念的木。菌急急地爬上受伤的木，轻轻地吻着它的伤口，千言万语化作丝丝的柔，为木包裹着裸露的伤口。木紧紧地抱着心爱的菌，恨不得顷刻间血肉相融。风吹雨打，烈日暴晒，似乎什么也分不开它们了。日移星换，沧海桑田，在漫漫的岁月中，木和菌就这样完成了生命的美丽终结。

佛说，我们的肉体在经受了巨大的痛苦和轮回后，才能得以更美好的躯体获得重生。沉香，就是木和菌的涅槃。

自然界中，一瞬相遇，千年相守的传奇故事屡屡发生。比如沉香、蜜蜡、琥珀等等，他们只是自然界中的一石，一木，一树，一叶，一花。茫茫天宇，广袤大地，能在那么美丽的一瞬间相遇，并以血肉之躯相吸相融，生生息息。这种灵魂和灵魂的相依，情感和情感的交融，尽管穿越时空仍显得历久弥新。又因为带着香消玉殒的义无反顾，所以显得弥足珍贵。

我想，除了宿世的情缘之牵，还有什么能让我们相信呢？

那一夜，在春泥香居。幽暗的灯光下，我合掌一次次地恭请，一次次地呼吸。手捧香炉，我沉浸在沉香温暖游离的旷世气息里。

于千千万万人中遇见你，与千千万万物中拥有你，也不知是我们哪世种下的一个因。

遇上了，就爱你，就愿意与你这样守着，用我的汗水和气息养你宠你。一起打磨时光的包浆，一起守护千年的留香。

红尘中有我，而我宁愿醉在那一夜菩萨奇楠的迷香里。

一袅炊烟，若即若离；一抹香气，似有似无；一段梵音，忽远忽近。

今夜有茶入境来

在茶楼的大厅，一张明式的老木桌边，那晚，星星和我因为茶坐在了一起。

厅内的灯光有些暗，只是在陈列砂壶、瓷杯的橱架上投下一圈圈光亮。店里的主管正忙着用一个石碗烤茶，空气中弥漫着淡淡的烤茶味。这时，红泥茶壶、玻璃茶盏、勺形茶漏等茶什早已摆上了翅木茶海，只是等着喝茶的兴趣慢慢浓起来。我不懂茶事，但这样一种带着茶香的邀约让我对茶突然生出许多欢喜的情绪来。

星星是这家茶楼的主人，更是一个地道的高级茶师。她深通茶道，对茶什的要求甚是讲究。此刻，她要了一碟宫廷普洱、一壶白水，又开始在橱架上为我挑一只喝茶的杯。身穿黑色大衣的她不停地在大厅走动，轻轻柔柔地张罗着这一切，内敛沉静，恰如这家面临繁华街头，门口却藏在一条浅巷处的茶楼，显得不事张扬。

其实，这是一家我经常走动的茶楼。这不仅是因为星星、更是因为这里的安静和古朴。生活中有许多结，需要我们一个一个去解。这时，幽静古朴的茶楼往往就成了我们安放心灵的去处。一个人坐在茶楼，看那些停留在旧木板、老花窗、木饰雕刻等老物件上的落尘，以及隐藏在木窗格、灰石雕皱褶里时光的痕，仿佛就读到了岁月寂寂的伤。这种穿越时光的感觉，淡淡地袭来，可以让心慢慢地静下来，静下来，沉到一段很远很远的旧时光里，沉到一个很老很老的故事里去。当心的憩息陷入一种苍凉的况味，那么怀旧就成了一种习惯，逃离就成了一种必然。茫茫人海中，这茶楼就是一艘承载记忆的舟，它静静地停泊在城市的某个角落，让人情不自禁地走进它。

星星说，你来泡茶吧。我应了她，坐上那把高高的官帽椅。

我是一个茶外客，对茶总是心不在焉。我知道星星让我泡茶，只是在培养我的茶性。

有很多次了，星星说，过来喝茶吧。于是就去了。去了，却仍是喝些烫白开，或荞麦茶。人多时，偶尔，星星也会给我找个杯倒上茶，说，尝尝吧，是好茶。喝了，依然觉得那只是一口黄水，温润中带点醇厚，没有什么了不得的感觉。这种对固有情节的坚守，也许是执着和顶真的性格使然。有时想想，对某桩事、某件物、某个人我何尝不是这样，不喜欢、生不起爱，索性连个理由也懒得去找。

静静的夜里，星星在说着红茶、绿茶、黑茶的种种好，大抵是可健身、可美容、可联谊，可怡情、可养心，我知道在喝茶人看来，这些好都是不容置疑的。所以，小小的一口黄水，他们才会把它喝成茅台那样珍贵。大多时候，水于我只是一些原始的需求，渴了，冷了，要么就无所事事了。能主动在水里放茶叶，那肯定是什么打动了我，一段文字、某个情节，或者是一种心情。说是喝茶，更多时候是为了应情应景，给自己找一种春风化雨的感觉罢了。

而那晚，只是我和星星两个人的茶会，虽然有些冷清，却多了一份贴心和平静。

星星是那晚的主角，在弥漫着沉香、茶香、幽香的空旷大厅中，她一直在娓娓叙述。事业、梦想、感情，这些关于生活的话题，让午夜的气氛变得沉重和压抑。一个女人的幸福和成功，除了际遇，更重要的是隐忍和智慧。人的一生很漫长，总会遇到一些波折和不愉快。生活，本就是一个不断折腾的过程，就像我拿着红泥砂壶，把茶水一次一次地注入茶漏，到达透明的玻璃杯，再到达我面前一只直筒的紫砂口杯。学语、就学、结婚、抚育、安享，我们人生的每个步骤每个驿站，似乎只为走过而成为一杯纯粹独味的水，到头来只由自个儿慢慢地品。所以，也有人说品茶，就是品人生。

星星说中国茶道讲究茶叶、茶水、火候、茶具、环境五境之美。我知道古人品茗也好个风花雪月，喝茶尤其注重新茶、甘泉、洁器、气氛，知己。星星是茶道高手，对茶、水、器的要求自然苛刻。而一场茶会，如果没有一个合适的心境，最好的茶、水、器都是枉然。都说喝茶能清心寡欲、养气怡神，故有"茶中带禅、茶禅一味"之说。茶是润身之物，养生用具，自然平常。禅作为悟道成佛之径，人人可涉，注重的是在极为平常的生活中自然见道。境由心造，"茶禅一味"糅合了养生、得悟、体道这三重境界，这样就能使我们的内心在茶水的滋润中渐渐安静下来。安静了，才会听到内心的声音，才会去思考我们要行走的方向。

我家先生描画的这样一幅画面。一个有月的傍晚，村中老柳边，几个身穿灰扑扑长衫的老头在茅棚下举杯畅饮，而书童在一边用柴火烧一壶清水，诗的韵律和着远山的影子在风的吹动下一点一点地渐渐浓烈。他描画的这种闲情和雅兴贯穿着生活的艺术味道，给茶营造了一种精神依恋、给生活指引了一种牧歌式的体验。

喧嚣纷繁的现代社会，我们常常会迷失自己。忙忙碌碌中我们得到什么又失去什么呢？金钱、权贵、感情，当我们的心背负上这些，就会变得负重难行。

又是一晚，也是在这茶楼，星星、梅和我一起喝茶。梅突然盯着我手中的这把红泥砂壶，打趣说："星星，你偏心，我学茶初夜用的是一把粗壶，而同是第一次给她用的却是6000元的名壶，这不公平。"梅是一个爽朗、快乐的人，一向快言快语。至今，已有两年茶龄的她，对茶与壶的热衷正处在高温阶段，所以就能一眼认出了是把名壶。我看星星，她只是抿嘴静静地笑。我一脸无辜，我可从没想过这砂壶的价格，只是喜欢它造型的别致和简洁罢了。星星说，这壶光洁度好，出水好，是一把难得的好壶。同一把砂壶，梅关注的是价值名誉，星星讲究的是实用功能，而我在乎的是艺术造型，三个女人共读一把壶，却各有自己的喜好和审美尺度。读壶犹如读人，由此也足可见出各自的秉性来。尔后，我继续泡茶，按住壶盖的食指就有些发抖，我知道这不是因为茶水的烫，而是因为这壶的贵重。梅的一句 6000 元，竟使这只小壶重如千钧，这是我不曾想到的。不仅是一只价格不菲的壶，在生活中，权贵和感情一旦与某件东西搭上钩，同样会拖累我们的灵魂，左右我们的行为，成为不能承受之重。

于是，我想，还是用一把平常的砂质茶壶煮茶吧，拿起、放下，哪怕摔破，无关痛痒，何等自在。

星星说，水为茶之母，器为茶之父，好壶才能泡好茶，作为茶人，一把好壶是必须要拥有的。这种论调在她说来是那么灼灼可信，那么看来我还是未识茶滋味。我拿起桌上的褐色口杯，细细地品了一口茶。有点凉、有点醇、有点香。

看着桌上的红泥砂壶、星星的青花口杯和我的筒形砂杯，突然觉得男人是壶，女人是杯。

我知道，在文人墨客中，茶壶和茶杯往往又用来比喻男人和女人的情事。文人胡适就以一把茶壶和一口茶杯的画作，给诗人徐志摩和陆小曼作婚庆贺礼，愿他们一把茶壶配一只杯，白头偕老。其实，这仅仅是女人的一种愿望，哪个男人都巴不得自己这把茶壶能多配几只玲珑的小茶杯。当然，最好还是温润可人，风情无限的那种。张爱玲也可谓是一只弥漫风情的茶杯了，到头来还不是被胡兰成这把烂壶抛弃了。胡适也不例外，除了原配，有丰满标志的外国女人、女同学、杭州的小表妹，也是一把老壶配了几只精美的茶杯。

夜已深，烤茶的主管不知何时已撤退，空气中的寒意也似乎渐渐深浓起来。夜的灯光下，唯有阿炳的乐曲《二泉映月》从角落的音箱里流出来，时起时伏，流过卡座的绛红纱幔、流过悄立墙角的老门扇、老花隔，流过厅中的瓶花、一角的老水井和水井上的鸟笼，在默默地倾诉着，倾诉着，倾诉着……

静静的时光中，星星和我落寞地坐着。此刻，在这只黧黑的泛着水润光泽的口杯里，我终于看清了这杯清澈褐黄的水。此刻，水面上正萦绕着一圈水雾，犹如早春的池塘，散发着清新的诱惑。就这样，这个名叫宫廷普洱的琥珀之水以一种静水流深的姿态湮没我，让我深陷其中而不能自拔。

　　有时想想，人真是奇怪，会因为一句话、某种环境、或者是某样东西，会对某件长期以来拒绝的事突然萌生莫名的爱。爱就爱了，竟然什么理由也没有，只是因为喜欢。这真有点像人生中许多不期而遇的某段情、某段爱，随缘来，缘尽去。

赴一场荷的盛节

薄阳晓风，细雨微凉，刚刚入夏的北京，有着南方秋里最舒爽的感觉。

在北海公园，五龙亭边，阐福寺内，有一场关于荷的盛节。一地的红毯渲染着北海"荷花节"的喜庆，50多种珍稀莲荷与沈三草荷主题水墨作品在这里联袂展出。

红木凳上，清花缸里，一排排一缸缸的绿叶粉荷争奇斗妍。阳光下，红的，粉的，白的，大的，小的莲荷在绿叶间静静绽放，让这个早已寂寥的皇家御院也显得诗意盎然。院子里，赏荷观画的游人鱼贯而入，不一会又三五成群地结伴而去。

两边的展厅里，挂满了三草老师的荷作品，点点线线，团团墨韵中，尽显空灵雅逸。这是阐福寺修缮后举办的首场画展。因着北海荷花与皇家的不解之缘，才有了这次皇家历史与书画文化的交错绵延，才有了三草先生荷花主题展在此驻留的短短几天。

站在展厅里，静心欣赏每一幅形态各异的荷，或水墨淋漓，或高古雅逸，或生动活泼，或空灵宁静。出尘不染，清雅脱俗的禅意莲佛作品，瞬间能让我们抵达心灵的净地。诗情画意，清雅宁静的新文人画作品，能让人突然生起对回归田园，悠然见南山生活的向往。

白纸之上，浓墨之下，一朵朵无水之荷，气势轩昂，观赏的同时，心在即刻中似乎已安定下来。残荷不残，枯荷不枯，从画中观心，有诗影、有禅境，不禁就有了一种"妙悟自然"，"神悟人生"

的美好境界。

　　静静品读的时光里，我仿佛看到画家寂寂柔软的心，泛着慈悲的智慧之光引领着我渐渐找回清明的本性。虽然柔软感性是每个人与生俱来的天性，但在卑微凌乱的人间，绘画空灵清净的纯净之莲，必须要让画家自己的心平静如无波之湖，然后才能以明朗清澈的心情来描绘心中的净荷。

　　在这个无边复杂的世界，能安下心在一个小小的空间，静静地欣赏，并沉浸在笔墨韵染的荷韵里，能会意画面中的意境之美，这是多么美好的事。最重要的是，这种自然而然的动容，让我们自己的心也会渐渐愉悦起来。因此，我们眼睛所看到的每一朵花，每一片叶，每一个画面里都有了新的生命意义。

　　逗留在阐福寺，我在布满荷作品的东西展厅以及排满荷缸的院子之间往返穿行，乐此不疲地看厅内的墨荷作品与现实版的夏荷相映成欢。画里画外，千姿百态的墨荷作品与阳光下怒放的粉莲相谐成趣，这种的虚实交错的美丽场景让我有了如坠幻境的感觉。

　　有时，真想长成阐福寺内的一朵莲，开在安静无忧的时光里，千万次被人赞美，千万次被人描画，从抽芽，长叶，花开，落瓣，结蒂，长盘，籽实，枯干，哪怕生命在短短的一年里做一次永久的轮回，也甘愿成为画家笔下的荷，留给世间千姿百态的美。

　　寺内，有一只肥硕而文雅的猫，常跟随着赏画观荷的人群从东厅到西厅。不知是痴迷画中莲藕上栩栩如生的草虫，还是喜欢画面中营造的美好意境，它面对一幅幅立轴抬头赏画的认真模样，让过往的游客也有点望尘莫及。有时，它又爬到展柜的玻璃上俯视细读，像是一位资深的鉴赏家。我想，此猫如此钟爱书画，或许前生就是一位文人雅士吧。

　　黄昏已近，西斜的阳光透过木窗的花格潜入室内，圈圈相扣的光影掠过"和合二仙图"，打在亚麻的墙布上显得温暖，喜庆，祥和。画面上的寒山持荷，拾得捧盒，荷与和，合与盒互为谐音，故被称为"和合二仙"。两位高僧是佛教史上著名的诗僧，唐代时曾在天台山国清寺一带隐居，行迹怪诞，言语非常，智慧豁达，被谓为文殊菩萨与普贤菩萨的化身。三草用写意奔放的笔调画寒山，拾得，一头乱发，一脸嬉笑，一派随性，这种了然于尘世之上的洒脱之气，不禁让我想起了其流传甚广的一段偈语。

寒山问拾得曰：世间谤我、欺我、辱我、笑我、轻我、贱我、恶我、骗我、如何处治乎？

拾得云：只是忍他、让他、由他、避他、耐他、敬他、不要理他、再待几年你且看他。

宽容，豁达，和谐，这样的偈语不仅让我们在回忆的瞬间豁然开朗，更让我们在咀嚼的同时，内心有了海阔天空之遥。

逗留在阐福寺，我除了看画赏荷，还经常抬头看天。原来北京的天空是那么干净那么蓝，仿佛整日笼罩的雾霾离这里很远很远。寺外，五龙亭上呀呀的京剧、昆曲唱腔随着夏日的微风轻轻飘荡在树间人间殿间。这么安静而美好的一刻，真想微微醉去。

再见，时光

我被艺术撞了一下腰

脖子上戴着沉香和老蜜蜡，里里外外着一身地道的麻，高梳云髻，带着一腔文艺范，终于，我有机会去赴一场艺术之约了。是第一次按照内心的喜欢，进行的一场激情欢娱吧。自恋，嘚瑟，装腔，兼而有之。

这件藏青的绣花布衣，从湘西的凤凰古镇偶得。几易新居，总是难舍。十几年来，一直挂在橱内的衣服间。恋着爱着，不为穿，只为了喜欢。这次，终于有机会为自己也为艺术激情一把。

怀着一颗妖娆的心，2014 年上海第十八届艺博会，我来了。

因为艺术，更多的人来了。美国，英国，韩国，加拿大，新加坡，台湾的画家们都来云集艺博会了。

从旧时的十里洋场开始，国际化、西洋风情一直是上海这个城市的特点。当然这次的艺博会也无以例外地洋味十足。油画，水粉，水彩，装置艺术是这次艺术展品的主打。即使是传统的国画作品、陶品、瓷品，大多也是沾了洋气，描红蘸绿画得浓墨重彩。偌大的展馆，除了色还是彩，大有一副把洋腔洋调进行到底的感觉。

传统，在上海是寂寞，边缘的。参观完展览，我才理解了沈三草老师，理解了这么多年来他在上海坚守传统笔墨的落寞清冷。城市的骚动以及色彩、构成、形式、光影等，太多舶来的西洋文化元素时时冲击着他，同时也给了他寻求突破传统笔墨的灵感。入乡随俗也好，自我创新突破也罢，沈三草彩墨系列作品的推出至少让人感觉到了不甘寂寞的情怀。

如果说沈三草新文人画的格调格局来自传统的太极，那么其彩墨的张扬浓烈则呈现了摇滚的激情。激情是灿然一现的昙花，它固然美丽，却只能是一次艺术对话内心的小狂野，是偶尔的放松和放纵。

国画的青睐者，大多具有传统的文化情结。他们能通过画面的笔墨意象读懂每一帧作品内藏的神韵。神韵是作品的灵魂，有神韵的画才有意境，这"意境"就是画家的思想和境界。一直以为有意境的画才有价值。因为一个画家的思想和境界就是他的天下。好的意境会有一个很大的能量场，能让我们不知不觉进入他所描画的境界。来自成都的向姐就是从画中读懂了沈三草的水墨意境。当她欣然地问我三草老师是否是一位安静，纯粹，简单的画家时，我只能佩服地点头微笑。画如其人，看来还是让用心的向姐发现了三草的内心世界。

艺术没有距离，站在一幅画前，当你读懂线条，笔墨意韵和到达画家所描绘的意境里时，就会忘我地陶醉。

展馆里，充塞着时尚，喧嚣，激情，张扬。在上海，传统笔墨的绘画艺术已被西化的洪流湮没。如今，除了当年海派大师们创造的一段辉煌美术史外，这么多年来依然在坚守传统笔墨和意境的画家已是寥寥无几。

每天，展厅里的人如水样流过。其中不乏画家，学者，商者，以及文化的追随者。不时地，有参观者进来指指点点。不时地，有同道者进入展厅兴奋地拽着三草老师忘情的交流，甚至有请求拜师者。更有一些文化公司的猎头，他们大都一声不响，但专注而兴奋的神形却泄漏了对沈三草作品的认可和赞赏。总以为，有着传统笔墨的新文人画与80后无缘，但来自大连留法归来的昆昆老总，和来自深圳的金儒董事长等人颠覆了我80后疏离新文人画的想法。从这些80后文化引领者的身上，我深切感受到了他们对中国画线条，笔墨，意境的高度理解。呵呵，真是后生可畏呀！

27岁的诗人里尔克曾经问道62岁的画家、雕塑大师罗丹，说："如何能够寻找到一个要素，足以表达自己的一切？"罗丹的回答是："应当工作，只要工作。还要有耐心。"艺术，不是浪漫，疯狂，而是一场寂寞的修行，更是精神的还乡。它代表着一个画家的艺术水准和精神高度，就那么站在那里。所谓的成功，只是一个结果，它也许水到渠成，也许永无来日。在这次参展的毕加索、马蒂斯、米罗、雷诺阿等世界绘画大师的作品中，我不仅看到了这种精神，更体会到了这种智慧。

一个偌大的艺术空间，在区域与区域之间，艺术以各种形式呈现，在与众不同的背后，往往是一些不足与外人道的辛苦。要么是血，要么是汗，要么是大把大把青葱曼妙的好时光。

熙来攘往的人群中，人们因艺术而来，又因艺术而去。仓促中，是否发现了蕴藏在油画色彩里，陶瓷器皿造型里，中国画线条笔墨里，装置艺术形式创意里的禀赋和汗水。

但是，当艺术遇上金钱，有时依然会显得尴尬。面对心仪的作品，有些人满心欢喜，全价包揽。有些人则三顾展场，压价加价。爱或不爱，懂或不懂，赚或不赚，站在艺术和金钱之间摇摆。也许，总有人认为艺术品水太深，不敢涉水。确实，我看到美国画家的一幅大尺幅油画，标价22万元，却以2.2万元成交。我不懂油画，分不清重重叠叠油彩堆积下的意象和思想。但我想，如果是一件真正的艺术品，漂洋过海而在中国只是卖了小商品的价，那也是艺术的悲哀。

艺术，在我们的生活中，可以无处不在，也可以远在天边。但是，当你遇见艺术，并爱上她，情不自禁地，你就会高雅起来。不知不觉间，人群中，你，也许就成了与众不同的那一位。

一段午后时光

我是被一束光唤醒的。

这是一束温暖而平常的光，它穿过榕树的枝叶静静地落在我脸上。我分明感到了一种被抚摸的愉悦，是水的流动，风的撩动，气的波动，翅膀的翕动，深入我的毛孔、真皮组织、经络、骨骼、内脏……

恍然间，我怦然心动。

我相信，我一定把自己想象成了一片叶，因为我分明感到了光合作用带给我的快感。这种美好的感觉使我晕眩。于是，我就像叶一样舒展，像叶一样微笑。笑声在空气中窜动、回荡，恍然间，我轻轻地飘了起来，又轻轻地栽倒在柔软的草丛里。

然后，我醒了，发现自己正坐在小区河岸的石阶上。阳光热烈明亮，浅草绿意盎然，空气中充满黏稠的花草芳香，沿河的美人蕉顶着妖娆的花朵轰轰烈烈地开放。

我抬腕看表，时针，分针，秒针三针刚好在3字处重合成线。这是午后的3点15分15秒。这样巧合的时间容易让人产生一种特别的感觉，或许还会联想到有什么隐喻，暗示，意向。

我开始沿着记忆的足迹追溯之前的一段时光。就在刚才，我似乎只是一条贴着泥土蠕动的小虫，更确切点说，是一条啃着泥土欢欣歌唱的蚯蚓，和着土地的脉动，水波的荡漾，陷入一个陌生的快乐境界。在我的身边，芨芨草，羊齿植物，一枝黄花，所有的植物都成了参天大树。我放纵地在濡湿的土地上打滚，尽情地把笑声送到很远很远的地方。然后，我看见太阳与蓝天，花草和树木，微风和空气在光的动荡中呈现千姿百态的幻象，这优雅壮观的景象向我展现了一种新的力量。

树木打破了天空这片巨大的蓝镜，形成我视野中最绚烂的部分。那奇迹般的和谐光线在游动的每一刻中不停歇地创造着变幻的景象。是谁打开了快乐的微笑之门？是谁制造了魔幻的芬芳？几根小草，几朵鲜花，几滴水珠，阳光下的氤氲气息都告诉我们，在人类看不见，听不见的地方有一个紧闭的天堂。作为大自然中的生灵，我愿意用口器，肢体，心灵，情感和智慧来挖掘一条通向生命本源的隧道，到达那个纯净美妙的地方。花朵深情妩媚地微笑，流水多情温婉地鸣唱，泥土充满醉人的芳香，那里的空气也让我们重新认识自然的力量和愉悦的情感，还有一些催生我们幸福感的灼灼微光，都成为照亮我们心中殿堂的诗意烛光。

除了光和花朵的温柔，河流的温柔更是无尽地绵延。从孩提时，或者更早些的阶段，河流就存在我们的心中，犹如血液积聚在父辈灵魂中的一笔快乐财富，所以亲近水和河流就成了必然。我们希望从河流的水波里汲取力量，希望生命的温柔在水的流淌中显得真实，就像因为水的滋润予以花朵情感，阳光的照耀予以生命欢腾。而温婉的流水，使我更想成为一条幸福的鱼，可以怀揣金色的梦想沿河随波逐流。

爱默生说："生命不必很长、一个刹那的领悟、一个微笑、惊鸿一瞥，即是真正的永恒。"

回忆作为一条虫的时刻，它给了我从未有过的清澈，欢喜和安宁。与人类相比，我宁愿做一条勤劳快乐的虫，守着我的土地勤快地松土。或者只是一条纯粹而诗意的虫，懒懒地躺在树荫下，看着光和花朵，树叶，天空相互交织编成一个个五彩梦。自由而不浮夸，安静而不寂寞。这样，就不会为了一些无谓的得失，被别人的欲念驱赶着盲目乱冲，也不会被政事者冷漠的目光杀得片甲不留。

作为人类，每个人都有一种还乡，归土的愿望。我们生于乡，也脱离不了土，土地是我们必须安身立命的地方。梭罗已在瓦尔登湖边造了一间粗糙的样板木屋，只要我们带着真诚和热爱去居住，都会像大自然的植物一样自然，从容不迫地生长。如果，我们还愿意还原人的本质，把姿态放低，低到泥土里，哪怕成为一条匍匐在地上卑微的虫。也许，这样就成了诗人何三坡诗里说的天鹅。它们在山间散步，打盹，清理翅膀，从此躲过了世上的尘埃。

但是，我觉得这一切只是我生命中的一次悸动，它犹如流星划过夏夜的苍穹，瞬间消隐。这种璀璨的闪烁，短暂得像孩子的美梦，充满辉煌又率直天真。只不过，它在某天午后的某个时刻悄悄地来了，又匆匆地走了。

静到极处便是雅

　　木鱼阵阵，鸟声叽叽，悠悠的经声在广德寺的塔院屋宇间缭绕。雾霭霞光中，安静而美好的一天，从清晨的温和阳光里醒来。

　　静，是这里的表情。巍巍层楼舍利塔，日光阁上镶金的檐角，隋唐建筑的廊道和屋宇，都有一种凝固的安详。清晨的风有点料峭，打在身上还有些冷。院里的几棵罗汉松悄然而立，屋檐下挂着的一块块金匾，因为晨光的辉煌写满了无上的荣耀。来广德寺很多次了，像今天这样安静地打量这座庙宇，还是第一次。

　　走在广德寺的文化苑里，一地冬日的暖阳伴着古琴的弦音漫无目的地流淌。世界是那么安静，仿佛就在尘世之外的时间里。而在灯火通明的香光阁内，沈三草营造的水墨意境让每一个进入的观者，会慢慢地安下心，细细品味遇到的心灵图景。

　　高坡、草亭、枯树、红果、修竹，一两个罗汉、三四个老头，或品茗，或对饮，或抚琴，或观鱼，或论道，这些想象及生活中的小景小情，皆被画家沈三草收入其作品，成为其画作里经常出现的意象元素。

　　站在沈三草老师所绘的罗汉图前，你会听见禅修的罗汉们在树下、岩边悠闲自得嬉乐的声音。看满脸欢喜的罗汉，就觉得在与他们对视的瞬间已度了你！静静地欣赏厅角那几幅盛开的荷，墨韵流动中，宁静、优雅和高远就那么打动了你。走开了，却发现荷伸展的姿态会依然盘旋在你的脑海里，挥之不去。闻香，历来是僧人、贵人、文人生活中的美事和盛事，在修竹丛林中再现这样的情景，快乐的情绪不知不觉就会跟了去。走在沈三草描绘的水墨意境里，从容、安静、欢喜，一股清雅之意自然从心底升起。

都说音乐能珍藏记忆，其实绘画艺术更能把我们思想和境界的图景贮存在记忆的匣子里。一幅打动心灵的作品，如同在一个清澈见底的水塘，能时时照见自己的影子。因为率真和诚实，我们一下就看到了这世界的美与安静。

在了无凡尘的寺院时光里，静静地面对一幅画，静静地守着自己的心灵，画境中的美，就会慢慢地流入心底。

这种诗意中的浪漫和着心花怒放的悠然闲情让我们觉得，高雅，其实也只是件轻而易举的事。

一朵妖娆而幽秘的花

生活是一袭华美的袍，爬满了虱子。

——张爱玲

这一刻，我放下《一个真实的张爱玲》，竟有股抽丝般的空落。怅然，及一种荒凉袭来，我恍若看见一个遗世的女人在发黄的岁月中沉浮，她向我渐行渐近。那是一朵妖娆而诡秘的花，灿烂如霞，又隐柔幽秘，飘摇在四月湿热的空气里。

许多年了，我一直喜欢张爱玲，只因她的智慧和平静。她拿的是笔，却用刀冷冷地刻世间一个个生动而鲜活的人。她刻画的那些活在民世间的小奸小坏的人，大多是玩世不恭，却又有着对生活的固执和坚守，那一份如火如荼，恍如白日里的火山，不见火焰，却同样能灼伤人。

生活于每个人，似乎是可控可为的，但却又隐含着太多的宿命、无奈和戏剧的偶然。许多的焦虑我们或许藏得很深，但是她却喜欢把它一一呈现出来，甚至有些血淋淋。她的《金锁记》《倾城之恋》《心经》———让我们看见了世人虚伪中的真实，浮华中的朴素。她掌控人性本真的随心所欲，让我们常常落入她虚无苍凉的世界里。她是民国世界里的临水照花人，看她的文章，仿佛道尽了这人世间的苍凉，而她，只是远远地站着看这尘世，荣辱不惊。

"于千万人之中遇见你所遇见的人，于千万年之中，时间的无涯荒野里，没有早一步，也没有晚一步，刚巧赶上了，那也没有别的话可说，惟有轻轻地问一声，噢，你也在这里吗"，她与胡兰成的一段情缘，也是这样的淡然从容，不过 3 年，就把这存于时间深处的疲倦草草了结，匆匆结束了这段貌合神离的婚姻。

　　曾经，"见了他，她变得很低很低，低到尘埃里，但她的心里是欢喜的，从尘埃里开出花来"。这是她在送给胡兰成的照片背后写的文字，这也许只是她对爱的一段告白。一个可以为心仪的人低到尘埃并开出花的女人，我们可以从中读出她的温柔和缠绵。在关于她的婚姻中，她总是把自己的情感藏得很深很深，唯有这一段，就像是她衣袍下露出的一截火红绸带，耀眼并泛着脉脉温情，让人不禁注目留意。

　　按照现代的普通标准，一个智者的女人，应该懂得如何去爱一个男人和他的钱，并抓住他的心。爱玲是例外的，她想以自己智慧和冷艳的灵魂吸引人，同时，她又是那么地拒人于千里。她以为保持距离，能保持自己的感情免受痛苦。她的世界很大，大得连心仪的胡兰成也只能是远远地观望，洞悉不了她世界里的华丽。她的世界又很小，小得似乎只容得下她和她的文学。她太孤傲和刚愎了，她宁可夭折这朵爱情之花，也不愿为三心二意的胡兰成枯萎，于是她断然离开了他，然后更投入地把现世里的忧伤和疲倦，安放到一个个用幻想点燃的人物情景里。她就是这样一个人，宁肯把自己揉碎，抱满怀的碎片让自己痛着，也要把千古的忧伤掖好，独自品那份苍凉。

　　长久以来，她只是空守着她的城，捍卫着她的疆土，不让人随意侵入，那一种曲高和寡的寂寞，终是敌不过生命中的每一个际遇。37岁，她与美国作家赖亚结婚。47 岁，丈夫赖亚去世。这一遭十年的婚姻，她把自己藏得更深，她深居简出，除了宣传、出版自己的作品，她几乎过着与世隔绝的生活，她让我们感到的只是对生活困顿的隐忍和无奈。

　　她是陌上游春赏花，亦不落情缘的一个人，到头来，却只是站在自己构筑的奢华空城里，渐自繁华落尽。犹如天意，这一种苍凉暗合了她虚无的悲剧生命。

她出生浮华世家，而又家道中落，她少负才名，而又饱受挫折。亲情的疏离，现实的无情，使她过早地学会要拼命抓住一切可以享用的美丽东西，展现生之烂漫，所以，她脱不了现实生活里世俗的影。她不过是一个直截的女人，但她是认真的，她凭着自己的智慧，努力做着一个自食其力的女人，而不确定的现世总让她的命运笼罩着阴霾，在她身上我看到的总是一连串的痛苦和无奈的妥协。她的一生是苍茫的，甚至凄凉。广阔无边的岁月中，我仿佛只见她婉转的绝望，以及在故事的影子里徐徐下陷的悲伤。

作为一个洞察世事的作家，她更关注于与她共时态的市井人物，或许只因她与现世生活的细节有着贴肤之亲，那么轻易地，她就抓住了生活中可感可触的一些人，加以提炼成为小说人物的原型。她认为他们也是时代的负荷者，虽然他们不是英雄，但终究是一些认真活着的人。她生长在革命的时代，却没有随着时代革命的步伐亦步亦趋，如影随形地作文，这或许就是她不为同时代的人所认识的缘由。她尽管一出发就踏上了巅峰，一出手就是经典，但她的文学生涯，辉煌鼎盛的却只有两年，也就在历史长河中 1943～1945 年的中国文坛昙花一现。这样一个才情并茂的她，就这样被时代的风尘所淹没，被我们的历史所遗忘，也只能归结为她的生不逢时，或只是我们这个时代的悲哀。

1995 年，她终于绝尘而去。她走了，她的作品却如春天之烂漫花朵，瞬间开放在中国人民的视野里，人们给予她前所未有的关注，一度沉寂的她一夜之间成为中国文坛最具传奇色彩的女作家，绽放了本该属于她的美丽。一个卓越现代作家的作品，必须要以自己的生命代价，来唤醒国人对她的记忆，于她，是一种阴差阳错，于我们，也是一种嘲弄。

逝者如风。今夜，当我拂去岁月的尘埃，透过重重的时空，回望这朵在乱世中曾被尘烟覆盖的花。她，依然散发着幽谷山兰的馨香，而我们品得的却是那一种迟暮之感的花样年华，越辉煌的浮华也就越透着凄凉。

一朵妖娆而幽秘的花

暗香涌动的梅

我推开阳台的排门，一股清香飘然而至。

举目寻香，一枝绽放的梅，在暖阳的沐浴下孤傲地盛开。也许是因我的走近，花在枝头微微颤动，发出了细碎的响声。声因风而鸣，其声也飘，香因风而生，其香也微，是天籁吧。恍然的我已被定格在时间之外。

倚着墙静观梅，梅生五瓣，却不见哪瓣容得下庸碌半点。观着梅慕着梅，心想借一缕清气，不惊荣辱不叹沉浮，凛然傲雪。

就这样与梅对视，就这样，见梅在氤氲的暖阳中静若仙子。

记得，这梅入住我家正值六年前的秋季，刚来几天还见绿叶葱郁，后就叶黄叶落，最后只剩秃枝，常施水仍不见其有什么动静。终于有一天，我禁不住扒下一片树皮以验明正身，看它是否还有生还的希望。没曾想，黑黑的树皮下尽是新鲜流汁的青涩躯干。树皮覆盖下的生命信息，原来正在酝酿一场轰轰烈烈的生命艳景。厚积薄发，孤傲的梅花是梅用默默积累的生命能量冲破矜持和羞涩，用美丽的花瓣向我们昭示春天的讯息。由此，我对梅肃然起敬，也更喜欢在冬末早春的暖阳下闻香，赏梅。

落雪晓风寒，寒心知梅香，一起品一起醉，这晓风里的寒，这寒心里的香。阳台上香了六年的花，盆里种了六年的情，这棵老梅桩缔结的暗香，馥郁了早春里我一段一段的赏梅时光。时光流转，我只是渐渐明了古人说的"然非清心人不能听，非会心人不能解"的境界。

赏梅，听梅，听到什么，意会到什么，这是一种心的感动、心的洗涤，它蕴含在灵魂的震撼和虔诚里。

其实我家久观梅不厌之人，当属三草先生。只要在家，他每天少不了给阳台上的一株老梅和一群花花草草浇水，花草在他的侍弄下长得繁花似锦，而老梅桩除了在春天绽放新绿，夏季绿叶繁茂，一入秋，就彰显出嶙峋的本色，立在盆里一副沉思默想、老气横秋的模样。我喜欢枝头怒放的梅，不喜梅桩的了无生机。先生不在家，我担当花草施水重任，对那老梅桩总是不屑一顾。先生就不同，有些爱屋及乌。他不仅可静立梅前数小时赏梅，还会与梅窃窃私语。哪怕是几条"枯枝"，他也会凝神静气地以心相许，仿佛也能看出一树的缤纷来。

自古梅备受文人墨客喜爱，我家先生也不例外。他虽是擅长画山水画，但每有余闲，还是喜欢汲墨画梅。画梅只是书写心境，粗粗枯笔落纸，提笔，收放、穿插、迂回，几下峰回路转，苍劲梅枝就一应带出。后以羊毫小笔寥寥数笔点染梅花，不待新墨在宣纸上漾开，一幅墨梅图即刻就成。先生爱梅，在我家的客厅和餐厅，就挂了当代著名画家陈平、姜宝林的墨梅图，几幅墨梅图使我家的陋室生辉不少。

应着这梅，我们还结识了当代著名山水画家陈平、许俊等人，他们爱梅之深切，令我和先生大叹不及。陈平先生因为访梅，2002年冬季曾从北京三下江南寻梅。

一次因冬日尚暖，隋梅未开，久候未遇而返。

二次正值新春，他举家来赏梅，入住国清寺旁的隋梅宾馆，静待梅开。梅花开了，赏梅三日方作罢。后又听说石梁方广寺有白梅盛开，大年三十，我们上得石梁入住寺内，以白雪净身，素食鼓腹，欲与白梅结一段情缘。无奈刚过两天，我等几位凡人就欲回尘世享受美食暖被。陈大画家却依然不改初衷，每天伴着寺里的晨钟起来赏梅。落雪无声，停在怒放的梅上，停在画家摊开的速写本上，冻僵了他临摹作画的手，却浑然不知。尔后，我和先生都戏称他为"梅痴"。

三次访梅，陈平携中国美院教授何家林、张捷等画友重返国清寺和石梁方广寺探梅，听先生说他们在方广寺与月真住持谈诗论梅，时至三日方渐散去。

尔后他来我家做客，仍然梅情未了，竟欣然提笔作梅图三幅，一幅带回，两幅留存我家。如今，这两幅梅图与阳台上盛花的老梅桩遥相呼应，更觉得春日里的居所满室生香。

又是一个访梅闻香的时节。友人说市民广场、东山公园植有红梅、白梅、黄梅等各色梅种，盛开时绚丽多彩、花香满园。心想着，寻个日子，邀个伴踩一地艳阳踏雪寻梅去，又叹惜着雪意未浓，也不知梅开了几许。

"赏花人儿花间走，花攀衣袖步生香"，其实不能浴一身梅花瓣，染一身梅香又何尝不可呢。

映日荷花别样红

七月流火，风催促着我们出行的脚步，树荫成为我们出发寻找温柔和清凉的理由。当我带上一颗飞扬的心行走，就在不远处，有今生心仪的荷，守着一池红尘的落寞，在城市的一角等我。

这个早晨，晨曦初露，我只为寻荷而去。车子驶过云西路，穿过白云山隧道，一路轻歌，我要去邂逅那传说中的一池莲荷，一见她不饰雕琢的面容。

就在台州书画院的后院，我果然寻得荷的芳踪。那密密匝匝的一池碧叶，舒卷着满目清凉，洗净了夏日的浮躁。一朵朵含苞俏立的白荷、粉荷，立于流动的碧波之上，渲染着遗世的风情。霞光映照着出水的莲荷，清新艳丽。一阵夏风吹来，大小不一、错落有致的荷叶随风招展，一袭荷的清香四溢，不觉间，雅如心至，诗随口出，"接天莲叶无穷碧，映日荷花别样红。"

记忆中的荷，是十年前西子湖里残花零落的荷，她一直以凄凉和落寞的神情停在我的岁月流光里。而眼前的荷花却是那么地轻盈，那么地曼舞飞扬，那种深浅不一的姿态，随风柔动的风情，泛着波光的笑意，起伏律动的声响，汇集成奢华绝美的一场盛会。要不是友人的告知，这一场注定的邀约又会等成茫茫的杳然无期。

烈日灼灼，书画院的荷却让我心醉神迷。莫名的兴奋之余，我频频地用镜头收藏这千年不老的笑靥。十年一见，已是太久，既已相遇，就不想再错过。今生虽能与她结缘，皆因俗名带荷，没想到只是这一字的牵扯，却注定了今生彼此的生死不离。荷，于我是一种精神，一种心境，我常以她来洗心，清理一身凡尘，努力安静心灵。

坐在荷塘的岸柳下，看池水簇拥着青砖墙面的书画院的主楼，显得庄严和宁静，寂寥和神秘。透过一楼高高的落地窗，还可以看见堂厅里随意放置的几圈沙发。到书画院的一些文人墨客，他们看到这满塘的荷花，一定会坐上这藤制的沙发，品着香茗，谈着技艺，就这样赏玩着窗外的风景，笑谈着世事变化。

秋夜，站在书画院的二楼，随便打开一扇窗，就会看见一朵一朵的残荷，静立水的中央。如果你仔细倾听，宋女子李清照正吟哦着千古绝唱"红藕香残玉簟秋，轻解罗裳，独上兰舟。云中谁寄锦书来？雁字回时，月满西楼。花自飘零水自流，一种相思，两处闲愁，此情无计可消除，才下眉头，却上心头"。前世今生，扯不断的是相思离愁，道不尽的是香魂落寞，这一种残荷的清寂和哀愁，有心的人自然会懂。

这是一处依山的风景，白墙青屋、流水幽径，除了院内的荷塘、岸柳和山上的林木，更有沿墙种植的修竹。修竹正茂、荷正盛，柳正浓，一幅夏日风光图，让我顿时远离了尘世的纷繁。

池水潺潺，曲径通幽，满池的荷花竞相开放，空寂的书画院因为满池的荷花，更显得寥落。因为洁净和素雅，从古至今，荷花就是文人喜爱、描写的对象，《诗经》《离骚》就有咏荷的诗句。古人喜爱荷花，常把它当作美的化身，屈原就曾有"制芰荷以为衣兮，集芙蓉以为裳"的诗句。

画家也素有爱荷之好，不仅只因荷花之花叶美丽，清香远溢，更因其"出淤泥而不染，濯清涟而不妖"的高洁品质。法国印象派画家克劳德·莫奈，曾在自宅建造了一座湖滨花园，花园中有树木、荷花及一座拱桥，而后全心创作了举世闻名的名画《荷花》，这不仅倾注了画家对大自然的深厚情感，更是诠释了画家对荷花的钟爱，一幅惊世之作的完成需要自然和心灵的契合，生活和灵魂的交融。

荷与生俱来的矜持，赋予了她至上的精神魂魄。在印度，荷花与佛教有着千丝万缕的联系，无论画佛、塑佛，佛座必定是莲花台座。

只因荷花是圣洁的代表，更是佛教神圣洁净的象征，于是有荷的地方，大多也被誉为清净之所。书画院虽非佛门，但为我市唯一的神圣艺术殿堂，当属雅静之地。赏读养在书画院深闺的满池荷花，只要你给一段静静的时光，说不定你的心就会因此开阔起来。

这个夏天，如果你疲倦了，就去看看书画院的荷花，它的高风亮节能让你抵达新的境界。如果你寂寞了，就去看看书画院的荷花，那里自有生命的另一种繁华。

张思，以及一些情怀

我想，我一定来到了一个美妙的世界。

一个由水蜡烛叶，跳舞兰、马蹄莲，郁金香、高山羊齿、勿忘我，香雪兰和蓝印花布，竹编篮子，众多女人和孩子构成的花样世界，在张思这个四合院的天井里，被一片午后的阳光聚焦成一处特殊的风景。

在我看来，这小小的一方天井，更像是一个戏台，只不过这一次的主角，是被午后侧逆光涂了彩的插花者。她们是一群欢喜的女人，是一些明亮的孩子。她们与花共舞成一个美丽的画面，缤纷炫目，奇特美艳。斗笠，披肩，草帽，鲜花，这些被阳光注解的款款风情，让寂寥遗世的老四合院也有些醉。

当我急急走过穿堂，来到这个院子里时，阳光下，这一切美好的景象似乎刚刚发生，又似乎已停驻了好久。

廊下的花台上，袅袅的花艺师 jiudy 手执一支马蹄莲正在诙谐地讲解。一枝盛花的白玉兰在她旁边开得正艳。

一群人在廊下站着，一堆，两堆，很多堆。男人、女人、老人、小孩、家长、学生、老师，新鲜、好奇、安静、沉醉，恍如在围观某一场隔世的戏，又仿佛都是戏文中的某个角色，深陷其里，浑然不知。欢愉和热情洋溢在每个人的脸上，犹如春天绵软的温暖在四合院的角角落落里蔓延。

春光明媚，阳光下轻舞飞扬的，不仅仅是地里路边一树一树的花，更有这些如花般悦目的风景在这里呈现。

多么熟悉的场景。好像又回到童年时老宅天井里某一场的说书会，热闹，欢快，年少的我就曾在那个岁月的尽头欢快地游走跳跃。

四周的围廊下，一扇扇欲张还合的木门，一扇扇雕花有致的木窗，因为似曾相识，全被我刷成了怀旧的昏黄底片。一样的院子，一样的情怀。道地纳凉，廊下看雨，门前设餐，许多温情而生动的生活场景似乎依然还未走远。

总是以为老宅的记忆已随时光走远。不曾想，一处似曾相识的场景，某个偶遇的瞬间，就能让我把思念移植过来，让我重返深爱老宅的情节。

总是怀念那个鼾声可以互扰，隔廊可以对话的儿时四合院，总是情不自禁在喧闹处循回这条清冷的来路。

"椒江恐怕已找不到一处如此完整的四合院了。"失落间不禁又与老罗伯特·潘悻悻然地感慨。

"哎"，作为椒江人，我们同频发出的一声叹息在这个温暖的四合院里锵然作响。

这时，突然响起的古筝声把我们惊了一个激灵。抬头，见右厢房前，春泥小猪正在拨动琴弦倾情温婉地演奏。优美动听的旋律，舒缓地回荡在院子里，顷刻间让插花的现场多了几份雅意。

该是上香的时候吧。老罗伯特·潘终于拿出了带来的富森红土沉香和绿棋楠，让众人有幸一睹天物圣颜，有幸一品千年奇香。

看着阳光下，花丛中，手握香炉虔诚品香的每个人，我突然想到了"文化"两字。文化，不仅只是以文字度化人，也是我们手拈鲜花，随心插排时欢愉的体会，也是我们手执香炉，静心体验绿棋楠，富森红土沉香时的美妙感受，更是我们用心倾听古筝，二胡民乐时的沉醉享受。

天台家研会在张思这个四合院里举行的这场花会，就是在天台家教的沃土中，播下了家长和孩子文化内修的一颗种子。

这种以鲜花和女人组合的美艳，以音乐与沉香浸染的雅致，以院落与文化互醺的热烈，都将成为每个人记忆中一个华丽的片段，并将作为生命里文化复苏的某个起点。

张思村是天台家研会的一个点，至今已有许多场活动在这儿举办。去年冬月里那场声势浩大的"寻古探幽"访张思活动，200多号人就把这村街里弄，这四合院塞得满满。各色帐篷，七彩雨衣，百家宴，观影会以及寓教于乐的亲子游戏，犹如一场一场细雨，润了张思，活了张思，让人烟凋零的张思四合院里重有了人间气味。

众所周知，改变一个孩子，得从改变家长，改变一个家庭开始。天台家研会，就是一场由家庭风暴引发的能量场，有些憨，有些震。

正如天台家研会的发起人王军所说，起初只是想挑战自己，改变孩子，完善家庭。后来随着活动的丰富，有志人士的逐渐加入，短短一年间，人数从十几人剧增到700多人。除了庞大的妈妈队伍，最重要的是，有许多父亲的涌入，给家研会新添了另一种活力。

现在，越来越多的父亲开始倾力投入到这个团队里来。他们组织活动，参与活动，在活动中与孩子一起感受辛苦付出后的快乐，团结互助中的收获，也让更多家庭找到了一条心性协同，价值落地的和谐之途。

从天台家研会短短发展的历程上，从我认识的，硬气又可爱的王军身上，我看到了天台人的热情和大气，执拗和顶真。

春度枝头，通往村里的路上一路春光，白玉兰奢靡地开放，招摇地展示着熟透的白色。春光下，我仿佛看到这块由700多人抬着的"天台家研会"金匾，它正沿着教育的陡坡徐徐而上。

我相信，安静古朴的张思村应和着天台家研会的文化脉搏一定会重新焕发出活力。

微幸福

家 "味道"

来上海的家不多，一家三人齐聚在上海的日子更少。

家虽处在市中心的闹市区，但却因面朝林荫盖道的安远路，倒也显得清幽安静。除了有偶尔开过的汽车声，早起时，还能听到鸟鸣声，蝉声，这在城市里已是很难能可贵了。

三草喜欢安静，又不擅于日常生活的琐事，这样一个闹中取静，生活便利的所在倒是正适合他。

看着这个家，既熟悉又陌生。熟悉的是，家里泛着的这股墨香和雅致。陌生的是，家里又新添了很多藏品。林林总总的老木雕，老墨，老书画，老佛像，几乎占据了家的角角落落。

乘着他们都还在睡，我偷偷起来一件件地看这些东西，突然觉得爱也只是一瞬间的事情。首先是他为每个物件找到的摆放位置，总是那么相宜。当我细细把玩，每一件，要么雕工刻画生动自然，要么姿态造型憨然可爱，看着看着，不禁就会生出许多欢喜来。

特别是诸多唐宋清的老佛像，哪怕只是静静地端坐在案前柜头，都有一股庄严祥和的气场，让人不禁合手而拜。难怪，三草说，日日上香，他就能每天接受菩萨的能量！

也许他真是一个与佛有缘的人，不然怎么会有那么多的菩萨愿意来我家，挤挤地坐了一屋呢？

我在蒲团上打坐，轻轻地闭上眼睛，安下心。恍然中，我似乎真听到了佛在布道的声音。

或许，这就是所谓的心灵感应吧！

好心情

早起，见客厅中的一束花儿正怒放。

虽是隔日黄花，但不乏生气。不自禁地在花上洒了些水，花儿就更勃勃生机了。于是一天的好心情就如花儿一样灿烂起来。

昨天不是我真正意义上的生日，但朋友和鲜花演绎出的快乐却比生日更有意义。温暖，有时来自一个问候，有时来自一个眼神，或者是一种感动，而我们的生活就会因这些片段多一份乐趣。

最最让我意外的是昨晚回家，竟然收到了儿子买给我的生日礼物——一只漂亮的发卡。当儿子拿着发卡，跑过来对我说，妈妈，生日快乐！我接过发卡，情不自禁地拥抱了他。

再过20天，儿子就18周岁了。一米八的个头让他看起来像个大男人了，但为人处事依然单纯的像张白纸。他是一个被动不善于表达情感的人，而昨晚竟能在意德百货及周边花了一个小时给我找礼物，这个积极的行动和这种用心就足以让我欣慰和感动。

儿子长大是个不争的事实，只身求学也只是2个月后的事情。别，已是在所难免。

我们的生命中，总会遇到一些人，亲人也好朋友也罢，有些能相守一生，有些能相携一程，有些只能相望一阵。不问情缘，不问前世今生，就只为曾经拥有吧！

一路上有你，有你们，我们且行且珍惜！

高明茶会

朋友相邀，有缘访寺。昨晚，赶赴一场崇山之中，高山之谷的水墨茶禅雅集。

烛光摇曳，琴声缭绕，箫声起伏，一声声香赞礼佛声在楼宇树林间回荡。夜幕下的高明讲寺，有一种天上琼楼之美。

殿内，水墨书法静静地呈现，以一种淡漠的姿态应和着石磨，竹篮，老缸，枯枝，修竹的风情。触目处，一轴长披悬梁而下，打破了空间的规矩，是这样的突兀。但是，着地的长披上有了年岁的老门板和书法作品，有了婉约如仙的芍药花瓣，就像气贯如虹豪气里的一抹缠绵，让人心动不止。起心动念间，石头的糙与宣纸的精，棉麻的柔与木质旧家具的苍，花朵的艳与枯枝的朴，修竹的生机与木质殿堂以及旧家具的侘傺，许多冲突中的和谐之美，就这样被设计师淋漓尽致地表达在了这个不大的空间。

殿外院里，茶在老门板上被素装的女子风情万种地演绎着，水果在破旧青瓦上泛着荣光，山野上的花则被花艺师们请来，绽放在粗粝的瓶瓶罐罐中，灯憩在树间，竹间，似乎有些抒情，有些暧昧。

或许是太美了，雨，也来赶场。湿了地，湿了蒲团和老门板。这可急坏了师父们，赶紧求菩萨。果然，不一会雨过晴天。

雨水打过的地面更美了，有点暗，有点深，有些质感，映上光亮，就会出现一些梦幻的感觉。

也许，这雨，也是佛佑的一出美意吧。

有茶，有琴，有花，有箫，有筝，有香，有佛音。这样的夜晚，除了沉醉，我已别无他求。

"圈"生活

好事总要有个好的开头。比如我进入春泥圈的这个日子。现在想来，也竟是美好的。农历七月七日七夕节，是传说中牛郎和织女鹊桥相会的日子。而今年的阳历七月七日，却成了我初次与大家相会在春泥群的日子。牛郎织女的爱情感天动地，千古传唱。而属于我和大家的七月七日，却为我打开了另一扇窗，遇到每一个真性情的你。

因为缘分，我们相遇。因为相遇，我们美丽。生命和生命，有时需要相互依靠，有时需要相互取暖。

人生的路上，每个人都有自己的目标和心中的向往。走着走着，有时就会被遇到的风景所诱惑，随了他去。有时又会被世事的无奈牵着走，不知不觉中就偏离了梦想的方向。坚持，更多时候就意味着孤单。因为一意孤行才能走得更远。当然，不想让梦想的脚步停下来，路上最好能有伴，言语相知，微笑相勉，掌声中有爱！

有人说，拿得起是生存，放得下是生活；拿得起是能力，放得下是智慧。用怎样的能力生存，用怎样的智慧生活，春泥圈让我们在拿放之间懂得，物质在为生活服务的时候可以不再苍白。有一天，我们终将发现钱不仅仅是钱，它能成为我们的翅膀，带着我们美丽空灵的心性自由飞翔。

在春泥，我们不必跋山涉水，却能领略荷的清新，香的沉醉，木的质朴，茶的禅味。石库门隔开了尘世的纷扰，石狮子留住了历史的沧桑，不管窗外的红尘俗世，不管窗外的车闹人喧，而春泥居里的那一抹沉香醉，那一杯清茶美，可让人忘了今夕是何年。

在春泥，可以让心灵回归宁静。找一种减压的方法，让自己的心慢下来，放下欲念，以随缘的心来面对一切。

在春泥，只要我们心头置一善念，把所有的情绪都化为对别人的赞美，把所有的疲惫都化为对别人的热情，就会换回每人每一次的回眸。

在春泥，愿做一个自己愉快，也带给别人快乐的人！

第二辑
旧时光，小片段

再见，时光

村　庙

西　窗

自画像

……

再见，时光

许多事物存在时，我们不太懂得珍惜，而一旦失去又会显得弥足珍贵。比如曾经和我们相濡以沫的亲人，比如曾替我们遮风挡雨的房子，即使她们已不复存在了，有时，却仍以一种独特的神秘气息，包围着我们，更像一株根系发达的植物生长在我们体内，茁壮得令人窒息。

老 宅

星期五的下午，母亲来电，让我到儿时的老宅，却没有告诉我是因为什么。

我开着车，行驶在去年贯通的市府大道西延段，四处寻找旧时老宅。

母亲说，老宅就在"台州学院"的路边上。可是，路旁除了新建成的台州大学城，就是几处旧宅的断墙残壁，岌岌可危地耷拉在那里。汽车疾驶着从我身边呼啸而过，我找不到记忆中熟悉的老宅，却发现眼前的景象已是物是人非。

祖上的老宅——新楼里，是一个庞大的组合式建筑群。依稀记得有四个院落。从东院穿过大伯家一直往西，每过一户人家的过间，就能见到一个院子连着一个院子。堂前的两边是正房，堂前院子的两侧是东西厢房，院子前有穿堂。一个典型的四合院建筑，四周住满了同一姓氏的人家。

老宅的建筑为木结构，墙壁、窗、门、地板布满了岁月的尘霜。风干的板壁已失去了树的丰华，萎靡沧桑。屋里光线幽暗，空气潮湿，上了年纪的木楼梯一踩上就吱呀作响。二楼的屋顶开有天窗，阳光可透过天窗的玻璃照亮屋里。一扇几乎开在檐下的很小木窗，用木棍支起，只在早上或傍晚，才有微弱的光线投到地板上，照出地板上一圈圈渐已模糊的树轮。从木窗望出去，成片的青瓦之上，雕着飞禽的白色屋脊，造型各异，有着腾飞的威武。连绵起伏的青瓦缝隙，瓦松和仙人掌蓬勃生长。

阳光明亮时，院子里晾满了黑灰色的家常衣服，阴郁沉闷。偶尔有一两条水红的缎被能让人眼睛一亮，那也只是新婚人家的物什。天空的飞鸟不时俯身掠过屋檐，戏闹的孩童不时传出一串串笑声，打破了老宅的宁静。

这是祖上留下来的老宅，聚集着很多户同一姓氏的族人。后来，因为土改，一些下到村里的城里人家就被分派着住了进来。狭长幽深的房子被分割成小小的房间。一间隔着一间，厨房挨着卧室，中间只是隔一挡板壁。更有的只是用一块蓝印花布作遮拦，夫妻吵架，小孩哭闹，每一家的喜怒哀乐，都是生活中的舞台剧，在老宅里一览无遗。好在过的是平常日子，吃的是粗茶淡饭，男人上田垟，女人做绣花，小孩忙撒野，这样紧巴巴的日子也过得自在。

祖上留下的八间房子，四间给了祖父，四间留给了祖父兄长，八间房子位于堂前两侧，占据了正房的主要位置。堂前西侧的四间屋后还辟有天井和披房，天井里种满了花草，排满了水缸。每逢下大雨的晚上，风挟着雨点打在水缸沿上，发出噼里啪啦的响声，夜就静得可怕，平日里隐藏在黑暗中的家具就更显得幽深诡秘。窗外的树叶在风中乱舞，发出沙沙的抖动声，令人毛骨悚然。沉沉的夜里，我经常在黑暗和恐惧中辗转难眠。

据说祖上有人做过保长，开过酒厂。在老宅正房的西北角，还堆着一排排积着厚灰的酒坛，散发着潮湿的霉味。父亲说，百年前，我的祖上就依靠这些酒坛及酒的醇香实现了一个家族昌盛的梦想。

酿酒、榨酒、装酒、封坛……该是多么繁忙而热闹的场景。这一幕幕激动人心的场面该多么鼓舞人心呀，美酒的芬芳一定曾让嗜酒的人们如痴如醉。于是，酒不但成为我家族发家的源泉，也为我的家族兴旺带来了福音。祖上拥有的财富和土地不断增加扩大，并享誉乡里。新楼里八间房的优越位置足以窥见祖上的实力。

可又有谁能料到呢？这一切带给祖父和父亲的却是灾难。

因为拥有土地和祖上的老宅，祖父成了地主。所谓的地主上交了所有土地和财产后，仍遭受一次次的批斗。祖母生于富家，因抵不住无休无止的批斗改造，抱病而去。祖父在批斗中熬过一天又一天，却又被无尽的饥饿夺去生命。那一年，父亲13岁。

失去父母的父亲成了孤儿。祖宅充公被割去大半，仅留栖身的一间房屋。

空出来的房子有的被作为公用，有的又被土改到这里的城镇人家住上了。那时，外公一家人就被分派住到我的祖宅。外公满满当当的一大家子，一下就把一楼的两个房间挤满了。较之，父亲单独拥有上下楼的一间房，倒显出许多优越来。

从古到今，无论在哪个年代，房子都被看作显示身份的重要物件。在国外，有地位、有金钱的人都会建一座城堡、别墅，而在中国古代，哪个有钱的达官贵人不造一座带花园的豪宅。虽是新社会了，作为普通老百姓能有一间遮风挡雨的房屋，还是生活的必备。精明的外婆当然深谙此理。于是，她把扎着麻花辫，大眼睛白皮肤的漂亮女儿嫁给了父亲。

因为这一间珍贵的房子，孤儿父亲娶到了美丽的母亲。在父亲的一生中，祖宅虽然带给他失去双亲的灭顶之灾，却也成就了他的一生情缘。

父亲是一个聪明、直率、自信的人。做什么事都能无师自通，而且技术高超。住在老宅的许多年里，父亲凭借老宅的宽敞和自己的智慧，在披房里养鸡、养兔、做羊毛衫……一点一点积累财富。

二十世纪八十年代，稍微有些钱的人家都搬出了老宅，建起了大寨屋。每迁出一户人家，老宅就会被拆掉一部分。于是，原本结实完整的老宅开始变得凌乱、丑陋，如同耄耋老人糜烂败落的牙齿，满是伤痕，残缺不全。

那时，尽管我家有了造十间大寨屋的钱，可我的一家人依然住在老宅里。每有台风刮过我家的屋顶，房梁和瓦片就会发出咿咿呀呀的呻吟。有时，风掀掉梁上的瓦。雨，就从那一丝亮白的瓦缝间纷落下来。孩提时的我，喜欢这样的情景。母亲把搪瓷脸盆、木桶放在漏水的地方接水。雨水落到桶里，有时惊心动魄地吧嗒一声，掉入水里粉身碎骨，有时又轻柔得只在水面泛起一层涟漪。这种由雨声弹奏出的音乐在寂静的夜里时而宛转、时而凝固，似乎能听到时光在黑暗中一步一步走远的声音。

关于什么时候造新房，是母亲和父亲争执最多的话题。父亲说，老宅是他的亲人，他要一生守护它。父亲是一个固执的人，谁也说服不了他。我想，只有自信、太注重感情的人才会固执、自以为是。

当与父亲同龄的人几乎都搬出了老宅，父亲对老宅的坚守才开始松懈。

1992年，父亲终于在自己的地里造起了村里最高的四层半立地房。我们欢天喜地地搬家，而他却站在即将离开的老宅，情不自禁地哭了。

老宅给了父亲太多太重的记忆，这种饱含深情的烙印早已深入父亲的血液了。长久以来，人们赋予家的含义就是共同生活的眷属和他们所居住的地方，而忽略了住所和人们之间建立起来的水乳交融的亲密感情。

此刻，当我发现滋生我血脉亲情，繁衍我童真快乐的老宅突然杳无踪影时，除了恐慌，更多的是伤心、疼痛。我站在市府大道西延段——台州学院的门口，只能无助地四顾茫然。

一群无所事事的学生从我身边慢慢走过，她们无关痛痒地践踏着我的"祖宅"，神情那么散漫和肆无忌惮。我的心不由得痉挛了一下，绝望、忧伤相互交织一起在体内蔓延。

初夏稀薄的太阳洒在我身上，竟没有一丝暖意，只有风在我的耳边轰鸣，世界很静，我只听见自己心跳的"吧嗒吧嗒"声。突然，心头涌上一股惜别的忧伤。这种无家可归的凄凉，湮没我的情绪，让我脆弱无比。

我成了一个迷路的孩子，站在宽阔的市府大道，只想放声大哭。

堂　前

一阵铃鼓声从不远处飘来，和尚的诵经声悠扬婉转。一抬头，我看到了身穿白衣的母亲在百米之外向我招手。

我把车子停在她身边。老宅呢？我问母亲。母亲指了指大道，在这下面。

老宅已不复存在？突然觉得好像被母亲欺骗了。小时候，母亲和我堂姐一起绣花时，总是把我喜欢的东西藏起来，然后告诉我，东西被偷了。直到我哭得泪水涟涟，才变戏法似的又把东西拿出来。然后，我就破涕而笑了。

现在，我宁愿相信母亲又像小时候一样和我开了一个玩笑，能把老宅变回来。

可是，母亲指着一间无窗、低矮、微型的新砌水泥屋说，"新楼里"拆了，堂前没了，"新楼里"的祖宗灵位都已移放在这里。

此时，水泥屋里的诵经声再次响起，穿过行道树，萦绕在大道的上空，庄严肃穆。

我跟随母亲走到水泥屋门口，八个和尚披着红色袈裟正围坐在一张方桌前，心不在焉地念经。另一张桌上摆了鱼肉菜蔬9大碗，八双筷子八只酒盅分置四个方位。香炉上插满了尚未燃尽的黄香。香火缭绕，狭小的空间里弥漫着呛人的香火味。享受香火的祖先灵位分三排立在烟雾背后，显得至高无上，神圣诡秘。

这等隆重的道场诵经，在父亲走后的七七四十九天，曾反复上演。每隔七天，八个和尚就来超度父亲的亡灵，也是这么抑扬绵长的诵经声，却一次次撕开我们裸露的伤口，无尽地放大着忧伤和无奈。

当人类在战胜灾难面前显得卑微渺小时，宗教就成了我们唯一的精神安慰。而宗教始终是遥远的抽象幻觉。宗教活动既然能让我们无助的灵魂得到安慰，那么终究会有人追随。

母亲是信佛的，母亲说，今天要请祖先的灵位到一个新的地方。

这些习惯了"新楼里"生活的老祖宗，走了，曾留在这块土地上的一切细枝末节也终将会被抹得无影无踪。

鲜活的也只能是一些记忆了。

两只衔泥的春燕，在老宅堂前的梁下筑巢。一前一后，夫唱妇随，深情而快乐地忙碌。梁下的廊柱间绕着一根橡皮筋。白色的橡皮筋一头系在堂前的廊柱，一头套在长条的板凳上，我的身影在白色的带子间忽左忽右地跳跃，轻盈如蝶的每一次舞动让我的笑容如花般灿烂。

竹篮在梁下的钉子上晃动，里面盛满了发芽的土豆、番薯种。父亲说，种子是丰收的希望。而每当我玩累了，肚子叽咕叽咕叫唤时，就会想着，怎样和小伙伴一起，把这些希望也拿下来偷偷吃掉。

堂前始终是最热闹的。春节的谢年、开年。七月半、冬至的祭祖，总让堂前香火不断。春节这一天，为点堂前的第一炷香，住在西边凤翼的红根伯爷三点钟就会端着块头敲我家的门借过。母亲起来开了门，就会忙着准备自家祭祀的东西。堂前渐渐地就会喧闹起来，鞭炮声、说话声汇成一阵阵声浪响彻在堂前道地的屋檐间，打破凌晨的寒冷和宁静。

穿好放在床头的新衣，我迫不及待地下楼。堂前已是红烛高照。猪肉、粽子、块头等祭品在桌上堆积如山。用木板铺成的祭桌足有20多米长，各家把苹果、梨、橘子等五样水果分装在五个盘里，一家一排摆放。这种奢华的陈列让我们兴奋不已，我们贪婪地在长桌边转来转去，就盼望着祭拜能早点结束，能及早分享到眼前的盛宴。

大人们却悠然地聚在堂前，饶有兴趣地议论着祭品的品相和产地。如果谁家有一样众人没见过的新鲜水果，谁家就会出尽风头，这一个早晨的话题都会属于它。

突然，有人喊，拜天地——，刚才还津津乐道的大人就会拉上自家小孩，呼啦一声站到长桌边的板凳前，合掌，鞠躬，齐刷刷地向外参拜。又有人喊，拜祖宗——人群一阵骚动，回身齐刷刷地又向内参拜。这种仪式性的祭拜，小时候的我只感到好奇和好玩。30多年后，回忆起对神灵、祖宗虔诚祭拜的这一幕，我却能感受到一种家族的归属，也意识到这一种礼仪的推崇，给宗族观念的不断绵延注入了强大的力量。

堂前，也是文化的传播汇集之地。忙碌的春耕过后，说书人就来了。堂前就会人头攒动，坐满了听书的人。记忆中的说书人总是身着青布长衫，提着一个布袋。布袋里装着古书、醒木、折扇、梨膏糖。古书、醒木、折扇这三件物品是说书人的道具。为增加戏文人物形象的感染力，说书人往往声情并茂，形色兼备，他们根据故事情节，时而持着折扇手舞足蹈，时而又把醒木一拍，大声断喝，洪亮高亢的声音，把堂下听故事的人们唬得一惊一乍。

尽管说书人讲得唾沫横飞，口若悬河，我们小孩子是不会去领略戏文精彩的。说书间隙的梨膏糖才是我们惦挂的。那时，说书人有"七分卖唱，三分卖糖"之说，每个晚上的说书，一般都会有两次休场，既卖梨膏糖，又做休息。每当醒木一拍，说书人甩出一句"要知后事如何，且听下回分解"，我们准会立刻围住卖糖人，递上从父母那儿死皮赖脸要来的一分、二分硬币。

香酥柔软的梨膏糖，入口即化。甚至还没来得及品尝就"嗯"一声滑下了喉咙。这种遗憾常常会带入梦境，梦中我都还会在吧嗒吧嗒地舔嘴。于是，那一晚的梦也就会分外香甜。要是赶上咳嗽，父母就会主动买好些糖存着，按时给我们吃。于是，每次说书时，咳嗽的小孩总是特别多。其实是我们撒了花招，施了苦肉计，晚上特意把被子踢蹬掉的。

令我惊讶的是，今天，这些场景中的情节竟会如此清晰地浮现出来。这种岁月深处的记忆，突然打开，就像是冬夜街道上昏黄的路灯，亲切而温暖。这一种被记忆包裹着的温暖，让我的生命突然显得生动、丰腴、快乐。

现在，电视上也有百家讲坛、五点半故事会等栏目。大多是一个被称为教授的老头，独自占着一个画面，引经据典，绘声绘色地讲鸿篇巨著。比起小时候的说书人，总觉得生动有余，亲近不足。就是如五点半故事会这样的百姓家常栏目，也让人听着做作觉得空洞。不及说书时台下台上的互动交流，说者和听者的情感交融来得亲切。

见我呆呆地坐在一边。母亲说，你累了，去车里休息吧。

我从竹椅上站起来，拍拍麻木的双腿。手竟有些疼。日头已西斜，水泥小屋已沐浴在夕阳中。有些微风，却没有凉意。踏着和尚诵经的节奏，我恍惚着走向停在人行道上的车。

栀子花

祖宅家门口的道地上，生长着两株高大的栀子花、一丛美人蕉。这是外婆亲手种的。每当栀子花的香气飘满整个院子，翠绿阔叶的美人蕉开出大蓬大蓬嫣红花朵时，夏天就到了。

夏天里，栀子花和美人蕉就会竞相开放。支起绛红手指的美人蕉带着模特的矜持，傲然怒放，妖艳的花朵，灿烂如霞。白色的栀子花，密密匝匝地盛开在绿叶间，像邻家女孩的清丽俏脸，婉约娇美。她们在小小的道地上同台争艳，如同一场简约典雅的音乐会上的演奏，热闹酣畅。有时，微风吹来，栀子花的清香就会沿着廊檐和板壁的空隙，潜入到各家的每个角落。家家户户空气里弥漫着的花香，让粗简黯淡的家什也生出些别样的风情来。

这样明亮清新的夏天，总是能让人快乐起来。

外婆是一个安静、阴郁、清瘦的人，不苟言笑，一双幽深的大眼睛里写满了忧郁。每年的端午前后，道地上的栀子花树上开满了期期艾艾的青白花蕾，外婆的身上才会泛出一丝生机和活力。

初夏的早晨，大朵大朵洁白的栀子花开放在绿叶的枝头，在朝露和雾霭的笼罩下显得楚楚动人。栀子花的清香在花树间流动、萦绕，再慢慢扩散，于是清晨的空气就变得黏稠甜蜜。

外婆一反往日的恹恹病态，提一只竹制的小篮，在高大的花树间采撷。剪刀剪断花梗发出的"咔嚓、咔嚓"声响，在清晨显得格外清脆。

当我揉着惺忪的睡眼走下楼梯，外婆已抱着一篮白莹莹的栀子花坐在廊下穿针。用针把线拴在花蒂上，给每一朵花做一个线圈，是她在每个栀子花盛开的清晨必须要做的一件事。接下来，就是换掉前一天放置的每一处花。自己白绸布斜襟盘扣处、我上衣的第二个纽扣处，母亲的绣花棚上，家里每张床的蚊帐门系带上——憔悴颓废的隔日黄花都会被外婆新鲜水灵的大朵栀子花替代。

每天做完这些，外婆总要站在飘满香气的房间里陶醉一番。她沉浸在自己世界里，所表现出来的轻舞飞扬神态，在我看来却显得诡异迷离。后来，我就朦朦胧胧地把她的这种举动理解为浪漫。

外婆是一个精致浪漫的人。记忆中，她总喜欢穿白色的斜襟衫，肩胛处的盘扣精美绝伦，像一朵盛开的白菊。脑后梳一个乌亮整齐的发髻，发髻上插一凤状的银质发簪，再加上一张苍白清秀、表情漠然的脸，给人的感觉就是一个矜持沉郁的老太太。

外婆是孤独的，她几乎不与老宅里其他的人家往来。在家里，她却有着绝对的权威，凡是外婆决定的事情，一般都难以更改。当然，外婆是精明能干的。她决定的每一件事情家里人都有难以回驳的理由。

就是这么一个孤傲和自以为是的外婆，对我，却特别喜欢。有时真的不得不感叹人与人之间的缘分。

小时候的我乖巧、漂亮，却羸弱，多病。外婆信佛，说我必须过继才能平安。于是，就在离我们村不远的一座寺庙里给我拜了回师。我不知做这样的祭拜是否对我的病真正有用，但我却很喜欢跟着外婆去几里外的寺庙里做礼拜。

初夏的田野，空气中到处飘浮着泥土和花草的芳香，太阳懒洋洋地映照着水田，投下秧苗婆娑起舞的身影。风轻轻地揉碎了水田中的身影让人看着有些伤感。外婆提着准备的祭祀物品，领着我走在乡村的田间小径。石板铺就的小径两旁花草丰茂，五颜六色的小花几乎盖住了石板与石板之间的缝隙。

田野上很静，除了几只在草丛中嗡嗡飞舞的蜜蜂，就是早稻秧苗吧嗒、吧嗒的分蘖拔节声。外婆总是一声不响地走着，似乎陶醉，又似乎心不在焉。我紧紧地跟在外婆身后，自得其乐地哼着歌。挂在纽扣上的栀子花因为我轻盈的跳跃，会在我的胸前来回荡颠。我们形影相随，却能做到互不干扰。我与外婆之间的这种默契。也许就是她每次去哪里，总会带上我同行的原因。

初夏这段时间，是外婆一年里最忙的季节。在这将热未热的天气里，她虚弱娇柔的身体渐渐恢复了元气，活动也就变得频繁起来。

大舅舅是海门一个国营大企业的技师，这似乎是外婆的骄傲。每年外婆总要去两趟大舅舅家，既看望儿孙，又回味城镇生活。

坝头的渡口，外婆牵着我的手，兴奋地张望着初夏的河道。从长潭水库奔涌而来的清冽山水把永宁河涨得满满的，水流荡涤着一丛丛丰茂的水草，发出哗哗的淌水声。盼望中的"小火龙"终于从远处"突突突——"地开来了，外婆敏捷地跳上船，然后伸出手把我拉上。她完成这一些动作快速、准确，与平时的病态判若两人，这种感觉我是那么陌生，却又是那么喜欢。我甚至看到外婆的脸因为激动，像怒放的花儿一样美丽。

快乐的外婆像一只叽叽喳喳的麻雀，指着河岸的水草、岸柳、小桥、行人对我喋喋不休。我似懂非懂地点头，欢笑。突然间，我又会想，平日里的外婆怎么会那么忧伤呢？

住在大舅舅家的外婆也是快乐的，在舅舅家30平方米左右的空间里进进出出，她的脸上总是露着喜滋滋的神色。有时，外婆带我、表姐、表哥到街上，给我们买汤圆吃，那种柔软白皙、咬一口就溢着芝麻浓香的甜酥味，至今想起仍是唇齿留香。外婆穿梭在熙攘的街道，一会儿看看这，一会儿摸摸那，像一条鱼，在大海里游刃有余。外婆是喜欢城镇的。

我想，外婆的忧郁或许与脱离了生活的城镇有关。我也喜欢城镇，但城镇不属于我，就像外婆现在也不属于这个城镇一样，我们都是这个城镇的客人。想到这些，我有时也感到忧伤。

虽然城镇不属于我，但在闭塞的乡村里，外婆的宠爱让我在同龄人中还是显得与众不同。舅公是撑上海船的，外婆就让他从上海给我捎来白糖、葡萄糖、的确良衬衫、连衣裙，要知道在物质还极度贫乏的20世纪70年代，拥有这一些是多么的奢侈和骄傲呀。

我是外婆的忠实尾巴。外婆是我的守护神。在我小小的心灵里，总以为外婆就会这样一直守护着我长大。然而，有一天早晨，父亲却突然推醒熟睡的我，告诉我外婆走了。

那是一个冬日的凌晨，老宅的窗外飘着雪花。外婆躺在幽深的雕花床上，盖着水红的缎被，面容宁静安详。母亲和两个舅妈呜呜地哭声凄厉苍凉。我站在外婆的床前，茫然无措地睁大眼睛，我还不完全懂得死亡的意义及死亡所带来的恐惧，我只是感到空气的压抑、沉闷，看见大人哭泣，我也就伤心地哭了起来。那一年，我7岁。

在外婆走后的很长一段时间里，我总是一个人寡欲少欢。每当走过设在阴暗过间里的灵堂，心里总是酸酸的。结着白绸的帐幔里，外婆的身影浓缩成了一张镶着镜框的黑白照片。无数次，我伸出手，却再也牵不到外婆冰凉的手。我，渐渐懂得，死，就是一种永久的消失。

每年栀子花开，我学着外婆的样子用针把栀子花串起来，挂到床前。白色的栀子花孤独地悬挂在空中，虽依然清香弥漫，但却沾满了我对外婆的思念。

象牙衣柜

我从没见过祖父。关于祖父的形象，只是我虚构的一个幻影。这个幻影的由来，却源自舅婆的一句话。

在我12岁那年。平日里不太来往的舅婆，有一天来到了我家。她和母亲坐在二楼的眠柜上聊家常，我静静地趴在窗下的桌台上做作业。不知怎的，舅婆突然说起了祖父。还指着我身旁的象牙衣柜说，"这个衣柜，祖父曾经两次把它背到葭沚的集市，想卖掉，又舍不得，最终被活活饿死。"当时，我看看不住用手抹着眼泪的舅婆，又看看立在眠柜对面的象牙衣柜，有些迷惑。地主，不是家里很有钱，像课文《半夜鸡叫》里描写的周扒皮一样欺压百姓吗？怎会饿死？

舅婆抹了下眼泪，哽咽着说，祖父是一个勤劳、聪明、节俭的人，他努力经营着土地，却精打细算过着日子。为了攒钱置地，甚至连一双雨鞋也舍不得买，而对待长工和伙计却不差。

听到舅婆的这些话，我憋在心里的委屈泪水竟如泄洪的水流奔涌而下。在语文老师教到《半夜鸡叫》这一课时，语文老师那声泪俱下的动情讲解，也曾激起我们对旧社会地主恶霸的无尽愤怒。下课时，有同学指出，我的祖父是个地主，也像周扒皮一样坏。我又气愤又惭愧，急得差点和他们打了起来。其实，内心里我也鄙视自己的家庭成分，它让深受老师宠信的我，也一度在同学中抬不起头来。曾经，我是多么怨恨自己是地主的后代。而当我终于知道我的祖父不是一个十恶不赦的坏人时，我幼小的心就豁然明亮起来。

后来，每当我一个人孤零零地躺在眠柜上，看着立在对面的象牙衣柜时，头脑中就会闪出一个模糊的画面。一个瘦小的男子，弓着背，吃力地驮着一只用麻绳五花大绑捆着的象牙衣柜，在乡村的田野上踯躅而行。画面中的象牙衣柜暗红色，高大清晰，几乎盖住了驮它的弱小身体。

每次，当我想仔细看清驮着象牙衣柜的那人模样时，这个身影就会渐渐变小，最后缩成一个黑点。就这样，祖父的形象伴随着象牙衣柜，经常出现在我的想象中而终究是一个模糊的影子。舅婆说，祖父是一个不算高大、勤劳聪明、五官清秀的男子。尽管我做了很多次的努力，还是没认清祖父的模样。阴阳相隔，穿越虚空的思念，也只是几阵微风罢了。

我所说的象牙衣柜，它只是一个绛红色的双门樟木衣柜。中间有两只抽屉，把它隔成了上下两柜。上柜的外表是由两扇带框的玻璃镜合起来，下柜的两扇木门用两只雕着古典图案的拉环锁住。上下柜的柜里又分两层，可以置放衣物。

母亲很珍惜它，只在上柜和两只抽屉里放一些珍藏的衣物和贵重的物品。每次，母亲存取衣物时，两扇白晃晃的玻璃门一张一合，就像一只大鸟的翅膀，光洁、圆润。

小时候，好奇的我总是要踮着脚尖爬上寝凳，从镜子里张望自己的脸。还喜欢用稚嫩的小手挖那些镶在柜子周围水波状的象牙图案。父亲说，这象牙很贵，不能随便挖掉。但我不管，我觉得只要我的手能触摸到凉凉的象牙，一种华贵的感觉就让我似乎拥有了世上最珍贵的宝石。

在我家所有祖上留下的物品中，除了一间住房，一张窄长画桌和一个象牙梳妆台，就是这个象牙衣柜了。这个象牙衣柜寂然地立在我的眠柜对面，不声不响。有时显得阴森可怕，有时又显得亲切平常。只有在夏日的午后，灼热的阳光透过天窗，斜射到象牙衣柜的柜身，柜面上漆水的厚实和光亮，才让我领略到它的华贵和不同凡响。衣柜上驻着的旧日奢华，似乎有股淡淡的寂寞，她穿透岁月的墙，让人怀旧、感伤。

或许是由于它的珍贵，也或许是我赋予了这只象牙衣柜特殊的感情。有时，我看到这只漂亮的象牙衣柜，就会平添上一份苍凉的感慨，禁不住要胡思乱想。我的祖父，一个宁愿用生命来捍卫一个象牙衣柜的男人，他是一个顽固不化的热血偏儿，还是一个痴情唯美的性情男儿呢？生命和一只象牙衣柜的选择，食欲与物欲的抗衡，是精神的坚守，还是对生命的自嘲呢？

历史的潮声湮没了困苦挣扎的身影，清冷的灯下，我似乎还能听到祖父的轻轻叹息。这一声叹息穿过时光重重叠叠的影，千回百转地深入我的生命，沉重得让我窒息。

如今，曾一度荣耀乡里的家族屋宇已夷为平地，同姓的族人也已四散分居。唯有当年祖父未曾卖掉的这个象牙衣柜，仍真实地摆放在两次乔迁后的新居里。新居很大，两间地基，五个层楼，而象牙衣柜只是静立新房一角，悄然不语。

现在，弟弟不断地在新居添置一些新式的家具。母亲舍不得丢掉这些从老宅搬来的老式家具，就专门腾出一间房子摆放它们。但它们呆头呆脑摆在水泥钢筋的新房里却显得不伦不类。许多时候，他们只把它作为过去的一种象征，而对它置之不理。

我始终觉得每一件物品都有自己的物语，包括祖上的象牙衣柜。它就像是一位失去风华的迟暮的美人，不再被宠爱，不再被关注。如今，曾经的一切都已随风而去。我想，被弃之不用的象牙衣柜，在静静的夜里，一定会想起曾经用生命来珍惜、钟爱它的一个男人。

偶尔回家，我还会去看看这张落寞的象牙衣柜。

在静静相视的瞬间，我轻拂着它身上陈年的落尘，就如同抚摸那些早已老去的时光。

天　井

天井只是老宅的一部分。它是正屋、后房和边房的链接。长方形，其中一边敞开，从正屋出来，我们就可以踏着天井的石板走到外面的菜园。

小时候，喜欢在天井里玩。一是可以让母亲放心我没疯到外头去。另外，天井里有花、有水缸、有石板，还有邻家阿姆种在破瓦缸里的大葱。这些，都是天井里最美的风景。

缸，是那种大口、圆肚、窄底的瓦缸。农家里最常见的那种。五六口缸一溜儿排在屋檐下，有褐色、黄色、青绿色，泛着被时光打磨的幽光。春季多雨，每当，白花花的雨水从檐下欢快地跳到缸里，缸里就热闹了。不时欢跳的一串串水花，就成了夏日池塘里鱼跃嬉戏的孩童。有时，滥情的雨水一直稀里哗啦地下，缸里的水不住地往外溢，天井里就会春潮涨起，甚至漫过檐下的石级，漫到阶前来。这个时候，我总是想着在天井的临时水泊里会有游动的鱼，他们躲在沿阶草的下面，或栀子花的大盆下。情不自禁地要下去踩水，又在大花盆的底下乱摸一阵。湿漉漉的一身水，被母亲发现少不了又是一顿臭骂。

这样的情景和情节大多发生在春天里。

而在乡下，水缸最大的功能是储水防火。老宅有上百年的历史，且都是原木结构，放上些水缸该是有备无患。还记得问过母亲，为什么要在天井里放那么多水缸。母亲正坐在老屋的后门口剥豆子，她向天井里的那些花草和石板地努努嘴说，天这么热，没看见那些花草、石板吗，它们渴了，也要喝水呀。

那是些外婆种的花草，有栀子花、茉莉花、月季花、喇叭花、沿阶草等等。在乡下，一出家门，路边、田径上多得是花花草草，长期住在乡下的人，因为司空见惯，往往对花草是不怎么稀罕的。但是从老海门镇上土改到这里的外婆，就显得有些与众不同。她喜欢在天井里种上些漂亮的花。

我是喜欢这些花的。乍暖还寒的时候，明明刚见着栀子花树结出一个个饱满青白的花苞，不久，碧绿青透的叶间就不知不觉开了大朵、大朵的栀子花来。剪下来，用红线串起，挂在衣服的纽扣上去学校，一路的欢喜一路的香。

初夏时节的天井里，这边的栀子花开还没停歇下来，相邻的一盆茉莉花又怒放了。两种白花，一大一小，各有各的雅韵和情趣。两种迷香，一浓一淡，此消彼长。花开得酣畅，香飘得惬意，就这样把一个幽深的天井装点得活色生香。

夏天是个热闹的季节，花儿也赶趟似的开。这不，天井里的喇叭花也应声开了。她是个勤快的主儿。清晨，我背着书包，揉着惺忪的睡眼，走过天井，就看见它已扬着紫色的大喇叭，对我神采奕奕地笑了。它一晚上的养精蓄锐，就为着积攒这开花、爬藤的精神气吧。等我下午放学，就看到喇叭花那条嫩嫩柔柔的藤蔓，已沿着自己设定的方向和愿景，勇往直前地爬了老高老高。某天，我在花间插了一根细杆子，第二天，它就攀着爬上来了。外婆又在杆子上系一根绳子，另一头拴在篱壁墙上。没几天，藤儿又开始缠上去了。再过几天，篱壁的墙上就缀满了一朵一朵的喇叭花。斑驳落拓的篱墙上怒放着朵朵花儿，美艳而古朴，远远看去，像极了一幅工艺精湛的织锦挂毯。

在天井的所有花树里，月季花是最不甘寂寞的，也是最讨人嫌的。每年，冬日的寒气尚未退尽，她就开始扬着一张张妖艳的脸来回显摆。月月花红，天天媚态，装腔作势，像个荡妇般趾高气扬。这花儿也与人一样，有些泼辣，有些温婉，有些张扬，有些低调，虽是人各有爱，但我终究是不喜欢太招摇、太风骚的。

秋风一阵一阵地紧起来，吹散了夏天的热气。天井里，花树上的花也日渐稀少了。

秋天就这样拉开了帷幕。

金灿灿的阳光即使还能把天井照得满地堂皇，但已掩不住秋的苍白和薄凉。除了邻家阿姆种在破瓦缸里的大葱还有些精神，长在石板缝里的沿阶草尚有些绿意，那些把精力和体力都奉献给了花儿盛开的花树，就像上了年岁的母亲，显得干瘪苍老、筋疲力尽。这时，老屋的天井也就像散场后的影院突然显得空荡凄凉。

空荡荡的天井，却成了我们一帮小伙伴游戏的天堂。

放学了，我们把书包往檐下的墙角一扔，就玩开了。如果是三四个小伙伴，就以石板缝为界，单脚跳踢着螺丝串，造着一间间模拟的屋。人多了，就会玩老鹰捉小鸡，卖羊或捉迷藏的游戏，放肆的喊叫和忘情的欢闹，常常引来大人的一顿叫骂。其实，真正遭到收工回家的父母叫骂倒不多，我们最怕的就是在天井左侧，居住着的一对老人。他们的房子是连接正房和后房的边房，这边房一楼的窗户面向天井。

白天，站在天井看窗内，只是黑黑的一片。有时，想看看窗里的情况，就会贴着脸在玻璃上窥探。两个坐在竹椅上幽灵一样的白衣老人，架在鼻梁上的黑框老花镜，上翻着的白眼以及惊愕的表情，常常吓得我们惊慌失措，逃之夭夭。而从窗里往天井看，却是一览无余。这扇像哨口一样的窗户，它让我们在天井里发生的一切事情都没有秘密。我们讨厌窗口内那两双并不善意的眼睛，他们就像个摄像头时时监视着我们的一举一动。有时急了，就会拿晒在竹竿上的衣服遮窗户。等到窗户"啪"的一声打开，猛然从里面传出一声断喝"小鬼头，你们再吵就打断你们的腿"。早已被这一声断喝吓得失魂落魄的我们，只得悻悻然终止游戏，不欢而散。

那窗里的两个老人，其实也并不是很老，也就四五十岁光景吧。特别是那个苍白的老太婆，老式对襟衣服的保守加上一副永远板着的面孔，现在想来，依然觉得后背生凉。

如果记忆中的天井是一幅万紫千红的春光图，那么，他们就是洒在这幅画上的一摊墨水。而这摊墨水的暗影就成了天井的一片阴影，它生生地嵌在我的童年关于天井的记忆里，怎么也挥之不去。

道　地

突然，耳边响起母亲的呼唤声。犹如露珠滚落花瓣，缠绵悠长。

张开眼，夕阳正穿过汽车的前挡风玻璃肆意地撒了我一身。我成了一只声息微弱，通体透明的蛹，舒缓着无尽的慵懒。

按下车窗玻璃，和尚悠扬的诵经声就从玻璃的缝隙间飘了进来。不远处，母亲正坐在枇杷树旁的台阶上，满是白发的头被几片宽阔的枇杷叶挡住了大半。

用力地甩了甩头，疲乏还是驱逐不去。似睡非睡间，我恍惚又回到了老宅。

夏天的傍晚，红红的夕阳还没落下山，早早地，我就搬了桌凳，摆在堂前的道地上。当我搬着桌凳小心翼翼地踩在被太阳烤成灰白的道地上，泛起鱼鳞皮的泥土就会发出咯咯的脆响。这时的道地，尚未退尽太阳烘烤后的热气，如果赤着脚，还能感到泥土灼伤皮肤的刺痛。如果在道地上洒一盆水，除了能听到泥土饱吸凉水的嗤嗤声，还会在洒水处看到升腾的雾状白烟。白烟过后，道地上只留下一片淡淡的水渍。

天渐渐暗下来，道地上摆着桌椅的人家都已陆续开饭。而我的父母，他们总是要等到暮色四合才肯歇工回家。小时候，没等忙碌的父母回家，我和弟弟常被邻家阿姆招呼着一起吃了饭。虽都是些自家地里种的瓜果蔬菜，紫茄、丝瓜、毛豆、南瓜……因为新鲜和赏心悦目，加上阿姆的热情，吃起来总是那么可口美味。

那时，邻里关系密切，同一个院子里住着的人家，总会相互照应。有事没事，邻家的几个阿姆总来我家串门。谁家要是做了好吃的点心和食物，总会相互赠送。那时候，虽然各家的物资并不丰足，但人与人之间的相处却是质朴真诚、情深意浓。

道地上，春天里长出的青草，已被伯伯用锄头擦在一边。点一把火，烧成了一堆草木灰。灰堆上还留有青草和泥土的残骸，灰白、焦黑、炭黑间杂纷呈，绽放在道地的一角，散发着丰盛、野性、自然地味道。

夜幕降临，提着小灯的萤火虫就开始在道地的栀子花树间飞舞。有一阵子，在我们小伙伴中流行戴萤火虫手镯。就是摘了青翠细长的葱，把捕捉来的萤火虫装入其中，在腕上绕一圈再打个结，就成了一只华丽耀眼的手镯。漆黑的夜里，萤火虫的尾灯在绿葱内明明灭灭，我们举着手腕，相互比较着葱内的萤火虫数量，兴奋得如同戴了一只奢华高贵的翡翠手镯。

夏天的晚上，我们就这样重复着这个简单的游戏乐此不疲。整个夏天，缠绕在我手上的葱香气息总是经久不散。许多年后，当我在城市的夜晚，偶然发现飞翔的萤火虫，却突然地记起了被快乐、纯真装点的童年梦想。我想，或许就是这样的游戏，点燃了我对美丽的最初渴望。

夏夜的道地是热闹的，道地上满是纳凉的人。他们或躺或坐，三五成群聚成一堆。每家都在道地上铺一张草席，身穿白色洋布运动衫的女人，一手摇蒲扇，一手抱着支起的膝盖，坐在席上闲话着家长里短，声音明亮清脆。男人们坐在长凳上一起聊农事、国事、风流事。印着"劳动光荣"红字的白背心被汗水打湿，紧紧地贴在后背。

在一堆女人中，声音最响亮，笑声最高亢的就数云才娘阿姆。她是个乐观的人，尽管丈夫已病故多年，儿子又远在外地做木匠，独身一人的她，脸上却见不到岁月带给她的悲愁。她识字不多，却能把故事讲得绘声绘色，而且还会唱婉转动听的越剧。而这些都是小时候的我所着迷的。一有空，我就缠着她给我讲故事。听得最多的就是一些聊斋故事。什么狐狸精迷倒书呆子、吊死鬼勾走了谁的魂等等，听得人心惊肉跳。

这样的故事听多了，夜里就不敢一人走黑暗的地方。最怕母亲让我一人跑到黑咕隆咚的二楼拿东西。老宅幽暗，昏黄的灯光只照亮了屋里的一个角落。每次一跨上家里架在墙边的木楼梯，我就开始大声高唱越剧。当置身二楼无边的黑暗，鬼故事的情节就会在脑海中浮现，令我毛骨悚然，情急之下只得把楼板踩得山响，以此来壮胆驱赶心里的恐惧。有一次，竟被黑暗中梁上乱窜的家鼠，吓得脸色青紫，说不出一句话来。

夜色苍茫，空气逐渐清凉。白日里在道地上蒸腾的潮湿热气，开始在草席下变得若有若无。唯有隐隐约约的席草清香依然在身下弥漫。道地西边的栀子花树间，萤火虫还在明明灭灭地飞。夏虫的叫声穿透寂静的夜空，显得单调、尖锐。

我躺在草席上望天，群星闪烁的天空，缥缈幽远，浩瀚无边。

每当天空划过一道闪亮的弧线，一颗流星就会骤然坠落无边的黑暗。云才娘阿姆就会叹一口气"哎，又一个人走了"。她说，一颗流星雨落下，就代表着一个人离开人世！而当流星划过星空的那一瞬间，这时候，你向它许愿都能实现。

我一直相信这一传说，也相信它能给我带来好运。所以，流星划过沉寂的夜空时，我就会在心里默默许愿。因为有了这祈祷的一刻，我年少的心里充满了对美好事物的向往和憧憬。于是，渴盼夏夜里这一时刻的到来，就成了我喜欢在道地上纳凉的内心秘密。

不知不觉间，薄薄的夜露已在桌凳席草上覆了白白的一层水膜，手指轻轻划过桌面，湿漉漉的桌面就会留下手指划过的清晰印迹。摸摸裸露的手臂，已是滑爽冰凉。

这时，夜已深，道地上纳凉的人家就渐渐散了。空落落的道地如同刚刚结束了一场奢华演出的剧院，陷入无边的寂静。栀子花的清香和草木灰的气味纠缠一起，在清凉的空气中久久飘荡。月光辉映下，老宅四合院的檐角在道地上投下沉郁的影，一种繁华后的凄凉深不可测。

我还赖在道地的草席上不肯起来，母亲在我身边一声声地催我……

时光的脚步很轻很轻，似乎只是瞌睡的一小会儿，没想到，我们就已走了很远。

母亲说，起来，去送送祖先吧，他们要去一个新的地方了。

打开车门，我站到马路上。明晃晃的夕阳嗖的涂了我一身，却没有一丝暖意。不远处，封闭的水泥屋里铃鼓声大作。

我跟在母亲身后，凝视着母亲头上的花白头发，突然想起一句话，"信佛是一种高深的信仰，我们的生命盛载了信仰，而信仰却比生命更久远。"

村　庙

终于，我沿着河岸，一路踩着咿咿呀呀的越剧唱腔到达了河的对岸。

我知道首先是今晚村庙的沸腾让我有些坐立不安，接着是那亮堂堂的月光催着我从家里走了出来。

我自以为是地把岸边的这座庙称为村庙，也许有人会持不同意见。特别是住在这个地方的人们，他们更愿意把这个居住的地方称作小区，这样他们就堂而皇之地成了这个城市的居民。

城市小区，村庄，这两个毫无关联的名词，经常在我望向河这边住宅的时候，激烈地在我脑袋里跳跃。无数次，我对自己说，我只是一个看风景的人，风景是什么，其实并不重要。

然而，我是一个较真的人。

我固执地以为，绿化、栋楼、安保、物业，会所、迁居、陌生人，是城市小区组成的重要元素。寂静、矜持、浪漫是城市小区的主要表情。所以，河这边的这个小区，在我看来，它不叫城市小区。

众所周知，城市小区都建有会所，但不可能建一座神庙。尽管一座会所和一座神庙的集聚功能有着异曲同工之处，但承载文化的内涵却有着天壤之别。城市小区推崇时尚、娱乐，张扬着物质精神，而村庄却是安静、祥和，充满着宗教情感。基于城市小区和村庄在文化传承上的本质区别，以及村庄与宗教的紧密联系，一村一庙也往往成了区别乡村的普遍定义。

宗教的神秘往往来自人们虔诚的敬畏。在乡下，村民对神仙的敬畏由来已久，并把它作为重要的生活部分，被赋予至高的精神信仰。因此，每个村庄几乎都建有供奉神仙的庙宇。

它占据一片领地形成殿堂，以一个至高无上的神者姿态，远远地守望着村庄上高大的古樟树、连绵的屋宇、泛青的菜园，开在院墙上的火红花朵。靠近成片的油菜花、水稻田、清水塘，或者长满野花的小径，纵横交错的田埂，这样更便于看着农民牵着牛耕田、鸭在青凌凌的河塘戏水，鸡幸福地在草地上觅食、狗在阳光下安详地晒太阳、袅袅炊烟升到空中。这一切，都是每一座村庙里的神仙守卫下的一派祥和景象。

所以，从某种意义上来说，村庙是乡村的特质和符号。在我的印象中，村庙大都远离村庄与戏台组合而建，其别具一格的建筑形体，是乡间宗教活动和文化聚集场所的特有标志。它作为乡村生活的信仰象征，成为村民重要的精神领地，而它所具有的肃穆而神圣，又会使村民在选择居所时与它保持一定的距离。

此刻，不远处的村庙，月光正和着灯光把小庙褐色的琉璃瓦顶照得亮如锦帛，两棱白色的飞檐如蛟龙出海盘踞其上。成排的民宅围着村庙，白色的外墙倒显出几分阴郁。几处民宅的阳台与村庙的房顶挨肩而建。哪家顽皮的孩子，如果在阳台上伸出手，就像是在门前随手摘一朵盛开的花一样，轻而易举就能攀上这庙的檐角。人与宗教如此亲近的情景，几乎颠覆了我关于村庄和村庙的记忆写真。

这时，一阵激烈的鼓乐声夹带着激昂的越剧唱腔从村庙里骤然响起，这种铿锵有力的声音如烟花穿透夜空，如流星散落大地，如暴雨覆盖尘埃，高调地盘桓在这片住宅的层楼、窗棂、岸树、流水之间。我看见月光下的这片住宅，因为音乐的萦绕而充满激情，因为音乐的浸润而别具风采。

也许，这片住宅是城市小区还是乡村，本来就无需我去深究。因为每一件事物的存在都有他存在的理由。这么想着的时候，我的双脚就情不自禁地迈进了庙的东门。

村庙不大，进门的通道上挤满了桌子。桌上堆满了供奉神明的祭品。大桶的炊饭、整篮的馒头、成筐的蜡烛头、盘叠如山的金银箔纸、金元宝、银元宝几乎让这些木制的桌子不堪重负。是神宴刚罢，一场盛会结束后草草收场的景象。

一位大爷告诉我，今天是庙里张相公的寿诞日，他们请来戏班子演戏，给张相公庆寿。他手里拿着一叠黄色的冥纸，站在被人群挤得只剩一线的通道上，兴奋而认真地说，我们下午还专程派人抬来了沙田庙的大帝爷来一起看戏呢。他一脸荣耀，就像是他自己的生日，由于请到了某个仰慕的人而显出了难以自抑的自豪。

那么谁是观众的主体？我看着戏台下那些井然有序、白头挨着白头，个个翘首仰望、如痴如醉的人群，情不自禁地想。究竟是他们在与神、菩萨同乐？还是神、菩萨在与他们一起同乐呢？这是一个结果是皆大欢喜的无聊问题，也许不值得一提。但在这位大爷的眼里，我知道答案分明是后者。

在乡下，人们始终认为村庙里供奉的神像，能庇佑一方百姓的平安。所以，每年总会有这么一个关于神仙寿日的重要日子，深深刻在村民的心头里。而庆贺的形式，大抵就是在这一天的前后，连续上演庙戏。

寿日做戏，这在每个村民的心里都是一件神圣而隆重的事情。还没等这一天到来，村民们就开始忙碌起来了。主事这场盛事的一位年长者，会提前半个月到村民家挨家挨户地筹钱。家里不富裕的就会紧紧日子捐出几百元，实在没钱的就会直接到庙里出劳力帮忙，有钱的更会在这时慷慨地一掷千金，有的甚至索性包了三天三夜戏场子的钱。一旦有人包了戏场子的钱，村民们就会相互传说，啧啧称赞。手里有了钱的主事者，就会兴高采烈地去周边村庄里探戏，看看哪家的戏班子演员好、戏文新、道具漂亮，认认真真地筹划着去请哪家戏班子了。

此刻，明亮的戏台上演出正酣。一位身穿黄袍，头戴皇冠皇帝扮相的小生正和一位红衣霓裳的娘娘久别重逢。小生神情激昂，刚性有力的唱腔充满愧疚和自责。娘娘爱理不理，故作冷若冰霜样，一边急煞皇帝扮相的小生，挥舞着白色的水袖在灯光下划出一道道优美的

再见，时光

弧线。

戏台的柱子上靠着一块黑板，上写"杭州天目山越剧团，夜场演出'狸猫换太子'。

这是一部我在儿时就已看过上百遍的越剧台戏，甚至是戏里对唱的台词和唱腔都还能惟妙惟肖地脱口跟上。当失忆和记忆碰出火花，我看着一排排密密匝匝的人群，就恍然觉得我是他们中的一员，30多年来，就站在这样的戏台下。

一样的戏台、一样的戏文、一样的生旦净末丑、一样的吹拉弹唱、一样地演绎着人间真情的温婉绵长。夜风吹过，这舞台的帷幕、灯光、造景以及角色的服饰竟令我眼花缭乱。

今夜，戏剧的律动为我打开了记忆之窗，而我在这个窗里却看见台下的条凳、人群、供物、神像、空气，他们都保持着一种我似曾相识的姿势和神态，统统陷入一种无意识的快乐境界。40年、50年，或者更长时间，他们执着这种快乐的热情像榕树的根系一样发达，随心所欲地向这片土地伸展。

爱默生说，只有在充满魔力和音乐的时候，生活才是最美好的。只有当我们不再对生活进行仔细剖析的时候，她才是最为完美的。我想，快乐可以很简单，简单得有时只需一台经久传唱的戏。

当我站在村庙的殿前，仰望那些慈眉善目的神仙菩萨，他们个个华衣锦服、安然若泰，也似乎沉浸在一片忘我的喜乐之中。有时，传统、嗜好、习惯成为一种自然的模式后，神和人一样也会痴迷到一个乐此不疲的境界。看戏，也不例外。

从殿里悬挂的块匾上，我知道此庙被称为"静江庙"。我不知这庙名的由来，是否与庙边的这条河流有关。这条河的存在应该是比较久远的。据说，它曾是这一带农村连接城市的交通动脉，船来舟往，汽笛阵阵，有过繁荣景象。浪静好行船，该是这一方百姓祈求神佑的最大愿景吧。

殿内还设有供桌在菩萨的像前。桌上供着水果、馒头、方糕、庆糕、寿桃，想必这是给看戏菩萨享用的点心吧。几本摊开的经书，不停被几个围在桌边的老者翻起。只见他们口中念念有词，我却听不懂一句经文。

遥看不远处的戏台，此刻正鼓乐喧天。人群中不断响起的阵阵掌声足以说明这是一场深受大家青睐的精彩庙戏。由此可见，剧院里掌声寥落的原因不是因为观众的素质而是由于剧本和演员的蹩脚。当然，如果观看者不抱着一颗欣赏的心，那么最好的戏也激不起你的热情，何况还在这么一个顶上只拉了几条彩色塑料布的简陋戏场里。

这是一个独特的空间。供奉神像的主殿朝南、演出庙戏的戏台面向北，他们中间相隔约30米。为方便祭祀和演出，村民在庙殿和戏台两边往往造一些边房，这样就在中间留出了一个长方形的空地来充当戏场。庙殿与戏台遥相呼应的传统建筑，有着两全其美的作用，既宽阔了佛菩萨看戏的视野又让村民在佛光的映照下安乐的欣赏庙戏，这种能让村民和菩萨各得其位，互不干扰享受文化大餐的建筑，也是乡村传统文化的一大特点。

穿过村庙边房的时候，我的脚踢着了一个"寿桃"。也许是被人踩过，桃身有些变形，但不难看出这是一种用米粉制成，再用食用洋红给桃尖着色的米粉桃。由此可想，刚才的戏台一定举行了一场隆重的"庆寿"仪式。

"庆寿"是村庙神仙"寿日"里最必不可少、最重要的一个仪式，通常是在"寿日"当天晚上的戏台上进行。庆寿主要有"天官寿"和"八仙寿"两种。在我看过的庆寿仪式中，往往以"天官寿"居多。相较"八仙寿"，此种仪式更直观、生动、热闹，且符合民间的习俗和乡村审美。

当戏台上的帐幕拉开，四大金刚和童男童女分列两旁，所谓的"天官"就相继出来了。首先走在最前面的是魁星，其面貌丑陋，一手拿笔、一手拿墨斗，这叫"魁星点中"。据说钟馗是主管学子科考命运的文曲星，他手里拿的笔，就专门点考试中榜者的姓名。村民拜请钟馗，就是相信有魁星的亲点，村里会多几个中榜得魁者。

紧跟其后的是"文财神"和"武财神"。"文财神"是太白金星，他面白须长身穿锦衣腰系玉带，在天庭的职衔是"都天致富财帛星君"，专管天下的金银财帛。他的白毛长刷轻轻一拂，两个红色卷轴就潇洒地展开，"国泰民安、风调雨顺，五谷丰登、六畜兴旺"十六个烫金大字展现在观众的眼前。继之，手抱小孩的福财神和身穿朝服、手持玉如意的禄财神也喜气洋洋地出场了，他们是有子万事足和加官进爵，增财添福的象征。接着，就是红面长髯形象威武的关公——武财神了。民间相传他能招财进宝，护财避邪。人人爱财，因此，当武财神手捧金元宝笑容可掬地出现在戏台上时，往往会博得台下一阵阵的掌声和欢呼声。为多沾财气，一帮嬉笑耍闹的村民就簇拥着武财神把这沉甸甸的金元宝送到庙殿的中堂供奉，祝愿家家户户兴旺发达、生意兴隆。如有哪家包了做寿戏场子的，武财神就直接把金元宝送到他的公司厂房，为他讨个好彩头。

最精彩的环节就是"东方朔送桃"。古有东方朔三次偷食仙桃，以一万八千岁以上长命而被奉为寿星。而戏台上的寿星却慷慨得很，他从自己桃枝上随手摘下"仙桃"，一个一个抛下戏台，还不停地喊话，"王母娘娘仙桃呀，三千年成活、三千年开花、三千年结果，三千年才遇上一次呀，小娃子吃了活泼又聪明，学生伢吃了考试中头名，老年人吃了百岁又长命，种田人吃了地里挖黄金，生意人吃了财宝滚滚进……"随着仙桃的抛掷，台下的观众一下蜂拥到这边，一下又扑腾到那边。桃到之处，人群就像炸了窝，常常闹得人仰马翻。当台下场面热火朝天的时候，"天官"们也纷纷加入"送彩"的行列，他们欢呼着，把这些带着运气、福气、喜气的果糖、金橘、饼干、桂圆、花生等彩头一齐抛向台下。糖果划出的一道道美丽弧线在天空织出一张漂亮的彩网，人们在网下飞奔、欢呼、呐喊、哄闹，沸腾间，就把"庆寿"的仪式推向高潮。喧闹过后，又总会有一些被人踩踏的糖果悄悄地躺在角落无人问津。

我捏捏手中的这颗"仙桃"，竟然还有些绵软。心想，赶得早不如赶得巧，今晚，我也算是中了这乡俗的彩头。

戏台背后，还有几间厅房，那是村里老人的活动室。房间宽大幽暗，只有几张木制的四方八仙桌寥落地立在一角。此刻，那些整日里与他做伴的长条凳子也经不起台前热闹的诱惑，早已逃得不见踪影。它寂寞的表情，让我想起一些被年岁拖得再也无法举步的老人，面对人间的烟花场景，只能发出一声轻轻的叹息。

从村庙出来，我在皎洁的月光下看小河幽绿的水。村庙连着民宅的奇特身影，是一幅浸在水里的黑白相片，轮廓分明。

起风了，岸树伴着路灯的写意构图，晃晃悠悠地在水底轻摇，像一片蒙太奇的残缺意象在水中不停地咳喘，诡异而神秘。

白天，从我家的阳台看过来，这村庙和周围民宅相得益彰的建筑，像极了一朵盛开的宝石花，美艳而夺人眼目。此刻，这宝石花瓣下的我，月光下的我，又是什么呢？

长久以来，这村庙和这片民宅只是我隔河相望的一处风景，它的存在应该与我的生活毫不相干。但是，在过去的许多个日子里，它们每次的响动都在悄无声息地影响我，并给我的生活也打上了烙印。

起先，我不太习惯这种喧闹的声响，常会被扰得寝食不安。日子久了，我竟能根据对岸飘过来的不同音乐和诵经声，辨别出神仙寿诞日、初一、十五敬神日等这些特殊日子的不同来。当悠扬的佛经唱念声和着铃鼓木鱼的奏响，从早晨的窗缝溜进来把我唤醒，我就知道今天要么是农历的初一或者十五。因为每逢农历初一、十五这两天，佛教信徒要吃斋、诵经、敬神。为得到村庙神佛的庇护，村民自然会早早地就到庙里烧香礼佛、诵经祈福。

一声声梵音飘来又远去，一阵阵吹拉弹唱响起又沉寂，一帘帘幕景挂上又撤下，一拨拨演员来了又走了，当一年里这几个特定的时间像钟摆的刻度一样被固定下来，我的日子就随着它们的起伏而显得四季分明。

时光辗转中，我渐渐认同了这个被城市挤压变形的村庄，并慢慢习惯了它所具有的生活表情。它带着乡土的情节和普遍的人文内核，保持着一贯的粗放性格，不仅成为这个城市里我心中概念的村庄，并以它特有的人文精神在这个城市里显得遗世独立。

西　窗

　　我喜欢西窗，因为这两个字散发着诗意，并且透过这两个字，仿佛就能看到一些内心欢喜的图景。落日晚霞、田野流水、月光树影、街灯楼宇，以及那个远在天际的神奇西域。

　　有时觉得，不需要走太远，只要我们满怀激情地在生活中安一扇心灵的窗，我们的生活就会和煦丰盈。

　　在我所居住过的房子里，都曾有过一扇或大或小的窗，他们开于西墙之上，让我的眼睛可以随时散步，心灵可以随时飞翔。所以，西窗对于我，不仅仅是一个方向、过程，更是一种指引。

　　并非刻意，生活有时偏偏就安排了这些。

　　比如，童年的我，住在新楼里的老宅，老宅的西墙上有窗。窗外，一棱棱的青瓦，伴着一棵大如伞盖的苦楝树。有时，夕阳把苦楝树叶照得透黄，深绿的叶脉若隐若现，像极了一块块金黄的琥珀。有时，夕阳透过苦楝树的枝叶，猝不及防地刺痛我的眼睛。风起的时候，打落的苦楝树果就会在青瓦上溜溜地乱窜，那种带着落荒而逃的乱舞美艳而炫目。如今，我已想象不出乱舞在瓦上的苦楝树果模样，而那种打在瓦上的噼啪、噼啪声，却长久地嵌入我记忆的高地。

　　工作，结婚了。单位分我两间朝南的宿舍，其中一间在楼房的最西侧，因此，我可以独自拥有一个走廊的尽头。走廊的尽头是一扇窗，我在窗台下放置煤气灶，于是，这个设施齐备的家就开始惨淡经营了。

他在另一个城市，周末回家。我在灶上炒菜，隔一分钟望向窗外。窗外有一条河，岸边是长途汽车站。站内的广场上，汽车密密匝匝排得像火柴盒。黄昏了，彩霞依然满天。我站在窗前，想他。好想他是一只青鸟，从茫茫天际，忽然展翅飞到我的面前。天黑了，西窗外的夜被灯光装饰得越来越辉煌，而我还站在窗前，心里一片凄凉。虽然看不到自己脸上的表情，但却清晰地感觉有泪从脸上凉凉地滑下来。这样一种咸咸、酸酸的味道，一直充塞着我的爱情生活。

西窗下，我把思念拉得很长很长。四季更替中，唯有一朵爱情的伤感之花常年不败。整整六年，时间老人为我作证。爱与被爱的情节，生活和生存的旋律，以及追求本真的纯洁，犹如一场场绚烂的烟花升起又落下。有时候，当内心的坚守在做着最后的挣扎，我就会任目光游牧在西窗之外。

夜，睡沉了，就没有波澜壮阔、花枝招展的景象。只有寥落的星辰、如水的夜凉，漫漫打湿了西窗的瘦影。和着夜的落寞顾影自怜，才渐渐懂得，什么叫隐忍和漫长。人的情感此消彼长，或许等待和出发都不是最好的选择。那么，落寞时尝试对着时光微笑，我们就会在生命的微光中发现自己是一朵怒放的夜来香。

随着孩子的降生，家终于有了实质的转变。首先是拥有了一套属于自己的房子。其次是他这个移动的棋子，也要在这个城市安营扎寨了。

家在一个相当规模的小区，有70多栋楼房。房子还在楼的西侧，西室的卫生间里有一扇小小的窗。一堵邻楼的白墙，是窗外的全部风景。

一个喜欢眺望的人，如果窗外没有了风景，那窗其实就失去了它存在的意义。很多时候，当主观的愿望和客观的现实不能完美地融合时，我们的生活就会变得凌乱不堪。日复一日，周而复始的生活让我的内心长满了草。孩子，做饭、洗衣、唠叨、还贷，工作、加班。多年来，我在婚姻的舞台上拨弄着这把生活的琴。这是一把由孩子、家务、工作组成的三弦琴，她发出混浊或者清脆的声音，覆盖了四季的脚步，覆盖了我内心深处的闪光点。

南窗外，年年盛开的广玉兰越开越烂漫，年年不变的行道树在悄然中绿伞成荫。蓦然回首，乳臭未干的儿子也羽翼渐丰，做好了飞翔的准备。弹指一瞬间，已是14年。

又是一个春日，我坐在阳台的沙发，任目光穿过玻璃的阻挡，落在窗外的一颗香樟树上。

起风了，香樟树繁茂的枝条被风拽着摇来荡去，不知是累了还是生气了，青绿的叶子发出窸窸窣窣的响声。一只红色的塑料袋被风高高扬起，擦着香樟的树冠在半空中喘了口气，又被风抱着在草地上暧昧地打滚。草已吐芽泛绿，似乎经不起他们肆意地碾压，不断发出呻吟。

这是我家西窗的一个寻常景象。直白、熟悉、又有些陌生。

遥看西窗，曾是一件多么神往的浪漫之事，而今却成了我进驻这个新家以后最无所事事的一件事。或者说，是太多的西窗让我变得无所适从。每天，在窗帘的开开合合中，阳光像一个调皮的孩子，随时会给我一个热情的拥抱。就冲这个可爱的孩子，我也应该满足地微笑。但是，我却常常想不明白，四扇西窗织就了我阳光满室的奢华，为何心的角落依然一片阴冷。

西窗外，还有灌木、河流、岸花，栏杆，民宅，以及如莲般开放在彼岸的庙宇。

偶尔，彼岸有佛音传来，轻轻柔柔缭绕着西窗盘旋。我知道，这天又是佛事的日子。彼岸的村民又开始在那个庙里上演一场心灵的祭奠。经声连连，木鱼阵阵，红尘的背后，人们总喜欢以一种特有的方式获得心灵宁静。经文的台词如此深邃，人们在吟诵的时候也许不甚了解其全部含义。大道至简。我恍惚无数次听见佛说，我们要用宽容的心对待世界，用快乐的心创造世界，用感恩的心感受世界。

佛，是黑夜里的明灯，照亮世人心灵的死角。他就是为了给我们做一个生命的灯塔，指引世间这些迷途的生命，找到前进的方向。而我们每一个人要思考的问题，无非是以何种方式安顿好自己的心灵。

如果心内有阳光，我们的生活就不需要窗。窗，其实只是我们眺望内心的一种形式、一个假象。随着年岁的增长，我们对窗就会产生另一种理解。许多年少时执着的东西，比如形式、赞美、喧闹，就会显得越来越不重要，也不会付出很大的代价去做一些没有实质意义的事情。

有人说，成熟就是不断地抛弃形式去看穿本质。

我们的一生，原本就是走在从此岸到彼岸的桥上，我们过桥的目的，就是为了从此岸到达彼岸。那么，我们就在这桥上随遇而安地看看生命中遇到的风景吧。

原来，万物如此宁静。

自画像

每天，签完稿子，我就会从电脑上收回视线，给自己放松心情。

有时给自己放一曲怀旧的抒情老歌，让自己沉浸在悠远而绵长的年岁情愫里，有时只是在窗边站一会儿，看窗前满目的苍葱翠绿。

窗外，是两排高低不整的树木，有桂花、广玉兰、柚树、枇杷树，还有及膝的低矮灌木。它们随性而长，参差有致地点缀着两座建于80年代的办公楼，给这两座老气横秋的建筑也赋予了勃勃生机。在两排树的掩映下，有一条若隐若现的小道，由西贯东。偶尔有车缓缓地从这儿经过，只是开往建在东墙一隅的车库。

每天，车开过发出的呼呼声以及窗外各种树木发出的阑珊之气，伴随着花朵的馨香，钻进我的窗台，经常惊扰我。困顿或陷于烦恼的时候，就是这一些细微的响动和生命中浮动的暗香，它一如既往地惠顾我，让我觉得生命依然亲切真实，突然就放弃了一些无谓的执着。当心头的阴霾消散后，剩下的只是阳光下绿色植物耀眼透亮的绿和扑鼻而来的香。心境明朗的时候，窗外的植物便是一片欢娱，每一片绿叶也都透着相知的喜悦，似乎唤一声，它就呼啦啦应声而来，正如庾信的赋曰："树里闻歌，枝中见舞，恰对妆台，诸窗并开，遥看无识，试唤便来"。

除了窗外这一片养眼的绿树，从这望出去的风景与路上一样，都堆积着琐碎和雷同。这个喧闹而坚硬的城市由诱惑组成，我们常常会深入其中不能自拔，却又往往置身度外。就在这个院子的宽阔地，涌动着无尽的人、车和现时代的浮华。每天，在这个院子里穿梭的都是一些熟悉而陌生的人。熟悉，是因为认识。陌生，是因为心的距离。这些形色各异的人中，他们大多只是我生活的一道风景，遥远得很难与我有什么关联。人与人之间的交往，有时得靠一些细微的温情与默契来维系，但人的一生，能够与你相知相伴的亲人、朋友，最终也就是那么寥寥几人，很多感情，总是去向不明。

我是一个随遇而安的人，很多的事情都弄不太明白，很多的人也都结交不起来。于事，于人，一认真，就觉着有许许多多的不能解说之处。坚持、放弃，义无反顾、潦草应付，面对一些俗成的"规则"和"游戏"，有时只得临阵脱逃。迂回曲折也不是我的个性，有时就想简单再简单些，只是做一个直率而纯粹的女人。有一份简单的工作，一份悠闲的心情，不要那么高，不要那么远，不要那么无休无止，宁愿低些再低些，就要些许，温和的热情、轻微的浪漫、随便的懒散。

我不是一个被邀请参加饭局的合适人选。一入席，总感觉自己与杯盘交错、油嘴劝酒的环境格格不入。在餐桌上不善言辞、不太喝酒，不懂得敬酒的礼数，也不具备在短期内迅速记住全桌人名的聪慧，这样没劲的人一般不会太受人们欢迎。其实，这一种场合的应和与交往，其实也需要一种能力，一种目的和趣爱的统一，一种心思和智慧的和谐。我努力过，但是终以失败告终。

我不太喝茶，也入不了茶道，是一个了无茶趣的人。虽然也上茶馆，那只是一种心情、心境，而绝非爱好。三两好友相聚，话一投机，往往只顾谈笑，却冷落了茶水。等记起玲珑紫砂小杯里的茶水，倾杯吸饮，却是一口乏味苦涩的凉。有时也能喝到热乎纯正的乌龙茶，确实也能味觉一振，享受到不同凡响的醇香，但这大多是有茶癖的好友，精心注水泡茶极力蛊惑我入茶道的做派。总是上不了茶的瘾，或许简单的我与繁琐的功夫茶无缘。

冬日的午后，假如懒洋洋的阳光能穿过茶楼的围廊爬到我的身上，我宁愿捧着一只大号的透明白玻璃杯，把心情的滋味融入水里，看美丽的"九品香莲"在清亮的水中微微绽放，宁愿让相聚的时光里，茶淡些，情浓些。

时间像陀螺，牵着你不停地转下去；生活像沼泽，也诱惑着你越陷越深；生命，流淌在这个现实的生活中，总有太多不能承受的东西。诸如一些聪明并不善良的人，诸如许多意想不到的人和事，它会莫名其妙地深入到你生活的事物及思想中来，扰乱你原本的平静，让你只能在无奈和妥协中放弃心中的愿望。其实也知道生命中的本真和尘世的规则很难相得益彰，在许多时候，人必须学会适应各种规则，以免让无谓的执着在追求卓越者眼里显得滑稽可笑，但我的心底里总响着一声轻轻的叹息……

这一声轻轻的叹息，它经常回荡在我的生活里。

人文讲座的一些所得

"兴于诗，立于礼，成于乐"，这是《论语·秦伯》中的孔子言。几天前，参加了在椒江图书馆举办的枫山书院人文讲堂"兴于诗成于乐——漫谈艺术与人生"的主题听讲，总以为这是个比较难以把握的主题，空泛而虚无，一不小心就会强词达意，变成说教。没想到邀请的教授竟作了两个半小时的演讲，而且座无虚席。

人文引领的是一种生活方式和生活态度，最多让人有一种认同感。人文讲座精妙者寥寥，好的人文讲座妙趣横生，不但能一呼百应，更能启迪心智，不好的讲座就容易对牛弹琴，讲者无趣，听者乏味。

平素对孔学等没多大深究，只是偶尔从电视、书上了解些，看过、听过于丹关于《论语》心得的几期"百家讲坛"，只当消遣，没过脑，更没上心。只因本人才疏学浅，加上那晚对徐教授讲座的听讲也只是身在曹营心在汉，因此对这场艺术与人生的启智听讲自然所得甚微。

回来查了百度，觉得苏文帅、苏军帅对此言的解析比较中肯。"诗"寓感情、情绪于一体，可以喜，可以悲，或乐，或哀，全于心情所至，兴致所"发"；"礼"具有人格卓然自立、理性思索于一体，有冷静，有规范，进而三思成行，退而择善有改，是为理智而思，心志所"立"；"乐"蕴含涵养、智慧于一体，包容一切，同和一切，不为物喜，不为己悲，实有身心合一，睿贤至成。

而我认为，"兴于诗，立于礼，成于乐"的意思就是要用诗样的情怀去阅读人生，以诗陶冶情操，以诗愉悦精神；就是要用礼数的规范去规划人生，以礼数精通世故，以礼数成就事业；就是要用音乐的律动去改变人生，以音乐调整心态，以音乐和谐境界。因此，我觉得人生既要有审美的情趣，又要懂得世故人情，更要有乐观的心态，只有这三者相互统一，才能达到艺术与人生的完美境界。

　　"兴于诗，立于礼，成于乐。民可，使由之，不可，使知之"孔老的这句话却让我感触良多。早在2500多年前，孔子就已意识到审美教育的重要性，认为诗、礼、乐这三样东西是教育民众的基础，真不愧为孔圣人。

　　而综观现实，又有多少父母，几所学校是真正把审美情趣、做人的道理、音乐修心来作为教育的基础。父母送孩子去作文、绘画、音乐、书法培训班，只是为学习技艺和知识。学校教育开设绘画、音乐等课程，也只是点缀和摆设，而真正以培养精神审美的教育更是凤毛麟角。为了及时地开启心灵之门，我觉得教育孩子就得注重情感和审美的并重开发，因为孩子的成长过程，不仅是丰富人生阅历的过程，更是爱好兴趣形成的过程。特别是中、小学时期，孩子的心灵和情感正待开发，这一时期的诗、礼、乐教育尤显重要，因它是构建个人精神世界不可缺少的一个重要部分。

　　构建个人的精神世界，审美、世故、乐观三者是必不可少的，因审美具有开启心智的先导性，觉得更有意义。人生的审美是多样的，可以是一首歌，一幅画，也可以是一首诗，更可以是一件事情，看你怎样去欣赏和理解。艺术是开放的，同一首诗，同一幅画，每个人都有自己的理解，每个人都能从中得到不同的启发或受益，不一而论。明明是一件惊世之作，有些人视而不见把它当垃圾，这是他的眼低；明明是一件垃圾，有些人却供它如神看得至高无上，那是他的滑稽。眼低，并不可怕，可以多加学习，提高优劣的辨别能力。滑稽，并不可笑，但切不可固执，不然就是执迷不悟和愚蠢。还有就是一些有三分懂得却要卖弄十二分才情的狂妄之徒，他们往往凭借自己的游说，传播自己的垃圾审美理论，这样就很容易误导一大片、甚至一个时期人们的审美情趣。所以我觉得审美是私人的、感性的、孤独的，他是心灵的感应和情感的交流，是只可意会，不可言传的一种灵魂触动。

记得诗人樊忠慰说过一句话，"诗歌和物质是人类飞翔的两个翅膀，失去精神和诗歌的时代，是残缺和不幸福的时代。"而在现实中，我们为工作，为生活忙碌着，常常收起精神的翅膀，很少去沉淀精神生活的本质和内涵，不知不觉中被丰富的物质快乐所蒙蔽，渐渐地放弃了精神世界的建设和捍卫，等到有一天我们觉察时，已是在精神荒芜的边缘，这是我们最可怕和最可悲的沉沦。

"不要放弃文字的阅读"，这是那晚徐教授于我印象最深的一句话。我想，也正因为有了这样坚持，我们才可以感受到文字的力量，才可以重温诗歌和艺术的温情。只要你去拥抱文字，或许我们就会深有同感，与书相伴的日子是快乐和幸福的日子。

渡上桃花寂寞开

春江水暖，渡上花开。

从家的西窗见着了丰腴的水，似乎就闻到了花的香。于是，思绪总不听使唤，总是向往春日里轻流的水，总是向往渡上盛开的花。

春水初涨的日子里，最抹不去的是记忆里怒放在渡口的桃花。一树或几树，兀自孤零地长在浅水的岸边，与不远处的一颗老柳遥相呼应。春天的渡口很美，除了那颗老柳，桃花就是渡口上最美的风景。她恍若一位临水顾盼的少女，在微风中舒展着身体，在水的清流里舞蹈，在水的柔波里微醺。

我迷恋渡口的桃花，花开的春日里，常常会不自禁地去渡口，攀着桃树偷偷折几枝花，插在自家的搪瓷茶杯里。尽管枝上的花在我家粗粝的搪瓷杯里尚未展颜怒放，不待几日，就会匆匆谢幕，而我依然是如此的乐此不疲。也许是年少无知，总是任性地把自己喜欢的东西占为己有，并觉得是那么的天经地义，殊不知被我阉割的花儿，只是给了我凄然一笑的无奈。而我，为求得这一枝桃花的烂漫，却差点魂归西天。

雨后黄昏，暮色苍茫，天边的一挂彩虹正绚烂。我向着渡口的一颗心又开始雀跃。来到渡口，我站在杂草丛生的岸边，攀着树，伸向最娇艳的一枝……，在我的手刚触及枝头的刹那，脚下一松，身子就如一只轻盈蝶，徐徐落入水中。静静地飘在水面，我随波逐流，头顶是落花的影，身边是自乐的翔鱼，身后是缓缓的水声，我沉入一个美妙的桃花梦境。

一个路过的乡邻救我摆脱了水和桃花的梦境。从此，我就失去了独自去渡口的权力。

每年花开的时节，我仍是遥望渡口，对渡口水面哀婉凄凉的花瓣依然记忆犹新。我常常在想，落花流水，是桃花应了水的呼唤，还是水雕饰了桃花的另一种美。而我，偏要残枝攫花，妄自伤物，是水对我仇恨，还是桃花对我蹂躏她的蓄意回击？

许多年来，悠悠的悔意，总在心头荡漾迂回。而每次在望向渡口的瞬间，我的心偏渡了舟。

> 让我与你握别
> 再轻轻抽出我的手
> 知道思念从此生根
> 浮云白日山川庄严温柔
> ……

某天，当我读席慕蓉的"渡口"，觉出了离人的断肠愁绪，那个关于渡口的记忆又瞬间苏醒。

春日的渡口，风轻云淡。春水刚漫过长满苔藓的青石板，深情地吻着岸边的水草。几尾不谙世事的小蝌蚪顾自在草间啄食，肆意地在水草间游戏。

"呜"———声长长的汽笛声，打破了渡口的宁静，一艘"小火轮"就会从不远处的河面渐渐临近。"小火轮"泊岸，人来货往，一阵喧闹后，"呜"——，又一声长长的汽笛声，"小火轮"渐行渐远。

少年的我，就这样守望着春天的渡口，几树桃花的灿烂、几声汽笛的缠绵。

春天的渡口似乎总是那么波澜不惊，同时也在上演一段段伤感的离人故事。

在渡口，经常会看到一对相送的恋人，她是我们村学校的一位音乐教师。听母亲说，她的爱人在城里工作，每星期要乘船来看她。渡口相别，两个大人泪眼涟涟相别的一幕常让懵懂的我费解。

若干年后，当我情窦初开，也开始经历一段情感，才觉出了那一种离情别意的无奈深切。而今，我依然不解，渡口有桃花，多情的她为何始终未掐上一朵，连同祝福一起别上他的衣襟，演绎一段"古渡藏风雨，桃花见真情"的感人情节。

渡口，桃花，离人，几乎还是在离愁别恨的挥手刹那，留不住的春光，却已在岁月的回眸一笑间。

每年早春，也会去赴一场桃花的邀约。几人结队，汽车、相机，装备一应俱全，起早、装扮，华衣彩巾的出行，只为抖落一身冬日的束缚，只为实现一次心的自由舒展。

置身桃花烂漫处，一种繁华后的清冷油然升起。透过密密的花丛，依稀见得的，仍是渡上落寞不语的花。

隔世碎语

——致父亲

又是一年轮回，父亲，你离开我们的日子已渐渐淡远。在这样又潮又湿的季节里，我的心底常常会升腾起对你的思念。失去你的失落感，不期然就弥漫在家人团圆的年夜饭桌上，藏掖在举家出游的全家福照片里。每当想起你的匆匆离去，记忆会连同这个季节的寒意袭击我，暗淡着春天里苍白的阳光。

就在正月初一，我和母亲及弟妹等一家人一起去给你拜坟岁，看望沉睡地下的你，不知你在地下是否有知。不觉间，我们又长了一岁，而你离我们而去的身影却又淡远了些。儿子还经常念叨着你的好，你口述的民间故事、你舍己护幼的美德在我儿子的文中经久传颂。你做的鸡子酒、老鸭汤是我儿子的最爱，如今却已成无可替代的遗憾。

初一那天，我们一家人站在你的坟前，静静地注视你碑上的遗容，仍是那么熟悉的面容却已是那么遥远，似乎有千言万语却顿时哑然。唯见墓林重重，唯闻鞭炮声不断，无以言表的我们只能以花代言，就在你的坟前放一束黄菊，寄托我们不灭的哀思吧。

时间终究会模糊你远去的身影，思念却仍会在不经意间静静地流泻。

父亲，你走了，就在三年前的春天。你穿着我为你置办的新衣，新鞋、就像是去赴一个约，一个千年难返的约。

　　尽管，我们都知道你的离开是一种必然，但走不过那个春天，这是你和我们都始料未及的。

　　三年了，父亲，你以为切除瘤体，逃过这场劫难，生命将重会垂恩于你。但你的自信和快乐还是被病魔击败了。

　　那个滴水成冰，寒气刺骨的初春凌晨，父亲，你走了。从一间临时用木板搭成的木棚里出发了。我想你是无奈的，从医院返家的这一刻，我从你的眼睛里看到了绝望，一种必须放弃活着的信念，面对死亡的绝望。我似乎感到了来自你心里的痛苦，你竟然再也不能回到倾注心血造就的2间四层楼房了，再也不能回到你睡了35年的婚床。也许你感到了冷，一种来自世俗的，对一个濒临死亡者的冷酷。于是，你什么也不说。

　　多年以后，每当想起你离去时固执地沉默，母亲和我就深深地内疚。

　　临行的那晚，我守在你的床边，仿佛看到了你即将熄灭的生命之灯，在纷繁的尘世尽头若隐若现。即将远行的你是那么颓废，那么无助。你带着一种无动于衷的表情，漠视着这个世界，漠视着我们这群因伤心而扭曲的脸。

　　守在你身边，我捕捉着你的心跳，感觉着你的微弱呼吸……面对死亡，生命显得如此不堪一击。如果时光可以倒流，我就会像小时候一样死死拉住你的衣角，不让远行的你离我而去。

　　寒冷凝固了时间，不知不觉中，你走了。你种田的身影，烧砺灰，爆米花，养鸡、养兔，撑船，办服装厂的忙碌身影就在你即将远行的刹那，在我的眼前一一晃过。你短暂而曲折的56年，就在母亲呼天抢地地哭声里，在我含泪的目光中静静走完。就在你灵魂脱离肉体的那一刻，我仿佛看见你的精神已幻化成影，轻轻地飘向我们家平平的房顶。

　　父亲，你走后，你的肉体依然被我们用现代的方式保存着，你最后的表情被我们定格在透明的冰柜里。三天三夜的守灵中，我无数次就着清冷的烛光，穿过僧尼超度的祈祷声，揭开覆盖你容颜的厚毯，辨认着安详而宁静的你。是谁在跳动的时间里设了一道屏障？是谁在冥冥的空气里划了一个断层？面对你，你却再也无法理会我的悲伤，哪怕我千万次地呼唤，却没能留住你匆匆的脚步。

静静的寒夜，父亲，我为你烧一叠一叠的冥纸，我不知道这些冥纸是否会像人们所说的那样，在另一个世界能带给你富裕和快乐，但我宁愿相信这些都是真的，这样我就可以为你送去财富，免得你在另一个世界再遭受今生的贫穷、劳碌之苦。

静静的寒夜，父亲，我为你烧掉的一叠一叠冥纸，它散发着枯败的气息，化为火中的灰烬，轻盈的灰烬飘荡在母亲长长的，哀哀的哭声里，覆盖着许多往日的记忆。

流动的辰光里，我就着焚烧冥纸的微弱火光，解读着生命中生与死的心灵密码，召唤你不曾远走的灵魂。

冷冷的寒夜，你走了。似这般冷冷的寒夜，我就会常常记起这些细碎的声息。三年了，我经常在恍惚中莫名地相信，你还停留在家里房顶的某个角落，依然在默默地关注着我们生活的点滴。

记忆忽近忽远，思念忽真忽幻，父亲，你就存在某个事物的记忆里，或许永远也挥之不去。

为爱生活为爱累

——致好友 W

薄薄的夕阳下，你立着，如一株残败的菊。蓬乱的短发，蜡黄的脸，因缺乏水分而倍感憔悴。

此刻，强冷空气南下，日降温在 16 摄氏度以上，车窗外的天气是北风呼啸，寒气四溢。本以为你会一头钻进我的车里享受空调暖气的温暖，而你却站在窗外，幽幽地对我说，咱们上凤凰山庄走走吧，那儿空气很好。

多少年了，总以为你会收起飘拂在风里的白纱巾，收起心底的一丝浪漫，不再风花雪月，不再在乎每一次叙事的场景。多少年了，你依然一成不变，依然喜欢营造凄美的意境，依然喜欢在这样的冷天里呼吸新鲜空气，让自己显得遗世独立。

这样的天气，温暖的魅力太大，它使我宁愿放弃做一个别具一格的人，也不愿在凛冽的风里看一场无端的风景。这些年一路走来，或许是我变了，变得务实而平静。而你依然是一个自负的"少女"，还站在 18 岁的路口等候爱情。

其实，我们几乎同龄，一样有过悠远的爱情理想和相似的浪漫情怀。十五年前，没有星星的周末夜晚，我们一起爬上烈士山看街灯装饰的城市夜景，一起到江滨的码头吹拂充满腥味的海风，一起在你宿舍暖暖的灯光下打着毛衣，述说着爱情的理想。

此刻，你就坐在凤凰山庄温暖的大厅，再一次向我述说着你最近遭遇的情感经历。祝贺你在 36 岁终于找到了归属，终于有人愿意不出家门就餐，愿意宠你、爱你、守着你。但是我始终难以理解那么一个平凡而普通的他，怎么会成为你爱情之舟停止漂游的理由，那么一个整日围着一口大油锅煎炸肉皮叫卖的粗简男人怎么会和白裙裾飘飞、真丝衣衫穿戴、心怀浪漫的骄傲小资女人走在一起。或许这就是我们身边正在上演的一剧七仙女和董永的《牛郎织女》现代版爱情。家人反对，你为了忠贞不渝的爱情宁愿众叛亲离，无怨无悔地背井离乡，与相爱的人同甘共苦厮守一生一世，留一段不老的爱情佳话永传人间。

可是，风雨的夜晚，电话那头你又在嘤嘤哭泣，生命毫无意义，生存毫无意义，你真想一走了之……

哎，本来演演戏，过把震撼人心的爱情瘾也罢了，你竟又和他领了结婚证，领了证也罢了，你就该生个孩子做个贤妻良母、相夫教子做个踏实女人。可是你又告诉我，你受不了他的油腻味，受不了他早出晚归的忙碌，受不了他整天起早摸黑钱却没一分上交给你、受不了他对家人的偏爱对你的不够用心。

我只能悲哀地看着你，看着你浪漫的爱情理想遭受现实的沉重打击。

岁月流逝，青春不再，梁山伯和祝英台的爱情那只是美丽的传说，琼瑶剧里那些生生死死、轰轰烈烈的爱情也只是虚张的矫情，是为博取少女眼泪制造的一个个美丽陷阱。十二年前，你结束了一场在风雨中飘摇了 6 年的爱情，源于你对爱情的吹毛求疵，只为男朋友因工作忙而没时间照顾你。12 年后，我又听着这些耳熟能详的怨语，似乎很遥远又很熟悉。人说，吃一堑，长一智，物是人非，但愿 12 年前那场恋爱的悲欢能带给你前车之鉴。

但是，在凤凰山庄辉煌而温暖的大厅里，你依然在不停地诉说着对他的种种不满。我为你难过，我说："这时代已不是产生美丽传说的时代，你必须清醒过来，端正态度，认识生活的本质"。可你依然顽固，依然对你唯美的爱情执迷不悟。

有人说，爱情的悲剧有两种，一种是因为永远洞悉不了，另一种是由于完全洞悉一切。既然你已做选择，能否就不去计较，能否就此随遇而安呢？有句话说爱情是瞎子，婚姻是赌博，你为何就不能不计得失地赌一场呢。

你说，你不信这世间没爱，你愿意守候，守候一份真爱的到来。于是，我又感动，为你的痴情和执着。

你崇尚本真、诚实、简朴、纯粹，现在的他或许就具备这些品质。你说他是一个好人，宽容、善解人意。这就够了，真爱或许就在你身边，在他的宽容和善解人意里。

放弃爱情，归于平凡吧，理想和现实本就有距离，不能完全统一，别再为情所困，为爱折腾，青春易老，年华易逝，茫茫人海中既然相遇，就请珍惜。

其实人生不过是一个过场，爱情只不过是一件装饰生命的彩衣，华丽也罢，简陋也罢，你穿上一件就行，慰人慰己，安心立命，皆大欢喜。

橘情难再

每到深秋，孤独同草木一起生长得漫无边际的时候，一些橘果勃动的日子，就这么不期而至了。橘子，它作为黄岩人的骄傲，一度驰名中外，更像一些闪亮的诗句，曾经贯穿着我的青春岁月。

我曾经就读的校园很大，除了一个独立的果园，几亩水田和几幢楼房，便是成片成片的橘园了。

老师把知识传播给我们，让我们模仿他们的姿势，在一些书本里走进去又走出来，而我们热衷于春天里玫瑰的歌唱，钟情于秋天里果实的成熟。在我们年轻的心里，金黄色的果实离我们很近，书和老师却离我们很远。特别是来自省内个别地区的同学，他们的家乡没有橘子，他们走进这所学校的最初念头也许只是缘于"黄岩蜜橘"的美称。他们拥有阅读橘果成熟的整个过程，于是赢得了赞美它的权力，他们绕过书本和忠告，纯真的心灵，自然而然地抵达橘子橙黄的魅力。

在橘子尚没成熟，园工还没有开始守夜的一些晚上，我们踩着夜自修结束时响亮的铃声，成群结队地拥向宿舍楼。在通向宿舍楼的途中，总会有一些勇敢者越过路边的黄杨篱笆，去摘几个可望而不可即的"禁果"，果不在多，一两个就够我们满足对橘子美好的向往，并加深渴望橘子成熟的脚步。

记得最鼓舞人心的时刻，莫于过临近节日，人人拿着脸盆去取校方低价售给每人 10 公斤橘子的美好时刻了。那种繁荣昌盛的景象，迎着一片嘘声上去，简直就是丰盛的宴会了。

年年秋天，橘子又亮又鼓，这是一种很醉人的诱惑。每年秋季，校方会安排我们唯一一节的摘橘劳动课。这让我们真切地感到幸福，终于可以堂而皇之地触摸到这种直接来自果满枝头的丰收了。但遗憾的是，校方给予我们只有劳动的任务，而没有品尝橘果的权利。

摘橘过程中，我的手穿越这棵树，接近那个最红最熟的果子。两秒钟之内，就会偷偷完成半个橘子从树上到胃里的整个过程。劳动课上，同学们会齐心协力，分头"作案"，惹得带课的老师也只能睁只眼闭只眼，无可奈何地摇头作罢。只是一些被同学们挖掉果肉的橘皮，成为"作案"中留下的蛛丝马迹，仍留驻在枝头叶间，带给我们难言的尴尬。至于还有些被同学们匆匆埋到树丛底下的"橘皮"们，我们倒庆幸它们能取之于树，用之于树了。

昨天，回老家。一路上，两岁小儿指着路边成片的橘林，大喊："橘橘，橘橘……"。时已冬至，枝头仍是一番风吹果动的丰收景象。

到家后，母亲捧出一大盘橘子，说："今年的橘子贱得要命，连两毛钱一斤也没人要，好多人都懒得去摘。"

哎，曾让我如此心动的橘子，怎会落到如此的下场。跟谁赌气似的，我一下子吃了三个橘子，便觉胃饱泛酸。

年轻不再，难道橘情也已难再。

春里一片黄，迎风漫漫开

不知从何时开始，春天就这样悄然来到了我们身边。

春日的阳光下，无论你在公园、山里、林间还是田边，各色的桃花、梅花、樱花、玉兰花、油菜花就会猝不及防地与你撞个满怀。其实春意尚浅，忽的一阵凉风，仍会给人以春暖乍寒的感觉。但空气中弥漫着浓烈的香气，常会使人一阵阵迷乱。

本已与人相约，上个周六去仙居共赴一场油菜花的盛会，但却因花期尚早未能如愿。可多日来期盼油菜花的热情早已积蓄，即使不去看花，就是想象油菜花的热烈和艳丽似乎也成了我心头的漫漫甜蜜。就像是喜欢独自浅饮小酒的人，酒还没上来，就自个儿已陶醉在酒的醇香里。

喜欢油菜花，只因它的自然和野性。不像"桃之夭夭，灼灼其华"的桃花，自古与多情和女性结缘，透着风花雪月的浪漫，总显娇艳和媚态。而早春的油菜花，它长在田野里，畅快淋漓地绽放，只管成片成片地占据自己的世界，涂抹只属于自己的颜色，没有畏惧地把黄色开放到底。这是一种精力旺盛、热气腾腾的颜色，它感染人，吸引人向它走近。你可以细赏一枝梅，就能读懂梅的气节，但你注目一枝油菜花，却永远体会不到整片油菜花的豪放和激情。它是一个团结亲和的群体，整齐划一，具有极强的凝聚力和震撼力，它又是一群不饰雕琢的少女，清纯靓丽，摄人心魂。也唯有它们这一群洋溢热情的精灵，才能把春天的气息沿着花的海洋，传递给每个过往的行人。

循着油菜花的芳香，就这么不经意地走回了少年时一段关于油菜花的记忆。十三岁那年，我因体育特长，被选拔到黄岩体校就读，少小离家的我，每隔半个月就要回家一次。每次从黄岩出发，必须穿越一段尘土飞扬的黄海公路，到栅浦桥头下车后，徒步3公里路程，才能抵达我的家。这3公里的路程，就是我儿时无数次的童真之旅。每当一个人静静地走在曲曲弯弯的田间小道，就感觉无比的自由和随意。

最喜欢春天的田野，和风拂面，空气清新，有时兴奋起来就蹦跳着一路前行。偶有一两只鬼鬼祟祟的蜥蜴，从路旁的草丛或石板下冒出半个脑袋，忽一下又溜得无影无踪，常吓得我惊恐失声。而当我平心静气地行走时，似乎就能听到田野里麦子拔节的声音，紫云英开放的吐蕊声和冬眠昆虫刚睁开眼睛的哈欠声，于是，安静的心又会雀跃起来。

假如正逢着油菜花盛开的季节，儿时的我就会情不自禁地走进成畦成片的金黄色世界，飞奔在油菜花的海洋里，用自己的身体画出一道道迂回纵横的美丽印迹。有时，看着黄黄的油菜花漫天铺地地延伸开去，淹没了附近的村庄和房屋，我就傻傻地沉浸在黄色的幻想里。春天晴朗的潮湿空气中似乎永远飘满质感的花粉微尘，黄黄的一片，把人的思绪、梦想，都染得黄灿灿。躲在花丛里，任凭暖暖的春风吹拂，觉得幸福而满足。偶尔会有金黄翅膀的蜜蜂在花丛里嗡嗡地鸣叫和穿梭，怕蜇了脸，就会随手折几枝花，拼命地在胸前摇摆，往往驱逐了蜜蜂却染了一手的黄粉末。而握在我手中的那几枝花秆，却依然青青直直，新鲜透亮，在阳光底下泛着耀眼的光泽。

从花丛里往外看，还能看到田里的麦苗，有时依然蒙着被一场春雨滋润过的油亮。沉睡了一冬的土地被重新翻动过，散发着泥土的特有清香，清新而踏实。这时，我就会脱下鞋袜，从花丛中跑出，光脚在上面奔跑，触在脚底的新翻耕的泥土，是凉凉的湿润。随地坐在田埂上，用脚使劲地搓着泥，那种快乐和肆意，想着都不禁乐出声来。

去年，在临海张家渡看桃花，偶遇成片的油菜花，却只是远远望着欣赏着，再也没有了儿时在花中自由飞奔的激情。成熟，使纯真和放纵已经不再。

　　季节不老，轮回依旧，一样的花开花落，一样的冷暖反复。许多年来，儿时的油菜花仍然立在它所坚持的位置一如往昔的迎风招展，烂漫着我的每个春天。我记忆中的春天田野，也应着这漫天漫地的一大片纯黄而美丽炫目。

　　如今，又是一春，又是油菜花灿灿之季。选个好天气，沐浴着和暖的春风我们一起到乡野踏春去。假如你愿意，带上相机和你的美丽心情，也许还能捕捉到油菜花海里蝶舞蜂飞的动感画面，也许那一派纯色的黄和奔放的绚烂，能成为你镜头里的绝色美丽。

释　然

　　《椒江 30 年记忆》，这是一套有关椒江改革开放 30 年发展历程的书籍，它不但记录了椒江从一个渔港小镇成长为一座开放城市的发展印痕，更采撷了 30 年间许多普通椒江人在生存中呈现的生活表情。该系列丛书共分《亲历》《影像》《新闻》三册，《亲历》汇集了我区 50 余位各界人士的奋斗故事，《影像》收集了 200 多幅反映我区经济、城市、百姓生活变迁的老照片，《新闻》选编了 430 余篇有关我区发展的新闻报道，这三册书籍各具特点，以三种形式，相互补充地再现了椒江 30 年间的发展影迹。《新闻》可算是椒江发展的大事记；《亲历》中讲述的一个个鲜活故事，让我们进一步了解了椒江的人文历史，勾起对往事的回忆；《影像》会带你重返往日的场景，在翻开《影像》的一瞬间，我们或许会找到自己的身影。

　　前天，区里举行了《椒江 30 年记忆》系列丛书首发式，相关领导都出席了，一算是对此项工作的重视、支持。二也说明此书已政审通过，得到认可。近几天，参加区"两会"的代表、委员也都陆续拿到了书，至此，关于该书发送的忙碌也似乎该告一段落了。作为该系列丛书的编辑之一，多日来心底的忐忑也终于渐渐消隐，一种释然的轻松油然升起。

　　看着眼前这一袋尚有油墨余温的《椒江 30 年记忆》，忍不住又抽出《影像》翻了翻，毕竟是自己编的书稿，哪怕在别人眼里有许多这样那样的不足，但自己看着，就像看到自己的孩子一样亲切，虽丑还爱。总以为自己亲手整编的第一本书，该是自己的散文集或诗歌集什么的，做梦都没想到 2009 年的春天，我用 15 天时间竟整出了一本书。许多事情经过迂回曲折的过程后，结果与开始的设想往往南辕北辙。就像编《影像》这本书，明明去年就已聘了一位编辑来做这事，三易其稿后，因编辑的理念和我们的要求仍无法融合，而不得不中断合作。寻人无望之下，万不得已只得赶鸭子上架，自己编了。

开弓没有回头箭，接了任务的工作不得不做。当时，离区"两会"召开的时间只有 28 天了，接手过来的《影像》却要推倒重编，除去制版、印刷、装订的 10 天，余下编辑的时间也只有 18 天了，时间紧得让人喘不过气来。而前期收集的好多摄影作品因主题过于集中和图片质量不好难以入书，充实、丰满《影像》一书的作品却成了当务之急。连线椒江的一些摄影人，得到了他们的大力支持，陆陆续续地收到了一些照片。

在编选的过程中，每收到一张好作品，总是那么心存感激，有时得到一张珍贵的好照片竟如获至宝般兴奋。也许平时也喜欢看摄影作品，所以对好的作品特别感兴趣，即使有时为收到一张图片要等到深夜，也心甘情愿。收片、选片、命题、整编思路的确定、写图说、目录、后记、参与后期的版面设计，本以为很快就能完成的编辑工作，不想却越做越没有穷尽。一忙，人就容易烦；一烦，人就变得像个火药桶，一点点小事都随时会引爆我的臭脾气。而一旦认真投入地去整这本书了，却能发现在做的过程中也是苦中有乐。

12 天后，样书终于出来了，邀请主要作者过来核实确认后，总算松了一口气，所有的辛苦也总算是有了果。

其实，椒江的 30 年发展，离不开每一个椒江人。30 年间，每一个椒江人都在经历，每一个椒江人都在改变，如果你是椒江人，与这片土地结缘，一起走过 30 年的历史，你就会发现椒江 30 年间发生的变化，已在我们身上烙下了印。

作为一个从 1992 年开始就一直生活在这个城市的椒江人，我目睹城市的发展变迁，对过去的生活情节却总是那么记忆犹新，银河商城的布头摊，老街城门头的纽扣铺，自带草席到"金三角"纳凉……种种情节，许多老照片让我重温了记忆中的温暖。

真的很庆幸能有这个机会编这样一本书，真的很感谢许多热心人的帮助，人大的徐主任，科技局的老施，还有很多的椒江摄影人。

木已成舟，图已成书，但愿这本书能带给愿意解读椒江的人一些收获。

第三辑
生活中，抹不去的尘埃

守　望

少年不识愁滋味

与一棵树的纠缠

路上的风景

……

守 望

车子驶入狭窄拥挤的西门街，从十字街口向南转弯，就看到不远处的一张藤椅。藤椅有好些年头了，原本浅黄的藤条已着上岁月的尘埃成了褐色。椅骨虽然还有力地支撑着，但菱形图案的椅背好多地方却破了洞，用红色的纤维绳缠补着。这般地遮盖伤口，就像是在女人的脸上贴一张创可贴，看着让人分外难受。

大多时候，这把年迈的藤椅上会坐着我更年迈的婆婆。她比椅子更老，已经九十七岁。每天，她五点起床、念经、吃饭、下楼，而后，坐上藤椅，看着街景或等待什么。

这是一条宽不过四米，南北却绵延千米的老街。街两边的建筑风格不一，有明清时代橡木结构的老店铺，也有解放初期建造，外表用白石灰涂刷的公有商店，还有曾用作公私合营的商住两用房，它们镶嵌着在街两边排列，组成了这条所谓的南门街。

南门街的得名源于不远处的十字街。在以往的城镇里街名往往以街道所处的地理位置来命名。比如有两条街道，一条横一条纵，形成一个丁字形的，那街口就叫丁字街。两条街道刚好是相互交叉的，那个街口就叫十字街。因为一个交叉的十字街口，这里原本的两条街道就成了东南西北四条街了。十字街因处在四条街的交汇口，往往是商贸的黄金地段，客流如潮。

婆家是 2 间建于 40 年代的三层楼，处在南门街的显要位置，距十字街只有 50 米之遥。一楼的店铺作为公私合营后曾经是百货店、新华书店、棉布店，现已被夫家三兄弟合资购回，租给一对夫妇成为售卖保健品的门店。在门店的边上临街有一扇门，推门就是一条窄窄的过道，住在楼上的婆婆和大哥每天从这里进进出出。

此刻，婆婆的藤椅就安放在过道的门槛外。几束晌午的阳光正穿过廊檐的间隙，无声地投在婆婆的一头白发上。几缕白发在微风的拂动下轻柔的舞蹈，闪烁的光芒炫目而耀眼。看她白皙的脸上，也停驻着一片柔柔的阳光。岁月留在脸上的那些淡淡风霜，仿佛也成了大理石的纹理，变幻着美轮美奂的图案。

那个陷在圈背藤椅上的婆婆，偶尔抬头看一下从面前不断走过的人群或者是阳光，很是困惑和迷茫。那种目光让人觉得漫长而荒芜，没有人会沿着这样的荒芜走进去，因为那里面除了宁静更多的是落寞。

这种萧索而清冷的场景，让我想起了在北京街头邂逅的一棵孤独的街树。那是一棵我叫不上名字的树，它挺立在街道的转角，突兀而凄凉。粗粝的树干粗壮结实，大半的枝干被粗暴的修剪过，似乎隐忍着痛在寒风中簌簌发抖。当我的目光透过车窗与它光秃秃的枝干相遇，我似乎看到了一棵树对生存的困惑和迷茫。

我知道我无法走进婆婆的内心世界，就像无法深入一棵树的思想。但是，那种揪心的无助却常常令我心存不安。

从如花的十八岁到耄耋暮年的九十七岁，整整七十年，婆婆就像一棵长在南门街上的街树，在时光和季节的交替里开花、结果、衰老。七十年来，婆婆与这条街相濡以沫，共守相望。

这一生，婆婆生养了9个孩子，一个夭折，留下3男5女。

到我见到她的时候，婆婆已是七十七岁高龄，圆脸、高鼻、眼睛依然明亮。白皙的皮肤饱满而富有光泽，一头银发密实充满质感，就像电视剧里某个大宅院里睿智慈祥的老太太。我们相差五十多岁，走在一起谁都以为我是她的孙女儿。看着她满头的银发，说是婆婆，更多时候我把她当成亲奶奶，猫在她身边，听她讲那过去的事情。

在婆婆断断续续的叙述中，我知道了关于这条街的一些历史以及家族里的事情。

"新中国成立前，这南门街至十字街转到'沈家里'大门口，连片三十多间店面都是我们家的颜料店。那时店里生意好，30多个伙计忙得团团转，店外还排着长队呢！"每当婆婆说起这些，声音洪亮、神采飞扬，仿佛又回到了那个她引以为豪的年代。

回忆其实是一件既幸福又痛苦的事情，它让我们在眺望远去的风景时，回想起那些明媚灿烂的日子，满怀欢喜，又让我们在往返记忆的途中，点燃那些已经湮灭的隐痛。

"'文革'时期整天抄家，你公公带了家里的一些金银财宝，想乘着去供销社值班把东西藏起来，不想第二天就直挺挺躺在值班室的床上，悄悄走了……"

说着说着，婆婆就会情不自禁地哽咽起来。尽管隔了几十年，那种往日的悲戚和伤感一旦来临，她依然会像突遭暴风雨袭击般陷入无边无际的无助中。中年丧夫，与她，或许是一生最大的伤痛。

"你公公在的时候，家里热闹呀！你大哥拉二胡、弹琵琶，三姐写书法，从斌画画……家里鼓乐齐鸣、人来人往，方圆几十里有名气呀。"

……

在记忆中行走。我想，更多时候，我们在遵循内心的召唤，在内心的召唤下一路前行。

每个人都有自己无法脱离的故事。因为故事已像毛发一样，充盈着我们的身体，给予我们荣光、精神和力量。

时间匆匆流去。记忆在枝叶的悸动中渐渐模糊，希望在明天来临之前一个一个消逝。婆婆老了，像一盏将息未息的灯，依然挂在南门街2号的门前。

这条历经百年的南门街，虽然仍店铺林立，满街充塞着激烈的摇滚音乐，却依然难掩繁华落尽后的清冷。

在喧闹的南街口，有这么一个平凡的母亲。她弓着背，抬着头，两手搭在圈背藤椅的扶手上，像一只无力振翅的倦鸟。几十年来，她已成为南门街上的一道街景，并以她特有的姿势守卫着残缺的家园，等待着儿女的归来。

我的婆婆，一个走了将近一个世纪的老人，拥抱着她一生的故事，与这条街融为一体，成为这个世纪投给千万生命中一个苍凉的影。

少年不识愁滋味

——给儿子

夜深了，隔壁的房间里传来你轻轻的鼾睡声，这一刻，你一定已熟睡了。

昨天，是你的第十二个"六一"节，我竟然没给你放假，依然把你埋在文山题海中苦练。儿子，你是否会觉得我太冷酷无情。

长久以来，我总以自己的评判喜好来限制你，总以为你大了，带你吃一餐肯德基，玩一下公园已没多大意思。其实我也没跟你交流过这个"六一"节你想怎样过，你还没说出你的计划，我就用 100 元钱作为交换条件，把你收买了，让你就在家做奥数题，哪也别去。没想到，你竟然爽快地答应了，当时我还暗自窃喜，终于搞定你让你安心学习了。现在，我更多的是感到悲哀和自责。为了 20 天后要参加的择校考试，我竟然要你临时抱佛脚。五年级的三科联赛，你因一分之差，没能入选，虽进入六年级的百名竞赛，但还不能免费进入学校的精英班。除了努力，这阶段你已别无选择。

睡前，我对刚做完奥数试题的你说："儿子，今晚妈给你拍张'六一'节的照片，留个纪念！"不想你笑着对我说："哈哈，妈妈，你一定看到人家博客上孩子的'六一'节过得快乐，你良心发现，对我，于心不忍了吧。"

我竟然一时语塞了，心里却特别难受，可我只是拍了拍你的肩膀，什么也没说。

于是，你就坐在书桌旁不停地摆酷、装帅，赶紧拿来相机拍下你一个个顽皮的动作，只想让你放松下紧张的情绪。现在，我看着你淘气而无邪的笑脸，不知不觉间被你感染，情不自禁地笑出了声。

你今年十二岁，正上小学六年级，虽然不是那么出类拔萃，但也是多才多艺，阳光可爱。喜欢画画，作品经常在全国、省、市、区、校等比赛中获奖。喜欢音乐，一有空，就两耳塞着你钟情的 MP3 嘴里念念有词，什么周杰伦、林俊杰、张学友不管新歌老歌，只要你认为好听、喜欢的歌，就会搜索百度储存到你的歌库，然后听三遍就会。喜欢动画片，一不小心就会扎进动画世界里，如三岁的小娃要招呼才能出来。酷爱游戏，放学一到我的办公室就忙着厮杀一回，好在不沉湎，给你定个时间也能遵守约定说断线就断线。学习总是冒不了尖，成绩也总在班里10名上下跳跃，不会让我操太多的心，但偶尔总会开些小差、出些小错需我及时帮你修正。

本以为让你轻轻松松过完这小学生涯，不让你这单纯少年识得愁滋味，但眼看升学在即，择班关键，你必得绷紧学习的弦，接受一次次考验。

12 岁了，儿子，妈妈也想放开你，让你走得更远些，上海、杭州能联系上的学校我都去考察了，但终因敌不过分离的难舍和送你出去万一变质的风险，而依然留你在身边就读。

今生的母子缘分，也许前世千年修得，因此，我们都得珍惜这份缘，总希望在你的一生中，能伴在你的左右，伴你走得更长些，更远些。

记得这学期，你刚学完课文里的诗歌，就写了一首诗《请求》给我：

少年不识愁滋味

　　妈妈请放开我的手

　　我要飞翔

　　虽然我的翅膀还没丰满

　　但我有希望和理想

我要随着阳光自由地长

……

那一天，我突然发现你长大，长高了，甚至发现你的身体也一下长得与你爸齐耳高了，然而脸上又是稚气未脱，模样依然很傻很天真。你根本还不知这社会的深浅，又怎能把握下一刻的成长呢？初中是决定人生成败的三年，看着你健康顺利走过这一阶段，我就会放心地让你去飞。

每次记起你对我说的话，妈妈，长大后我要赚很多很多钱，给你买很大很大的钻戒，这时，我的心就无比温暖，再苦再累，似乎所有的付出都是值得。

汶川地震了，你要捐钱，但你对我说："妈妈，我要捐自己赚来的钱，这样才有意义。"

于是，你计算了自己的稿费，不够还向我借了些，说以后要多写作文，还要洗衣服赚钱。我说，那就每次5元吧。你说5毛够了，本来就是你自己的衣服该自己洗的。

听着这样的话，我既幸福又感动，幸福的是你终于长大了，有了自己的想法并愿意付诸行动，感动的是你已学会感恩并愿意助人为乐。勤奋、善良、感恩、爱心是人生成功的基础，我希望他们能伴你一同成长，走好人生的每一步。

昨天，妈妈身体不适，今夜就为你补写上这些，愿我的儿子，你，能健康快乐地成长。

与一棵树的纠缠

我不喜欢盆景。

这棵榆树盆景却鬼使神差地进到我家，而且摆在阳台的显要位置。

两年前，临近春节的一天，回家途中见有人在路旁摆花阵卖花，就去凑热闹。蝴蝶兰、滴水观音、雏菊等十几种花摆在地上像一个小花圃，而我偏偏看中了角落里的一株榆树盆景。也不知是被她在寒风中扬着嫩绿细叶的笑脸所感动，还是被卖花人的怂恿所心动。

我是一个粗疏的人，对饲养花草没有耐心。这榆树盆景进驻我家阳台半个月了，我不但没给他找来合适的底盆，而且大多时候对她是不屑一顾。有时，站在房里远远看阳台上的榆树，根部块根古态盎然，青褐色的枝干曲折盘升，细碎的绿叶扇状铺展，和着阳台上一些花花草草，倒也显得风景盎然。

一天，我晾晒在阳台的被子被榆树的枝叶牵绊，我移动榆树枝干的双手握住了缠绕在枝干上的银色铁丝。松开手，才发现那细细嵌入枝干的铁丝，有些因为枝干蒸腾的水分已锈迹斑斑。有些因为长期与枝干相濡以沫，已融为一体。在铁丝缠绕的地方，大多留有一条条啮痕，这是铁丝与自然力抗衡的结果。也许作了太久的挣扎，枝干上的树皮已裂开。枝残处，有些地方结了褐色的痂，满是树枝风干的眼泪，

我的心一阵战栗。这不是对树的一种酷刑吗？

以前也耳闻过盆景的制作要用金属丝或棕丝扎缚枝干弯曲成一定形状、再经逐年细致修剪而成型的。但从没细细考量和观察过他的生长状态。假如原来我只是对盆景不喜欢，那么现在我应该从心底里厌恶盆景。

每一个生物都有自然生长的权力，每一棵树都有自己生存的尊严，而人们为追求病态的审美而不惜破坏和摧残生物的自然性。我想，是我们极度扭曲和变态的审美导致了人们的病态行为。

盆景，这种以迎合变态审美而捆绑成型的扭曲之美，让我想起了清朝女人的裹脚。在小脚崇拜最张狂的清代，无不浸透着对小脚病态的爱慕、艳羡和崇拜，而将摧残、畸形当作美来欣赏把玩。甚至是亲生父母亲手把自己女儿的脚致残，并且能听着被裹足孩子的凄惨哭声而无动于衷。

栽植盆景这种行为本身很是怪诞，把好端端的植物从地上移栽到盆里，本就违反常态。但在各类艺术泛滥的大背景下，对盆景艺术的推崇也就见怪不怪了。我们的审美是建立在新、奇、怪的基础上的，所以任何一次颠覆一次逆反和超越，只要是能产生心灵上的震撼，在多数人中间产生共鸣，它便是美，而且是至美。哪怕是最无人性的破坏和摧毁，哪怕是一种病态的美。马未都说人的审美有四个层次，把病态放入了最高层。

现实生活也一样。藏獒是没有进化好的狗，却被奉为名贵的家犬。国粹京剧中的男旦，"国家级艺术家"李玉刚，网络奇人芙蓉姐姐……都是走向一个极端的扭曲之美。人民币水印倒了，邮票印刷错版了，收藏界在找，传媒界在找，于是身价飙升。当病态的东西被大多数人追捧时，便成为时尚，成为最高境界的审美。作为艺术门类之一的盆景，穷尽其极追求和探索寻求变态之美，就显得理所当然。

现在，我才知道在这棵榆树没进入我家之前，我对盆景的认识只是停留在表象上，确切点说我不了解盆景，所以我对盆景的好恶都是武断的，毫无理由的。人活着最痛苦压抑的事是不能自主，树也一样需要自然随性的生长状态。

我抚摸着那些挤挤挨挨匍匐在泥土之上的榆树块根，他们聚合在一起蓄积生命能量的精神让我不解。一盆贫瘠的瘦土，值得他们如此竭尽全力吗？这种被剪刀活活剥夺的生长渴望，在还没到达枝干之前就被无形的力量强迫着扭成麻花辫，盘旋成一波三折的 S 形。我突然为他们的不屈和坚强感到难过。退步看盆里的榆树，哪怕他造型奇特，犹如一只昂首振翅的鹏鸟，枝干的弧度依然很美，但我在欣赏这些所谓的风景时，却再也无法忽略铁丝、剪刀、割锯，这些绞割榆树刑具的存在，它们犹如清朝女子的裹脚布，充满血腥，在我的头脑里挥之不去。我突然鄙视起我们这些冷漠的人，为了迎合自己装腔作势的美，不惜让榆树支撑着一个残废的身体，在小小的花盆里，强打精神，示人愉悦。

既然每一棵树都有根、有干、有枝、有叶、有花、有果实，我想，那么每一棵树一定也有喜、有怒、有哀、有乐、有思想和情感。万物有灵、人心向善，我们怎能为了所谓的盆景艺术而蒙起眼睛任意蹂躏摧残生灵呢？

这时，我想起长在楼下公园里的一棵榆树，她粗壮结实的树干足要一人合抱，恣意伸展的枝叶繁茂成荫，甚至越过三楼，攀上了邻家宽大的窗棂。我想，她是一棵幸运而又幸福的树，那种自自然然，洋洋洒洒的生长状态，是多么自由和舒坦。

终于，我拿了把老虎钳，咔嚓、咔嚓，剪掉了缠绕在枝条上的铁丝。树枝颤巍巍地抖了下，也不知是因为高兴还是意外。或许是为了昭示自己强大的生命力，松了绑的榆树，竟似一匹脱缰之马每日疯长。没到一年，她就占据了半个阳台，独占鳌头地凌驾于其他盆花之上。她这种忘乎所以的生长状态让我开始害怕，这六平方米的阳台终究会成为他的领地。

冬日早起，想在阳台寻一角阳光的暖地，却发现她早已在大玻璃内与阳光打得火热。夏天，我推窗寻风，爬进窗里的几丝风只在她的枝叶间游荡流连。阅读之余抬头，却发现他曲线优美的身姿随意分割了窗外的风景。我想，我可以把他作为一种风景，但我却不能因为她给我的小风景而失去窗外更真切多变的风景。

搬走吧，我终于下定决心。先生却振振有词了，那么葱茏的树搬了，空荡荡的阳台，我不习惯。日久生情，大凡是人难免会被一个情字所困。

感情，真是一剂毒药，使我们在不知不觉中舐毒成瘾，欲罢不能。于是纠结在我和树之间我和先生之间继续。

某天，一个懂点风水的朋友到我家，他指着榆树盆景对我说，你的腰部不好，腰椎间盘突出症。我不置可否地笑。

如果真如朋友所言，是家中这棵榆树盆景影响了我的身体健康，且撇开环境和生命学的高深道理不说，那么，茫茫天地，我怎么偏偏就遇上这棵榆树盆景，并与他结缘呢？许多偶然的背后也许就是冥冥中的必然。

两年前，哪怕这颗榆树于我是一场有预谋的伤害。但在相处的日子里，我对榆树不经意间的"松绑断索"却是在拯救我自己，这是我所始料不及的。植物枝枝叶叶，终是用情之道，或许这就是指引我迷惑的觉悟吧。

"渡人就是渡己"，我突然有了一种涅槃后的快乐。

路上的风景

时光流逝，淡的是记忆，深的是文字。

我想，作为一个整日与文字厮守的女子，让付诸心血的通讯报道以书的形式呈现在众人面前，一定是个夙愿。于是，《湖畔晨光》的结集成书就成了理所当然。

缪，曾是我的同事，搭档。有两年时间，我们为同一张报纸的几个版面，一个编、一个审，心气相通地工作，俨然成了两只默契的左右手。

那是一段辛苦而快乐的时光，有每月策划专题的争论，有每次推敲文字的纠结，有每版参与排版的乐趣，有午夜里一起走出单位大门的轻松……甩甩头，这一切似乎就远了。

现在，缪却整出了这么一本书集。书集收录了从事记者以来精选的 40 篇通讯报道，分人物、经济、特稿、言论四辑。

因为对有些篇目的熟悉，在翻动书页的响声中，我竟然闻到了一股亲切、温暖的味道。

缪，是一个感性的女人，但又不失一个新闻人的敏锐和理性。在写人物报道时，她善于抓住人物的特性，以独特的视角，轻盈的笔触加以描述和叙述。她写"养蜂人"，标题形象贴切，语言生动诙谐，人物个性鲜明，现场感、画面感强，让人过目难忘。这在《追逐着，去拜访远处的花草——许汉杨的 40 年养蜂之路》的标题中，在《结识喝"木瓜酒"的养蜂师傅》等文章片段里，足见她的功力和文学素养。在《梦想与责任》一文中，她写远赴他国的维和警察，以第一人称叙述生活中的酸甜苦辣，故事情节扣人心弦，叙述口气平实、沉稳。那种娓娓道来的亲切、从容，使白描式的语言呈现独特魅力。

在本书所选的6篇经济类稿子中，农村经济发展是主旋律。或许是受乡情的牵扯，缪写三门的芦笋、西瓜、青蟹等特色农业的发展如数家珍。为力求与百姓近些，与事实真相再近些，她深入农村，贴近土地，寻访一个个农村创业能人，以手中的笔报道了"浙江的丰安模式"等农业合作社的发展历程，再现了台州新农村发展的一幅幅画面。

她写特稿，以"青藏铁路"的贯通为切口，写了一群在西藏经商的台州商人。交通运输、产品行业、经历和财富，"青藏铁路"究竟给我们带来什么？每一个台州商人的经历就是一个故事，在一个个故事描述中，遥远陌生的"青藏铁路"竟成了台州商人心系亲人的连心桥，进藏淘金的致富路。她报道花园村的变化，以挖掘文化为骨、解读历史为血肉，立足当前，今昔对比，采用特写、近景、远景等摄影艺术手法，用一组组镜头描绘了一个蓄力待发的新农村蓝图。她报道市区大动脉——台州中心大道的开通，采用全程体验式采访，把对道路的宽、厚、绿化率、红绿灯、所需时间等抽象感官，化为一个驾驶者的切身感受，生动呈现了一条路的原型。

康德说，世上有两种东西让人敬畏，一个是繁星密布的苍穹，另一个是心中的道德律。作为一位记者，除了要有一双慧眼用来观察，一个灵活脑袋用来思考外，更要有一种遵循内心正义的道德，敢于发出自己的声音，呼唤公众意识的苏醒。

《"留学热"的冷思考》《赋予街道更富个性的名字》《让"精神"成为创业创新的原动力》，在本书的这些言论稿子里，我们听到了一些别样的声音。那是一朵铿锵玫瑰发出的天籁之音。

哪怕缪只是一个羸弱的女子，但我相信，作为记者，肩负社会责任、道德和正义的使命，在心灵和思想的坚守上，她始终是出色的。

文章是心灵的表情。

当我们沿着心灵和思想的高地快乐地且歌且行，那一定是快乐的。10 年来，缪的耕耘想必也是"醉在其中苦亦乐"。

在许多人眼里，缪是柔顺、平和的，甚至连笑容都带点羞涩。可就是这么一个表面温文尔雅的女子，内心里却有股韧劲。记得，缪曾对我说过，刚到台报的一段时间，写的稿子因为空洞、华丽，常被一些资深的记者质疑。为痛定思痛，她闭门思过。在阅读大量的精品报道，和经历一番洗涤式的吐故纳新后，才有了以后业务上脱胎换骨的跃进。

于是，缪常说，有挑刺才会有觉醒，有鞭策才会有进步。而我觉得，能否迈出前进的步伐，关键在于态度和决心。缪外柔内刚、顶真执着的性格成了成就她今天成绩的关键。

翻看放在案头的书稿，读着，读着，我似乎还能找到目光停留的痕迹。两年了，原以为那纠结文字的情结，连同在新闻战线的一段时光，会随昔日的旧报被束之高阁。感谢缪这个成书的举动，让我在不经意间做了一次浅浅的回眸。

每一次的回眸，都会有一份收获。

人生之旅，路上有许多风景值得记取，珍藏。我想，我们的回眸，不仅是为了珍藏，更为了畅想。

砚台洗心呈心象

借一处风景，舒展紧锁的眉头；借一幅画作，书写内心的宽广。

"生活中有太多的琐事纷扰。白纸浓墨，天地辽阔，何不在有限的岁月中，藉着自己心的所向，完成灵感和智慧的交集。"在这个暮春里的一个午后，沈三草这样淡淡地跟我说。

这种轻描淡写的背后，其实透着义无反顾和锲而不舍。

为了实现这心的愿景，2004年，沈三草离开了工作18年的《台州日报》社，奔赴上海。从被轻视、被排挤、被拒绝到被认可、被尊重、被推崇，历经10年，沈三草凭自己的勤奋和实力终于在上海美术界独树一帜，并享誉全国。

也许是源于对上海的特殊感情，沈三草才选择了上海。

那年，他十五岁，因在上海交通大学当教授的姐姐住在淮海路，才有幸让他结下了生命中的奇缘，遇到了国画大师陆俨少、著名画家谢稚柳、应野平、唐云等先生。于是，跟着学画、看画。从临摹宋元名作开始，不断提高审美品位，从此练就扎实的传统笔墨功夫。名师指点加上沈三草的悟性聪颖，他的山水作品从小就出手不凡，备受老师们器重。但是，在70年代那个特殊而疯狂的年代，地主家庭的成分却让酷爱绘画的他与中国所有的艺术院校断了机缘。

就读美院的梦想破灭，和对艺术痴迷的煎熬，曾一度让他失去了生活的信心。背着万恶地主儿子的精神枷锁，他走过了一段青涩的少年时光。无奈中，他擦干眼泪，又拿起了画笔，画人像照片、蛋壳、贝壳、珠帘……只要能挣钱资助家里，他什么都画。那段时间，画画成了他的生活，他的生命。

后来，他终于在新华书店有了一份工作。这段与书结伴的日子不但丰盈了他的知识，同时更成全了他的艺术追求。22 岁开始，他的作品在全省、全国美术展览中频频获奖并崭露头角。《江南春色》《雁荡龙溪组图》等作品选送日本、新加坡、美国、加拿大、法国等展出。

这些成绩的取得让他迅速成为一颗耀眼的艺术新星，于是，有了从新华书店到总工会到报社的一次次工作调动，而艺术依然是他生活不可分割的一部分。

在多年的艺术成长中，他一直在痛并快乐地追求着。1994 年，他终于到梦寐以求的北京画院研修班学习了。这时，家庭成分论带来的痛苦烙印已显得那么不值一提，而站在北京朝阳区的天桥上张开双臂，他觉得自己就成了一只展翅欲飞的鹰，随时可以在艺术的天空中翱翔。

似乎只是那么一瞬间，两年就结束了。流连大小美术馆的身影刚刚熟悉北京的地形，背起画板写生的足迹刚刚走过山西、陕西、河北、甘肃，而回到报社的平庸却成了最残酷的现实。收起翅膀后，艺术在沈三草的生活中变得若即若离。虽然，《梦游天台》《新论道图》《夏山牧歌》等参展作品还是一次次获奖，但那些都只是生命中的一场场烟花，给他单调的生活装点得有些绚烂罢了。

至此，安于工作的沈三草怎么也没想到自己会在 10 年后再次扬帆出发，而且目的地竟然是上海。也许是为了续少年时的梦吧，冥冥中似乎已有人安排了这些。

沈三草说，生活是个圆，生命中的行程似乎都有迹可循，我只是按照心向，心无旁骛地走下去。艺术也一样，只是用好手中的笔，画自己所想的，所喜欢的，一切顺其自然。

在沪 10 年，沈三草大隐隐于市，在位于长寿路的"硕丰堂工作室"完成了艺术绘画的一次次蜕变，成为新海派文人画代表人物之一。无论是新文人画水墨作品的悠然怡适，彩墨作品的热烈酣畅，漫

砚台洗心呈心象

画作品的诙谐生动，都是表现一种风格一种心情。他淡然地说，艺术需要知音，作品的笔墨、寓意，有缘人自能体会其中意境。

在他 2011 年出版发行的《中国近现代名家画集——沈从斌卷》的"红袍"作品集中，浙江画院第一任院长陆俨少曾这样评价他的作品，学沈从斌的画用笔豪放而疏松，笔性很好，十分大气，既继承了传统之笔墨又有创新意识。

中国美术学院博士生导师，著名美术史论家王伯敏说沈从斌富有才智，在艺术上他有自己的想法。在绘画上，他求稳，然后在稳中求趣，稳要有规矩法则，趣可以突破某些法则。

沈从斌在艺术探索上作出的努力，收获是显著的也是可贵的。近年，他出版了《中国近现代名家精品丛书——沈从斌山水精选集》《国画名家艺术作品专论丛书——沈从斌卷》《当代中国书画名家精品集》等多部画集。

在浙江的画家中沈从斌在绘画理趣上的表现是佼佼者。中央美院博导，中国美术理论委员会主任邵大箴认为"沈从斌的画格局来自传统，但气息是现代的，有鲜明的个性。他在淡定、沉着和开阔的造型、笔墨和章法中，赋予某种幽默和调侃的趣味，抒发出某种自我陶醉的、些许寂寞的情怀，在把我们引进如诗一般境界的同时，又让我们情不自禁地为他的睿智和聪慧所感动"。清华大学美术学院特聘博士生导师，杭州画院院长姜宝林对他评价是："古人曰：人品高画品不得不高。沈从斌为人忠厚、诚恳、老实，所以他的画亦平淡天真、格调高雅、很有灵气、具有一定的学术品位。"

正如这些评论家所言，欣赏沈三草的一幅幅水墨作品，无论是浓墨重彩的山水作品还是清俊飘逸的花鸟人物，处处洋溢着恬静、平和，让人深深地沉浸在一片和谐安宁之中。

他的画，营造了现代人心中向往的安闲、平静、适意的山林生活，与现代社会的快节奏、物质消费、危机防范心态种种弊端形成鲜明的对比。虽说他的作品里也透露了些许清寂的情境，但是营造的画境能使观赏者得到片刻的安宁与思考。其作品画面中充沛的精神向往和心灵寄托，需要观者心平气和地来慢慢品味，这样才能从相对单纯、简括、淡雅的画面中体会到道禅的意境和几许人生哲理。

在收藏沈三草作品的众多金融界精英和外企的白领等藏家中，他们认同的正是沈三草作品中牧歌式的生存状态和诠释的人文情怀。那种清润雅意的画面，那些率性天真的人物造型、让品读的人在片刻间就释放了高压的情绪，静下心融入其境。

现在，随着人们对情感和心灵回归的重视，这种直抵灵魂的作品开始备受青睐，这可从沈三草近年在北京保利、瀚海，上海朵云轩等各大拍卖行不断攀升的拍卖行情价格中可见一斑。

都说画品如人品，唯有心胸开阔之人，不自负，不狭隘，方能在集百家之长后自成一格。在艺术绘画的探索中，沈三草是一个不安分的人。在创作新文人画的同时，他还尝试着创作生动张扬的彩墨作品。用传统的笔法铺底，再把鲜艳的色彩在画纸上渲染，以激昂、狂放，夸张的形式，塑造强烈变幻的色彩画面。他的彩墨系列作品中西结合，风格独特、色彩浓烈、形式新颖倍受藏家关注。今年8月，由天津人民美术出版社约稿的《走进名家工作室——沈三草彩墨卷》出版发行。

艺无止境，在漫长的艺术生涯中，沈三草以出世的心在尘世中积累着生活故事，一画修养，二画智慧，白纸黑墨、素笔艳彩画尽山林美景，禅心佛境，以自己的语言和表现图式，奏响当代绘画艺术的最强音。

砚台洗心呈心象

一锅醇香四溢的家教鸡汤

　　时下，社会上风靡两种女人。一种是小资女人，指有点资历有点钱有点茫然有点自恋的女人；另一种是知性女人。所谓的小资女人，即知书达理谈吐文雅气质柔和内涵丰富的女人。在我的印象中，冰心应该属于后一种。一个有独立思想又气质柔和的女人。只要你读过她在 2005 年出版的《一片冰心》，你就有同感。

　　古人云："闻香识女人。"真情真性的女人都是有味道的。那么，冰心的味道又是怎样的呢？她热爱生活，注重心灵感受，有自己的人生追求，她以一个女人生动而敏感的心灵，以一种春风化雨般的侠骨柔情，实现了自己婚姻生活中的爱情保鲜。能做到面包、爱情两不误的女人不多，能在婚后依然享受情人节玫瑰待遇的女人更不多，但她却能如愿以偿，这与她的执着和智慧分不开。由此可见，冰心的味道，应该就是糅合了花草的清香、书籍的馨香、冰心的晶纯、智慧光华的秋日黄花。

　　曾有人给好女人下过定义：独立自信、学识渊博、热爱家庭、善解人意、温柔多情，有恬静的心灵，淡远的情怀……比对一下这个标准，冰心还真是一个不折不扣的好女人。而好女人，往往也是一个好母亲，她会把她美好的品德、修养、气质，通过言传身教，传递给孩子。冰心认为，只要父母给予孩子一个充满爱与和谐的环境，运用适当的方法，认真加以疏导教育，无论多么顽劣、任性的孩子，也都会花儿一样烂漫开放。取材于她和女儿日常生活的《么么在长大》这部书，就是一部她自己的成功家教加以提炼而成的教育故事集萃。

全书共分六个部分，其中，《我是小磨女》讲述了和爷爷奶奶一起生活在乡下的小么么任性刁蛮、令人好气又好笑的故事：她喜欢吃零食，不喜欢吃饭，她的爱好是看猪，她的宠物是背心，他会因为奶奶没带她一起而让奶奶把已经晾出去的衣服重新送回水塘，会因为爷爷违背了自己的心意而把饭碗扫到地上。看到此番情景，相信许多读者都会发出会心的一笑。在《受管教的滋味》里，妈妈把么么的茶叶蛋一口吞下，对无理取闹的么么亮出了刷子，甚至，在矫正么么逃跑的坏习惯时不惜动用了巴掌。我们不难得到启示，对于孩子的教育，需要讲究宽严适度，鼓励是主旋律，但适当的惩戒也是必不可少的。从《新家里的故事》里，我们会明白，一对恩爱的父母，一个和谐的家庭，对于孩子的健康成长是多么重要，他能造就一个阳光般开朗活泼，积极进取的好孩子。《爸爸妈妈伴我长》是展现作者独特家教理念的重头戏，有"实力才有快乐""培养孩子感受幸福的能力""用书籍滋养心灵"等等，冰心这位智慧而又童心依旧的好母亲，用它那诙谐幽默的笔调，为我们"煲"了一锅醇香四溢的家教鸡汤，让有幸读到此书的人都能不同程度地吸收到有益的营养。

记得去年10月的一天，冰心兴冲冲来到我的办公室。她说，"我有一个愿望，就是想让更多的孩子和家长看到这部作品。"如果说《一片冰心》的出版，有她展示自我心灵、与读者共享"心有灵犀"之乐的倾向，那么，出版《么么在长大》一书，我更多感受到的是她真挚的诚意、朴素的愿望，就是希望通过这本书，让更多的孩子从书中人物身上领悟到很多人生的道理；让更多的家长懂得，教育孩子，时间固然重要，但"用心用情用趣"更为难得。

冰心曾问我，这本书该归于哪种文学体裁，小说或散文……我也说不上归哪种体裁更确切些，因为两者似乎都可以。他的视角很独特，是以一个充满童真的孩子口吻来述说一个个生动有趣的亲子故事。这不由得令我想起一部近年来反复热播的家庭情景剧《家有儿女》，因为《么么在长大》里的一幕幕，也同样拥有该剧轻松幽默的情趣和令人深思的理趣。我相信，不同年龄的人群阅读这本书，会在

一锅醇香四溢的家教鸡汤

充分享受该书幽默风趣的同时产生不一样的感受。孩子们看这本书，唤醒的是自己童年时代受爷爷奶奶宠爱的依稀记忆，重温的是跳动在字里行间的轻松美好童年，还能有所领悟、有所会意。年轻的妈妈读这本书，会从小么么的每个故事里发现自家小孩似曾相识的身影，能从么么妈妈的育女方式中得到方方面面的有益启迪，从而产生一种比照、一种鉴赏、一种吸收。这样，冰心的愿望也就实现了。

多年来，冰心以教书为业，却以文字为乐，她喜欢让自己的思想、自己的情感被文字所滋养。她是一个有心人，她记录生活中的点点滴滴汇成文字的暖流，感动你，温暖你。她是一个勤快的人，为了不让这些从生活中开出的情感体验之花稍纵即逝，她不停地采集、不停地珍藏，不但让她的生命之花永开不败，更让我们这些赏花的人儿也享受到了心有灵犀的喜悦。她更是一个幸福的人，在用自己的文字和情感构筑的城里，她有香有色地生活着，她把创作和生活巧妙地融合在一起，成功地实现了双赢。

在此，我十分感谢冰心的信任，也真诚祝愿冰心能"煲"出更多更鲜更美的心灵之汤。

读　书

今晚，和朋友微信聊天，聊到孩子的作文，聊到孩子的阅读。

阅读，该从娃娃抓起，想必这个观念在父母之中，该早已深入人心。但是，读什么书，该怎样去引导孩子读书，这还是一个让许多年轻妈妈棘手的问题。有心急的，孩子一开口说话，父母就让其背唐诗，背《三字经》了。只要家里条件不错，父母又有些知识的，孩子稍大些，就会不停地给孩子买识字卡片，低幼读物，以及《唐诗三百首》《十万个为什么》等，生怕自己的孩子输在起跑线上。

我也算是个喜欢读书的人，孩子小时，也经常带他去书店看书读书买书。在书店里，经常会看到年轻的父母带着年幼的孩子在低幼读物的柜台前翻看儿童书。父母在旁轻言细语耐心引导，孩子眨巴着眼睛奶声奶气地不停提问书中内容。而稍大一些的孩子，就会索性坐在地上，在膝上摊本儿童书，认真专注地埋头看起来。在书店，也经常会碰到孩子幼儿园的同学，有时是父亲带着，有时是母亲带着，也有时父母一起陪着。每次碰到，父母们就会在边上聊聊孩子的情况。而孩子们则喜欢聚坐在一起看书，有时甚至连书店要关门了还不肯走。

家长们总以为，从小培养孩子的阅读兴趣和阅读习惯，孩子就会喜欢上阅读。但是，如果稍不留神，孩子从小培养的阅读习惯又会跑偏走火。不幸的是，孩子依然喜欢阅读，但他偏偏却爱上了卡通漫画书。我是不太赞成孩子看太多卡通动漫书的。首先这些漫画人物形象单一，造型大同小异，线条粗拙，通篇没多少实质内容，仅有的一些文字就是写在大逗号里一些无厘头的"嗨""哈"等语句，既无故事性又无文字的美感。

所以，那天在草堂，当儿童文学作家，梁英老师和我谈起少儿阅读文章的挑选是孩子成长的关键之一时，我特别有同感。我家的孩子没有养成读好书的习惯，看来我负有不可推卸的责任。记得，孩子还小时，我做着单位里的秘书工作，夜里，还要经常加班赶写材料。为了哄孩子早点睡觉，要么胡乱塞给他一本小人书让他自己看，要么匆匆给他讲个故事敷衍了事就催他早睡。直至有一天发现他已迷上了卡通动漫书，才知大错已成，后悔莫及。

一本好书，一段优美的句子，或是一个生动的画面，都可能在人的记忆中留下深刻印象。喜欢阅读什么样的书籍其实就决定了这个人的高度和发展方向。或许道理许多家长都懂，但是在引领孩子读书的过程中，我们却往往又无从下手。汪培珽是台湾地区著名的亲子教育实践家，在"亲子阅读"方面，她有成功的实践和成熟的理论总结。她推荐的书目，包括：100部必读绘本、100部选读绘本和50部优秀的系列绘本。其中，"100部必读绘本"选择的基本上都是获得过绘本界国际大奖、有世界性影响的作品，"100部选读绘本"基本上都是获得过绘本界洲际或作者所在国大奖、有区域性影响的作品，"50部优秀的系列绘本"选择的则是知名绘本作家的系列作品。从汪培珽推荐的书单可以看出，孩子的教育，审美与阅读必须同步。试想一个从小就阅读一流文艺作品长大的孩子，他的人生能不比常人优秀吗？

记得小时候，我除了书包里的课本，在乡下就很难找到另外的读物，更别提父母会买书，家教专家会推荐优秀的书籍读物了。最高兴的事情，就是哪个晚上父亲来兴致了，给我和弟妹们讲《水浒传》里英雄豪杰的故事。这样我们姐弟妹仨就可一起挤在大床上，围着父亲听故事啦。父亲没有读过多少书，我也不知道他所讲的故事是从书里看来还是哪里听来的，但仍然不影响他绘声绘色地给我们讲一些历史传奇故事和神话传说。最喜欢听的就是《西游记》和《镜花缘》里的故事，既神幻美丽又诙谐有趣。在缺少书籍的童年少年时代，父

再见，时光

亲的睡前故事就是留在我生命中最深刻的少年读物。

那时的农村，大多数人目光短浅，觉得读书没用，不如学门手艺早点赚钱养家来得实惠。他们认为反正是守着几分田，或者是只干一个行当，能赚钱就行。况且书读得多，也不一定就能多赚钱。如果生在农村，又是比较穷困的家庭，特别又是迟早要嫁出去的女孩子，要是父母给机会让她多读点书，有时还会被村人取笑。幸亏父母都不是保守的人，顺其自然让我在各个学校辗转就读。长大后，读着读着感觉视野就不断开阔，慢慢就有了自己的想法，然后就喜欢上了阅读，再后来就有了写作的冲动。

二十世纪八十年代中后期，在农校读书期间，我不喜欢所学的专业课程，四年多时间，大都沉浸在小说和诗歌的世界里。那时，正值文艺复苏，诗歌盛行，文学创作可谓是百家争鸣，除了国内北岛、顾城、舒婷等朦胧诗派的崛起，琼瑶、席慕蓉、余光中等港台文学作品也纷涌而入。这段时间，我不仅只是读诗写诗，还开始补读《红楼梦》《家》《春》《秋》《基度山伯爵》《追忆似水流年》等中外名著。阅读，不仅成了我生活的基本状态，还让我变得安静而多愁善感。

读一本书，每每翻开书页，屡屡墨香就扑鼻而来。这不仅让我们感受到了书中的月色朦胧，星光灿烂，有时还会随着书中的情节人物亦喜亦悲，并从中感悟到生活中的一些智慧。

莫言曾说，"读书其实是在读自己"。同一本书，不同的人阅读，就会有不同的感受。每个人都有自己最喜欢的部分，有人会被故事吸引，有人喜欢关注人物的悲欢结局，有人喜欢作者跳动在字里行间文字的魅力。有人喜欢故事里的某个情节，有时不仅仅是可以勾起一段回忆，更是因为喜欢这样的场景，这样的某个片段，只是生活中不能遇见。

有时，同一本书在不同的年龄阅读又会有不同的感受。作为读者，十八岁阅读《红楼梦》时，我是喜欢并同情林黛玉，鄙视薛宝钗的。但现在如果我帮儿子选媳妇，还是喜欢选薛宝钗。不同年龄的人对书中人物的理解和情感的领悟，是不日而语的。

同样，不同的人就会喜欢不同的文章。有一朋友告诉我，他喜欢看《知音》《山海经》，30 多年来从未间断；又有朋友说喜欢读蒋勋的文章，特别是他对《红楼梦》的解读，知识量大，见解独特；还有朋友迷恋董桥的文章，喜欢董桥先生的那腔老文人味。不同的人群在读书过程中总会找到适合自己的书籍。在农村，许多人喜欢看《聊斋志异》，连我那大字不识几个的阿姆也会绘声绘色地讲述故事里面的情节。在农村为什么有那么多人喜欢看《聊斋志异》，并且能在百姓中口口相传，我想，她的魅力不仅仅只是通俗易懂。落难公子遇见精怪美女，勤奋学子苦读诗书高中张元，奸诈小人机关算尽却遭到惩罚报应，这样的普世价值观符合弃恶扬善，好人好报的民众处事原则。

读书是为了遇见更好的自己。生活中，我们除了把自己活成"饮食男女"外，还得有着自己精神方面的需求。觉得自己还不够好，那就读书吧。这就像植物需要养料，铁树有了铁才会生长得更好，甘蔗有了充足的钙才会长得更大更甜，哈密瓜有了充足的日照和剧烈的温差才会长得瓢红汁甜，物物相喜，才会互养互长，自然万物与人的成长，大抵也离不开这个道理。

人的智慧是靠知识、读书、经验，一点一滴慢慢累积起来的。读的书多了，自然会今天懂一点，明天再懂一点，后天又懂一点，不知不觉就会成为一个有智慧的人。

平凡的生活，不经意地来去。在许多人看来，读书是件可有可无的事，也是一件浪费时间的事儿。但对于爱读书的人来说，却是一种寂寞的修行。当我们手捧一本书，静静地坐下来，当我们沉醉其中，跟着书中的情景一同想象，一起虚构，自己的内心世界就会变得丰富多彩，自己的思想也会变得不断丰盈。

读书，思考，生活。

我们可以强大到忽略世界所有的声音。

养　鱼

　　我家先生爱鱼，无论是带鱼、鲳鱼、鲫鱼……还是观赏鱼。不过，他却很少去菜场买鱼或河边钓鱼。于是，他对鱼的爱，也就仅仅体现在品尝方面。而对于观赏鱼，他就别有所爱了。

　　椒江的金海商城设有观赏鱼专柜，柜前每每人头攒动。我们每次打那儿经过，先生总会热心地挤进去，深入一些戴着红领巾、吹着肥皂泡的儿童之中。他忘乎所以的神态总令人啼笑皆非。其实，无非就几条窄长的红色热带鱼和各品种的金鱼，在装有灯管的玻璃柜里忸怩作态罢了。看一会儿，谁都会索然无味，而先生一看就个把小时，甚至有一股非吃鱼不可之势。他着迷的模样，使我不由猜想："难道他有弃画山水，改攻花鸟之意？"心想，还是买几条鱼吧！既可让他临摹作画，又可投其所好，让他过足鱼瘾，而那个久置的鱼缸也该是物尽其用的时候了。

　　某日，我们去了花鸟市场直奔鱼摊，几十只鱼盆里，盆盆是鱼，大大小小，红的、黑的、花的……看得人眼花缭乱。先生挺内行似的东挑西拣，还振振有词地向我卖弄着童年的养鱼史。对于他说的会给鱼治病，我可就将信将疑了。最后，我们以 18 元钱买了两条"金珠鳞"和两条"鹤顶红"，还附带了一条尚无姓氏的小鱼苗。

　　欢天喜地地捧回家，才发觉鱼缸太小，这五口之家处处显出寒酸和拥挤。为此，先生很不安。而我说："密集点也好，就像这城市，不也是因为拥挤喧闹才显出繁华吗？"先生还是过意不去，又去买了七八颗雨花石，说是给鱼们砌些亭台楼榭，美化它们的生活环境。好在鱼们也能和平共处。虽然有时为争食，也会唇枪舌战，但基本上已不失为君子之交了。

大多时候，先生不在家。冬季，缸里的水不易浊，尽管我懒，鱼们总还算无病无灾的活下来了。可转眼就过年了，我和先生要回老家过年。临走时，先生冲着鱼们整整告别了一个小时，还依依不舍。又唯恐缸太浅鱼们无法过好这个年，特提了一大桶水，把鱼们放入桶中，以便让它们也能过个轻松愉快的年。背着先生，我偷偷地给鱼们放了大量的鱼食。心想，过年了，可不能让它们饿着。

因为牵挂着鱼，这个年，先生他真是几多烦恼几多愁！

八天后，我们归来，只见桶内鱼尸遍陈，先生阴着脸、闷声不响的模样令我害怕，我感觉我成了谋杀它们的凶手。嘴里却不住地埋怨着："见鬼，定是这见鬼的自来水。"瞧先生一副忿忿不平的样子，其实我心虚得发慌，"别是让我过量的食物把它们给胀死的，阿弥陀佛！"

就在我们万念俱灰地清理鱼尸时，却发现那小不点鱼苗仍欢快地闯荡在这片荒凉的水城中，先生如获至宝似的，把它捧入缸中，仔细一瞧，咦！两个月下来，这小不点还真长大不小。

每个星期六，先生回家，见鱼儿仍精力充沛，但总又觉它活得寂寞。于是他又自作主张到花鸟市场买了条小鱼，给它做伴。可不知由于什么，这个新主人却在一周后一个阳光明丽的下午，放弃了先生为它营造的幸福生活，悄然地走了。先生苦思冥想了一个晚上，对我说："或许这小精灵，也像我们人类中的一些人，在特定的环境中，只能离群独居。"

一年过去了，小鱼儿也已长得有模有样了，听先生说是一种挺珍稀难养的金鱼种"朝天眼"。于是，我想：莫非这也是缘？鱼与缸，与这屋，与我，与先生有缘。

先生不在的时候，我经常把鱼缸搬到窗台的太阳底下，在音乐和阳光中与鱼同乐。莫名地，我就觉得这鱼儿有些像我，虽然活得很单调，却并不黯然失色。

有天，突然记起一事，问先生："买鱼何意?"先生回答是："好玩。"不由得一阵遗憾。不过还得感谢先生充满童趣的心，他热爱生命的热情终于感染了我，我竟也离不开这小生灵了。

这，大概这也叫潜移默化吧!

翻晒日子

在椒江大桥边上，有个叫五洲村新挑河的地方。在那儿，我见到了一群从事水产品加工的工人。她们身着蓝布工作服，和充满腥味的虾蛄、带鱼、晒鱼架等一起，散落在宽阔的马路上，成了春日里一道别样的风景。

这是一个人迹罕至的地方，只有一条宽阔的水泥路从南贯北。在路的一侧，一排排竹架席地而铺，架上晒满了密密麻麻的带鱼，带鱼泛着莹白的光亮在阳光下熠熠生辉。

偶尔，有晒鱼的工人在竹架的尽头走动，她们翻晒着竹架上温湿的带鱼，执着而一丝不苟，认真的态度总让人觉得他们是在从事一项崇高而神圣的艺术。远远看去，铺晒在阳光下的满架带鱼，就是一条凌凌的白绸，她们在阳光下跃动的人影，就是挥动白绸的舞者。

路的另一侧，有两个来自江西的妇人，正在收拾虾蛄。躺在地上睡了一整天的虾蛄，正被她们用扫把使劲地堆在一起。其中一位包头巾的妇女麻利地张开纤维袋，另一位手持满满一簸箕虾蛄，熟练地倒入袋里。一人张袋，一人装虾蛄，俩人配合得那么默契，不一会，成堆的虾蛄干就都装进了袋里。

我问她们，这样的生活累不累？"比起老家的活计，轻松多了。"她们笑着说，"一个月工资有一千多呢。"她们一边回答，一边仍不停地忙着手里的活。簸箕在盛装虾蛄时，划过地面，发出了"嚓嚓"的响声。

当我举起相机准备摄下这一幕时，她们竟显得有些腼腆，面对我的镜头，不住地用手遮掩着脸闪躲，并不断说，不要拍，不要拍……闪到一边后，随即又爽朗地笑起来，一副挺开心的样子。

她们告诉我，从事这项工作已有三年，每天在这里翻晒鱼干、虾蛄干是她们的工作。清晨，从小卡车把虾蛄或水产品倒在地上的那一刻起，他们的工作就开始了，摊、晒、翻、拣、收，翻晒的各个程序就够她们忙一整天了。在与我的对话时间里，她们始终没停过手中的活，风吹乱了她们的头发，也没顾得上理一下，就又开始下一堆虾蛄干的收拾了。

一阵风吹来，空气中飘散的鱼腥味更浓烈了，我不由自主地捂鼻，而她们却是那么地无动于衷。或许在这样的环境中久了，她们已不闻其臭。她们只是执着地固守着这一份工作，并藉着这份工作的充实快乐，对生活充满了感恩。

其实，翻晒的日子很枯燥，翻晒的生活很辛苦。每天，她们要迎着朝阳而出，踏着晚霞而归，一天里要不停地忙碌。整天触摸着这些鱼虾，在翻晒鱼虾的过程中感受着每一天的真实，每一天的快乐，从她们热情工作的态度上，我丝毫感受不到她们对生活厌烦和抱怨。

知足常乐。而我们中多少人拥有一份优越的工作却还想着最好是不劳而获，我们中的多少人拥有了一栋楼却还想着要拥有一座城。欲望无止境，其实人人都被因欲而生的种种困扰纠缠不休罢了。

生活因劳动而充实，生活因快乐而灿烂。

在我们的生活中，总有那么一些人，她们可亲可敬，在平凡的岗位快乐地工作。因为朴素和真诚，常常令人感动。因为自然和简单，常常如花般灿然开放。这是一种生命的舞蹈，真实却高贵。

兔的命运

早上，同事送给我儿子一件礼物。一只装在水果框里的野灰兔。

兔子就放在我办公室的门外。同事们经过走廊，都会用脚踢踢框子。有些说，好可爱的兔子，养着一定很有趣；有些说，那么肥的兔子，斩了吃，一定味道很鲜美；有些说，如此机灵的生物，放了吧，还给它自由。

听着这些议论，兔子只是在框里发出窸窸窣窣的声响，我不知它是饿了，还是急了，从农场那个大家族到我同事家再到办公室的走廊，已经三易其家，它是否在担心何去何从呢？

儿子放学了，兴冲冲一定要把兔子带回家，我觉得养在家里太脏了，于是把兔子带到义母家，他家前有空地，旁边有座小山，应容得下它。

一到阿姨家，我刚打开车后厢抱出小兔，就有一大堆小孩亲热地叫着：小兔、小兔……奔跑过来，阿姨的五岁的孙子抱着小兔又亲又笑，乐得合不拢嘴。就这样一群小孩抱着小兔屁颠屁颠地往家里跑……

突然传来一声断喝，"哪来的兔，脏死了，快拿出去，不然我马上杀了它。"听到吵闹声，我赶紧进去，看到兔子站着的地上，有一堆高高的青屎和一泡还冒着热气的骚尿。闻着臭烘烘的尿屎味，我不由得在心里暗暗叫苦，心想，这下完了。果然，阿姨的丈夫拿来了刀，一边赶着一帮小孩，一边嘴里说，"这兔肥的很，就斩了吧，明天炖熟给你们吃。"

谁知哇一声，一群小孩就哭叫起来，"别杀小兔、别杀小兔，爷爷，求你别杀小兔。"

我也傻了，呆呆地站在那里说不出一句话来。看小孩这么哭叫，阿姨就走过来说，兔子这么会拉屎，不能养在家里，但放到外面肯定又会被狗叼走，不如今晚先养着，等明天再杀吧。小孩听到有大人帮着说不杀兔子，就又高兴地欢呼起来。

我听着，却在后悔不该把小兔带到这里来，因我压根就没想到要把它作为盘中餐。杀了它，显得太残酷，放了它觉得不踏实，养着它又觉得太麻烦。这只小兔的取舍竟然让我感到这么为难，因为我深深懂得兔子的命运其实就在我们的一念之间。

回家前，我叮嘱阿姨的丈夫，先不要把它杀掉，等明天我回来后再处理。

儿子也在一旁求饶着。

俗话说，兔有三窟，可这兔竟然被我们这些人类搬来弄去，没个安身之处不说，还生死未卜呢！得了，明天还是物归原主，把兔子还给同事送回农场吧。夜深了，我依然还在想着兔的归属。

第二天去参加一个会议，竟然把兔子归还一事给忘得一干二净了。

晚上到阿姨家，儿子和我连忙找兔子，听说在外面，我心一凉，以为阿姨的丈夫一定瞒着我已把兔子悄悄地杀了。然而令我不敢相信的是，在房子外面的水槽旁，竟然出现了一个用木板搭起的小窝，兔子在窝里津津有味地吃着嫩绿的菜叶。

儿子禁不住欢天喜地叫起来，兔子有家了，兔子有家了。

我不禁释然，心里漾起一阵暖意。

生命，是一场缘

人生如旅，在每一个转角，总有意想不到的邂逅。

茫茫人海，我们邂逅。是缘分，让我们如此幸运地相遇。仿佛一直来，你们就在那里等着，等着我们来遇见你们。

三草说，那天，当你和耀麓师父一起在高速路口迎接，你是那么亲切，师父是那么热情。那天，当你把通络升阳的一小竹筒沉香粉轻轻地挂在他胸前，他瞬间心暖如阳。

在白溪水库，我遇见了劳居士，她热心无私如你。你们是一对怎样的夫妻，欢喜自如，善心无边，毫无保留地帮助着生命中遇到的每一个人。

每次见到你，总是电话不停，总是因为谁谁的事，有时吃餐饭，喝口茶也是那么地不安心。每次见到你，总是大方地拿3个香炉，奉上白、绿、黄三种棋楠，让众人美美地分享。我们不知哪生哪世修来的福，有幸能奢侈地享受着你提供的珍稀天物。每次的品茗闻香，虽然匆忙，来不及叙太多的话语，但你们的深情厚谊，已胜似千语万言。难忘那晚，在"钱塘茶人"茶馆见识了六十多年老茶细碎的叶和脆弱的脉，难忘老茶汤里隐约的醇香和药味。

在喝茶、闻香、观展、摄影、策展事事中，在椒江、慈溪、宁海、上海四地的往返中，友情和真情日渐积聚。不期而遇中相识，不知不觉中相近。两年多了，我们终于发现你们的快乐就是朋友的快乐。你们把赠予作为人生的享受，把帮助作为人生的快乐，这种无私地舍，是精神对于物质的胜利，是人生最高的境界。

就为了你们曾答应的一次慈溪展览，从春天到秋天，从策划到宣传，你们都忙碌地张罗着。即使生命垂危，尚未痊愈，你仍依然记挂着。这本非你们之事，而你们却视同己事，并且事无巨细，一一落实。感谢，感动，感恩，已让并不善言的我们变得更加无言！

尘世中的生活圈，有饭店、歌厅、舞场、赌场、会所、咖啡馆、电影院、旅游点……但你们走得最多的是寺院，接触最多的是僧人和法师。你们只是人群中极小极小的一撮人，因为心中有爱，所以处处有缘。

那天，你们要到山村野舍"荷风草堂"来。三草一早就不见踪影，兴奋得像个孩子似的往山里采花去了。其实，溪边也是花草丰茂的，紫色，红色，黄色的野花在溪边密密地铺开。我直接抱出花瓶来溪边采。那感觉棒得就像和一个个漂亮风情的美人儿相会。

这边家里所有的花瓶刚插满花，三草又抱着大把的青竹、大叶蕨草和紫芒花从溪边兴冲冲而来。刚摆放完毕，俱乐部的伙伴们又人手一盆花到得家来。然后，等庭院里的草坪一铺好，就把溪边的绿通过草坪延伸到屋里来了。加上巧手 jiudy 给予万代兰和冬青果脱尘的大美，一屋子的花，一屋子的绿，就这样成了一个盛大的花会！

荷风草堂这个美丽的花会，似乎就是因为你们的到来。

因为你们来，广化寺的大德高僧静安方丈来了。因为你们在，西林寺的耀麓住持也来了。因为你们和师父们在，一些法师们也来了。这是一场怎样的缘分呀，我惶恐着，庆幸着，感恩着。

今晚，只想说一句，感恩生命中有你，有你们！

舌尖上的美味

姜汤面

　　每有客人来，说起椒江的特色小吃，姜汤面总是被称道的最多。

　　说是小吃，几十年前可是坐月子产妇的特供营养餐，平日里也是难得一尝。如今，街头林立的面馆里，姜汤面随处可见。而我最喜欢的一家，是处在区政府办证中心旁边的"俞荷姜汤面"。这是夫妻俩共开的一间小店，到了吃饭时间，就会被客人围得水泄不通。也许是离单位近，也许对此店的姜汤面情有独钟，落单时的晚餐常常就安顿在那儿。

　　刮着冷风的冬日寒夜，抖着身从车里跑出来，一头钻进这间冒着热气的面店。还没等我坐定，邻座的姜汤香气就氤氲着飘散过来。闲等中，肚子早已咕咕叫唤起来。

　　一碗姜汤面，除了老姜切片晒干后熬的汤，其中更有许多货真价实的料头在。金针，香菇，豆腐皮，冬笋，菠菜，鸡蛋，鲜肉，虾干，蛤蜊，弹涂鱼干，五素五鲜的料头是制作传统姜汤面的基本食材。要是家里头给劳苦功高的产妇吃，只要季节合适，这些料头都是必不可少的。而店里售卖的姜汤面，则会根据各店的特色可在这基础料头上增减变换。俞荷家的姜汤面，除了没有冬笋和弹涂鱼干，其他料头都是一应俱全。主角米面必须是临海小芝特供的米面。预先煮好的满满几大"洋锅"姜汤，霸气地排在灶边，更让吃客们眼见为实。椒江人吃面，决不嫌太鲜。更有土豪者，喜欢在面里另加小白虾、青蟹（膏蟹）、海蜇、虾蛄等海鲜，所以，一碗姜汤面的价格，从15元到上百元，都是意料之中的事。

其实，姜汤面的味道纯正与否，与姜汤的制作密不可分。在街头形形色色的姜汤面馆中，就有直接用鲜榨姜汁来做料汤的，但比起用老姜干熬制的姜汤来，是辛辣有余，温润不足，嘴刁的吃客一口就会品出味道的差别来。虽然，海鲜遇上姜，腥味可自除，鲜甜味也可复原，但是在炒料头的过程中如果用了鲜姜汁，哪怕放最多的海鲜料头，也盖不住其刺口的炝味。于是，熬制一锅美味可口的姜汤才是制作纯正鲜美姜汤面的关键。

在椒江，谁家媳妇一有怀孕的消息，婆婆家想到的第一件事肯定是晒姜。从集市上选用上好的高山老姜，洗净后切片，摊在团篾里，在秋阳下暴晒，待晒成卷了，再统统收到瓦缸里储存起来。等到孩子一生下，整个月子里，就天天给产妇喝红糖姜茶，吃姜茶米饭，姜汤面，姜泡饭，姜汁调蛋。椒江女人中，生完孩子坐月子，没喝过姜汤的人是断断找不到的。即使你不愿，婆婆劝，妈妈哄，最终都会不得不臣服。

记得，我生孩子那会，正值酷暑7月，坐在屋里一动不动也是汗流浃背，同样被母亲逼着一天吃喝上五餐姜汤泡过的食物。据说产妇奶水的多少与吃食的咸淡有关，因此整个月子里吃的姜汤面都是不放盐的。于是，几根白米面勾搭无数山珍海味而成的一碗姜汤面就应了一句老话，"淡得鲜"。

都说姜有驱寒、祛湿、暖胃、活血、消炎、美容等功效。即使在咸潮湿热的沿海小城椒江，每天有一碗荤素相配，汤浓味鲜，营养全面的姜汤面吃着养着，一个月后，定会让你胃口大开，百脉畅通，面若桃花。

一方水土养一方人。看来，椒江人如此爱姜，爱姜汤面，是有理由的。

洋糕饼

椒江西门菜场的临街店面上有间老三庆糕店，售卖洋糕饼生意一直不错。每天，装在铅桶里的十几斤米黄色粉浆总是在天黑前卖完。

儿子读小学时，放学回家经过菜场，总是嚷着要去买洋糕饼填肚解馋。娘儿俩开车回家的路上，坐在副驾座的儿子，等不及食品袋里的洋糕饼稍冷些，就会急急地咬上一口，唏嘘着胡乱吃起。同时，也不忘撕出一角塞到我嘴里。因为是刚刚摊出的饼，面粉里又加了鸡蛋和白糖，所以这饼吃起来就特别的温热糯软，香甜可口。5毛钱一个不大的饼，有时要买上二三个娘儿俩才会吃得过瘾。

其实，我们吃的这种洋糕饼应算是配方改良后的新品。记得，孩提时吃的洋糕饼，是用米粉（米粉加洋粉）做的，也不加鸡蛋。饼颜色莹白，饼孔粗大，也没有这么香韧细软。即便是这么粗糙的农家点心，也只有在夏收夏种的农忙时节里才会出现，而且是专给在田间地头劳作的父辈们接力加油的。

那时年少，家里物资短缺，一年里除了一些月节，难得做几次点心。一听说家里要做洋糕饼，早几天就会催着母亲去邻居家"借种"。说是"种"，其实就是一干巴巴的粉团。要做饼了，才会把"种"碾成粉末，和上一把米粉用水搅拌成糊糊，放在一口大碗里。置两三个小时后，碗里的糊就会滋滋冒泡满上来。然后，把这碗冒泡的糊倒在更大的容器"洋锅"里，再舀一升米粉，加适量的白糖和凉水搅拌至糊状，以在糊中插一根筷子稍立为宜。等"洋锅"里的米糊此起彼伏地不断冒泡时，第二次发酵就算完成了。这时，灶膛里的火该已生起，平底的锅也该借来，只等微火把锅烧热。妈妈用纸蘸些油在锅底搭一圈，舀一小勺糊倒在锅底，"哧"一声后，就用勺向四周转圈慢慢往外漾。不一会，饼上的水分就慢慢消失，随之出现了一个个冒气的小孔，这时，饼的香气就飘了上来。这一刻万不能走神醉在饼香里，得赶紧用铲将饼翻个身，再烙另一边，不然就会焦成大黑脸啦！

刚出锅的洋糕饼又热又香，馋人得很。贪嘴的小孩闻到香气，就会粘到摊饼的灶边来。刚摊出的几个饼根本沾不到盘，就被小孩们瓜分着吃了。一年里摊饼的机会不多。饼摊好后，除了一部分作为接力点心送到田头外，剩下的大半，好客的母亲总是让我送给左邻右舍。再有剩余，那就煮些冬瓜羹，一顿晚饭就打发过去了。

曾问过母亲，为什么称洋糕饼。母亲也说不出所以然。我想，大概也是赶了二十世纪六七十年代的洋潮，把带点工业痕迹又新奇罕见的生活用品，统称为洋油，洋车，洋布，洋皂，洋火，洋粉一样，在糕饼前加个洋字，就成洋糕饼了吧。

腊肉西兰花

正月里，一帮朋友来"荷风草堂"聚会。餐中，一大盆水焯的西兰花被吃货们蘸着酱醋抢吃一空。因为是水焯，就觉得烹饪手艺没啥好夸吧，于是就对西兰花的鲜美清脆交口称赞。其实西兰花也只是普通的西兰花，要保持其清脆可口鲜甜，烹饪还是不可掉以轻心的。尽管西兰花的烹饪方法极其简单，只要用刀把花盘切成一小朵一小朵，经开水淖过后就可食用，但淖水过程中时间的把握，生熟度的拿捏还是很关键的。掌握不好，太熟了就会花黄菜烂，食之有浑酸味，太生了又会硬而无味。

除了白蘸，西兰花还可随意与肉类、面类及海鲜类混搭。腊肉西兰花，就是一典型的中外土洋结合款。西兰花，原长在地中海东部，是西餐的主要花样配菜，二十世纪才大量渡洋而来。腊肉，顾名思义就是寒冬腊月里腌制的肉类。在我家"荷风草堂"坐落的山村里，依然会见到山民屋檐下挂着的一条条腊肉。不知是肉条不小心多吸了酱油还是喝多了黄酒，其黄中带焦的外形竟有些憨态。没有多大的风，其也能在悬绳下滴溜溜地乱转。凑近它，还能闻到其散发的咸香味。阳光一照，就显得油光锃亮。这样乡土味十足的腊肉，如果用刀切上薄薄的几片，竟可透光亮。

如果要烹制腊肉西兰花，就在锅里烧热油，放腊肉片后，加点山里新挖的冬笋片翻炒，再放入淖到九成熟的西兰花爆炒至全熟，一盆酱亮有度，翠绿可人，香色诱人的腊肉西兰花就新鲜出炉了。夹一片透亮的腊肉入口，香而不腻，再来一朵西兰花，就满嘴鲜甜。

我知道我是偏爱西兰花的，这不仅是因为它的美味，也缘于它的营养价值。在蔬菜的营养排行中，西兰花因含有丰富的蛋白质、糖、脂肪、维生素和胡萝卜素等，被称为"蔬菜皇冠"。

台州临海的上盘镇，曾一度被称为"中国西兰花之乡"，其种植的无公害西兰花出口日本深受日本人青睐，为此，土里叭叽的农民也赚了不少外汇。

海苔白虾

海苔，是从日本舶来的名称。台州人习惯称其紫菜，是一种长在海里的藻类。其烘干压饼后，鲜香有味。随手撕下一角，蘸点酱油，蘸点醋就可下饭。台州人喜欢紫菜，一是图其鲜味，二是图其食用的方便。

在食物短缺的年代，一碗紫菜虾皮汤就是寻常百姓餐桌上最廉价美味的佐饭小菜。父辈的人只知紫菜有营养，常吃对身体健康有好处，但终究说不出营养价值的所以然。直到十几年前，打着"富碘食物"旗号，独立包装的片状干海苔在超市里露面，被时尚的年轻一族追捧后，人们才对海苔（条斑紫菜）的营养价值有所了解。加上制作后的海苔口感清香，入口即化，携带方便，一时就在各地风靡起来。

随着海苔营养价值面纱的掀开，其花样吃法也就百变而出。海苔白虾，就是其花样混搭的吃法之一。这款菜品，其实就是传统紫色虾皮汤的转型升级。无非是在保留紫菜，虾皮两大经典元素的基础上，让紫菜虾皮不入汤却赴了油。紫菜要摇身变为高大上的海苔，必得要经过烘烤，添油加盐等一番调味处理，才使其一身紫袍变绿衫。虾皮，必须也得提升晋级为小白虾。而要做海苔白虾，得先把海苔绞成碎片，再取半斤左右小白虾，用盐、胡椒粉腌上 20 分钟（忌用料酒）后沥干，再在油里以中火，大火，小火依次翻炒，八成熟后撒海苔碎和若干红辣椒段上色入味，给虾做一个精美华丽的包装。

　　午后，某个茶馆，桌上的白瓷碗里，白的酥虾，绿的海苔，红的辣椒，色彩明亮地竞相绽放。当色诱、香惑、鲜馋一齐袭来，哪怕没有酒，面对这道叫"海苔白虾"的小菜，你也会浅浅地小醉起来。

在体验中超越

——记拓展训练的一天

清晨，久未谋面的阳光穿过深绿的行道树，投了一地清疏的影。清新的空气沾满花草的气味，芳香怡人。这是 2010 年 6 月 13 日，一个充满阳光的日子。

也许是首次参加拓展训练，我们显得有些兴奋。离 8 时的出发时间尚早，出发地军分区招待所广场就已站了好多同事。问候、逗乐、吃早餐、人人一脸阳光。更有心急者早就穿上了拓展服，英姿飒爽，惹人眼热。

9 时 30 分，我们到达雁荡山的拓展基地。急急换上戎装后，就在一个大教室里集合整队了。教官讲了一天训练的全过程后，热身训练就开始了。拍肩、反手搔鼻、齐眉棍一个个热身项目有序进行，大家在互帮互学、共同协作中感受参与的快乐。

拥有两个以上的军队是每一次战争发生的前提。拓展训练中的相互挑战，虽然是一场没有硝烟的模拟战争，但团队的组建还是必不可少的。通过报数分队后，两个团队产生了。为考验团队的协作能力和集体智慧，教官要求两队在 30 分钟之内诞生"领袖"，并定出队名，绘制出队旗、队徽，选定队歌及口号。

当蓝、红两色的团队旗帜飘起，海盗队和公牛队就新鲜出炉了。士气高涨的两队队员在台上展示队容队貌时，不免显得激动、昂扬。

11 时，我们到达实训拓展现场。这次实训的内容有 4 项：空中断桥、空中天梯、贪吃蛇、鼓动人心。第一个项目是空中断桥。这断桥在 8 米的高空，足有 1. 5 米宽，看着都让人心寒。能过吗？刚才还振臂高呼的我们竟然都面露怯色……

意外出现了！公牛队中有"恐高症"的阿海竟然要第一个挑战空中断桥。队员们钦佩之余赶紧给他打气。代表公牛精神，承载着公牛队全部能量的阿海，终于一步步爬上了 8 米的高空，站在跳板上。当我们抬头仰望高空中的阿海，他的腿在不住地颤抖，他苍白的脸上划过一丝犹疑之色。加油，加油，公牛队员们拼命地呐喊。啪，他终于跨过去了！

断桥一小步，人生一大步，阿海不但第一个实践了公牛精神，更首次超越自我，治愈了"恐高症"！榜样的力量无穷。于是，公牛、海盗两队的队员大受鼓舞，纷纷攀上了 8 米的高空，啪、啪、啪……随着一声声响亮的跨步声，在空中亮出了一个个激越的身姿。

下午 2 时，我们再次到达实训现场。毒辣辣的太阳晒得人发蔫，但下午的任务却比较重，要完成 3 个项目。"空中天梯"这项运动不仅是对我们体力和毅力的考验，更是对团队中每一组队员能否团结互助，最终完成任务的一次考验。所谓的"空中天梯"，就是由 6 根相互串联的横木从 8 米的高空悬挂而下组成。这"天梯"除了顶上的一根横杆和两边的支架，串排的 6 根横木下不着地，风一吹，就晃悠悠的飘荡。而且两根横木之间的距离很宽，一个人根本无法上，只有与同伴协作才能一步步攀上去。阿海挑战"断桥"成功后，信心倍增。又自告奋勇与葛帅哥组队挑战"天梯"。随着，海盗队的 80 后组的小徐和小刘也不甘落后，相继而上。看到他们成功地站上了顶峰，父女组合也出动了。攀爬的过程中，感动无处不在。当看到叶父亲不忍踩踏女儿纤细的双腿而宁愿自己艰难地向上跃爬时，我们体会到了深深的父爱。当看到男女队员扎步拉臂，互帮互助，终于攀上最高的横木时，我们体会到了团结的力量和成功的喜悦。

两个项目进行下来，海盗队成绩有些落后。利用 15 分钟的休息时间，教官开始实行奖罚措施了。海盗队虽败犹胜，竟快乐地唱起歌、跳起了舞：哥哥面前一条弯弯的河……滑稽的表演惹得公牛队队员捧腹大笑，嘴里却不停地说，呸呸……

4 时，"贪吃蛇"项目开始了。两队队员手搭队友肩膀，各自排成一条"长蛇"蒙眼找"食"。这个项目主要考验队员间的配合是否默契。蛇头只可说话，蛇尾可用眼睛寻找"食物"，但不能说话，只能用动作示意前一位的队友，队友接到肢体信息后再用肢体信息逐一向上一位队友传递至蛇头，再由蛇头吞吃食物。最后以哪条"蛇"吃的食物多者为胜。争抢食物中，两"蛇"各尽所能，努力觅食，创下了不凡战绩。

接下来就是扣人心弦的"鼓动人心"项目。一面直径约 40 厘米左右的双面鼓，鼓身周围扎满了细细的绳子。每个队员手提一根绳子，围成一圈，齐心协力拉紧鼓绳，让排球在鼓面上作自由落体状上下跳动。以球不离开鼓面跳跃次数为有效计数，次数多者为胜。刚开始练习时，两队的队员不知是因为心急，还是没掌握技巧，球在鼓上弹五六下就蹦到了地下。大家都火烧火燎得浑身冒汗。终于，两队展开争斗了。教练一声"开始！"，2 分钟后，海盗队打了一个翻身仗，以 146 个球赢得最终胜利。这是典型的团队协作项目。参与这个项目不仅使我们感受到团结的力量，更显出有效协作的重要。

体验和超越是拓展训练的灵魂。短短一天的体验过程，让我们感受到了生理、心理、感性、理性、情感和思想交织运动的一次历练。也深深体会到了勇气是战胜困难的法宝。同时，拓展训练让我们懂得，当你真的去做了，那些曾经让你恐惧的东西其实也并没有想象中那么可怕。

爱，与灾难同在

2008 年的中国奥运年，或许注定就要这么不平凡、就要历经这么多的坎。雪灾、藏独、手足口病、火车脱轨，注定要让中国的每一个公民都这么刻骨铭心，注定要让中国的每一个公民共同经受一次次的考验和磨难。

奥运会，世界有多少双眼睛在瞩目我们呀，世界有多少颗心在为我们激动呀。就在奥运会离我们还有88天的5月12日下午14时28分，四川汶川发生7.8级地震，北京、重庆、湖南、湖北、山西、陕西、河北等近半个中国有震感。

查阅着网上一张张来自震区的照片，听着电视里一段段揪心锥骨的呻吟和呐喊，看着众多的同胞饱受地震自然灾害摧残，我心如刀割，不由悄悄地流下了泪。年迈的总理大哭，他老人家一夜之间就变得如此苍老憔悴。连全国各地紧急赶赴救援的先遣队员们也淌下了滴滴辛酸的热泪。

得知从灾区发来的消息，现场气候恶劣，能见度很低，江流湍急，我们最可爱的部队官兵、医务人员正在陆续奔赴灾区一线，争分夺秒，展开生死大营救……

而我们敬爱的空降兵，多少好男儿纵身一跃却成永别，就为了庄严的一句话：不要忘记是人民养活了你们！

后方，全国各地红十字会、慈善总会、机关、厂矿、学校，他们发起倡议："一方有难，八方支援，献上爱心，捐上财物，帮助灾区人民度过难关"。此刻，我深深觉得该发挥我们媒体的宣传力量，要在我们的报纸设一个赈灾捐赠热线，发动有爱心的读者伸出援助之手，捐钱捐物帮助灾区的人民度过难关，重建家园。

整个上午，我静立窗前，心情压抑。远方的灾难让我默默沉痛，身边的爱心让我深深感动。电视上惨不忍睹的画面、网上来自灾区的消息、FM93 里主持人哽咽的声音，使我恍惚中似乎听到了从汶川地震的废墟中发出的一阵阵呻吟。不远的青少年宫广场上，为灾区捐献爱心的活动正在进行，感动人心的"爱的奉献"之歌通过高音喇叭不时回荡在耳边，就在今天，我竟然脆弱得三次流下了眼泪，突然觉得有一种不能承受之重。

当从网上得知灾区 AB 型血严重缺乏，中午，我怀着沉重的心情走向输血车。锦江百货旁的输血车边，激情在蔓延，爱心在传递，一拨一拨的热血青年，只是想为灾区人民尽点力，做点力所能及的事，他们对灾区人民的关爱因为急切在街头显得尤为耀眼。因上级还没与灾区的血站联系上，献血的人又太多，工作人员只得一边紧张工作，一边指导献血者填写表格。

有个年轻人脸上写满焦急，他说，乘着中午休息，我特意从在椒北的企业赶来为灾区人民献血，献完血，我还要赶回去上班。人群自然让出了道。他说着谢谢，急急走上了采血车。激情、真爱、理解、热血，泪水又一次模糊了我的眼睛。

下午三点，我响应区青联的倡议，来到区团委为灾区捐了钱。

我相信，如我的这一份心意，一种心愿还有很多，它会在我们的身边不断上演，并汇集成一股热血流向汶川……

再见，时光

第四辑
屐痕，深浅处

遇　见

莲花佛国——九华山

徽州印象——西递

到天涯海角去看海

……

遇　见

一

　　来北京之前，我们是没想到会有参观展览这等好事的。所以，当朋友告诉我们要去国家博物馆看罗丹雕塑展时我有些意外，但内心更多的是欣喜。对于一个生活在海边城市的我来说，终年能有一场专业水准的展览能够参观已是不易，更何况是一场世界级大师作品的展览。恰逢两天在京的时间里遇上了，这也真是一种难得的机缘。

　　二十多年前，借新婚不久的夫君沈三草在北京画院进修深造的机会，有幸在北京逗留过二十天。时隔久远，记忆里还有影迹的，除了天安门、颐和园、长城等几个通俗景点，就是琉璃厂的画廊，历史博物馆和中国美术馆了。

　　那时泡得最多的是中国美术馆，每有名家大作展览，我们是绝不会错过的。一早，摊上买两个面包加几根红肠，人手一瓶矿泉水，就入馆。从一个展厅到另一个展厅，他总在一幅幅画前揣摩，思考，一大段一大段的时光，经常就被他忽悠着没了。期间，他也会就着作品给我讲些画的笔墨，意境，以及创作的背景等。但有时，他入了神，就扔下我一边不管了。无聊时，就怀着崇敬的心情在这些所谓的名家大作前走来走去。寂寥是有的，但崇拜艺术和仰慕他的才情让我愿意陪着他，一任自己低姿态地坐在美术馆的地板上等他。因为有爱，因为年轻和纯粹，一切的进行似乎都是美丽的。

那时，我们也泡历史博物馆。一起去看那些锈迹斑斑，散发着阴冷气息的青铜器和瓦罐瓷器。我不喜欢那种冰冷的感觉，总是催促着他要早点出来。

到国家博物馆后，才知就是位于人民大会堂对面的历史博物馆。如今它保持了历史博物馆的外型原貌，已更名为国家博物馆。修葺一新后的国家博物馆于我是陌生的。高空间，装饰顶，以及斜卧的高频电梯，阻止了我记忆的通道。茫茫人海中，我仿佛看见那个爱开玩笑的时光老人，轻轻弹指，就做了一次无可逆转的斗转星移。于是，同样的地点，多年后的遇见，大多也是物是人非。

法国雕塑家罗丹，是我喜欢的艺术大师之一。与许多人一样，认识罗丹作品是缘于矗立在街头或公园，全身赤裸，用手托腮做思考状的"思想者"雕塑作品。更了解罗丹的生平和其作品后，才知"思想者"只是《地狱之门》的一个部分，只不过是区区几十厘米高度的案头小品。至于改革开放后，为何中国大众能给予"思想者"街头高矗的礼遇，那也或许只能从符合国民的审美和猎奇、崇洋而论定了。

此次国博展出的罗丹雕塑作品共有139件，几乎囊括了其一生各个时段的作品。走在这些由石膏、大理石、青铜等雕刻而成的"肌肉男"和"美女像"间，有一种灵魂在寂然轰响中颤动的感觉。在参观罗丹四十岁以后创作的作品时，其违背人体构造的扭曲，生动刻画的人物造型，让我更深地感受到了作品传递出的张力和动力。

观展中，有幸遇见美籍华人金属雕塑家金锋。他以雕塑家的独特视角带领着我一一阅读罗丹的作品。

期间，朋友与我分享心得："一件优秀的艺术品必须有个人特点，并区别于同时代人的常规审美。"太精妙了。关于艺术审美，我想，他是无师自通的。

我始终觉得，一件伟大艺术品的诞生，它不仅需要艺术家的智慧灵感，别具一格的创造力和表现力，更要有情感的交集，和在痛苦中寻找突破的勇气和毅力。创作是一个痛苦的过程，但更痛苦的是艺术家自认为成功的得意之作，却经常会被大众和作品的订购方所否定。罗丹创作的《加莱义民》《地狱之门》等传世之作，大都有过这样的遭遇。

在一组罗丹为完成《巴尔扎克像》而展现的一组小雕像样稿中，我就看到了其创作思考历程的艰辛！从大腹便便的裸体像，到有着运动员般强壮性器官的裸体像，再到用"公牛的脖子"衔接智慧头颅和强壮身体的作品，一直到最后用一件睡袍包裹了所有身体，只露一颗智慧头颅的成功之作，罗丹"巴尔扎克像"创作的历程可谓是曲折艰辛。但是，这件罗丹自认为集美学大成于一体，具有最高成就的艺术作品，最终还是遭受了众人的嘲笑和讽刺。

这样看来，优秀的艺术品历来都是曲高和寡的。这也让我想起一个经常出现的画面。画展现场，总有人会认真又好奇指着一幅画问我家先生，沈老师，您画这样一幅画，需要多长时间呢？而发问者哪里知道，一幅画或是任何作品的创作，它不仅只是创作这件作品当时的这段时间，更包括了从事创作的整个过程。因为一个成熟的艺术家，其艺术人生就是不断地否定别人的思维框定和否定不成熟的自己。

北京之行，因为朋友的热心，我们又有幸遇见了"11画廊"的负责人王一竹和王一。她们是师兄弟，皆因名中有一，因此合作开在今日美术馆旁边的画廊就叫"11画廊"，主营现代艺术品。王一竹毕业于西安交大经济系，是东方艺术史研究专家常任侠的孙媳。虽是经济系毕业，却极喜欢文艺，兜转在各大拍卖行见多了名师大作，又有着家族特有的渊源，就做起了关乎《东方艺术史》近代国画大师历史往事的外延编写。北京真是个藏龙卧虎之地，连一个80后的女子都在做着如此惊人的文化之举，这是我万万没有想到的。

王一竹是个感性而健谈的女子。那天，与我们同去的吴熹老师叙述着民国时期其父吴仲康与活跃在北京城里的吴镜汀，王雪涛等画家们交往的往事。她时而点头，时而接洽着话题谈自己及夫家祖父的经历，博古论今，散发着浓浓的知性和文化味，更有着大多数80后年轻人所没有的沉稳，执着和认真。

中国的艺术历史有许多片段，交集在某段时间，某些人身上。在历经战乱、"文革"、改革开放的洗礼后，大多已烟消云散。时光交错中，谁能有幸又有缘拽起这根线头，通过散落在民间的一些大师作品，或依然活着的见证者以及他们的子孙，把过往的历史再现，并串接起来，以丰满《东方艺术史》和《中国美术史》，这是一项多么崇高的事情。而眼前这个叫王一竹的年轻女子却在做着这件意义非凡的事。这，不禁让我肃然起敬。

冬日的暖阳透过竹帘，照到粗朴的茶杯上，又在红木的茶桌上投下一条一条的疏影。漫漫时光中，我们静静地听王一竹和吴熹老师，沈三草老师谈着艺术大师们的奇闻轶事，仿佛也走进了那个年代的故事里。

二

人的一日三餐，总离不了想着要吃什么？这次在北京也一样，依然是吃事当头。

那天，酒店这边的早餐刚罢，一见面，老朋友陈教授夫妇就又告诉我们午餐已订上了。少顷，朋友又来电话，说要带我们去吃点北京特色。

北京有什么好吃的呢？二十年前，刚到北京那会，最稀罕的是早点摊里炉盘上摊着的煎饼。手抓一团面，在煎盘上一摊，涂上一层浆，随手捏个鸡蛋往浆上一放，几划拉后，随手再撒把大葱头和香菜末，翻拉几下对个折，香喷喷的一包煎饼就成了。吃腻了稀饭加包子的早餐，乍一见这样架势的技活早餐，除了新鲜，更有新奇。第一次，因为急着吃，咬下一大口的刹那，竟然差点被怪怪的香菜味呛着背过气。但尔后就吃上了瘾，天天早晨拉着夫君往摊上买饼。从此，煎饼的味道就留在了属于北京的记忆里。

还记得那时，北京的街头或公园里，常有小贩挑着担子叫卖玉米糕。白棉布半遮半掩着黄澄澄的玉米糕，一副娇羞水灵的样子，想象那味儿一定香甜糯软发酥。终有一天，禁不住色诱，买来品尝，竟糙如糠，味如蜡，那种欲吐不能，欲咽不爽的感觉让人至今难忘。从此记住，食也不可貌相。

跟着朋友来到一酒店，其店里的中式装修古典大气，透露着温润朴实的豪爽气息。沿旋转楼梯上得二楼，厚实的地毯吸收了走路的声音，即使是宾客满座，这氛围也是舒适安静。

这酒店是一家清真餐厅，以正宗的西北菜著称。朋友想必是这里的常客，手拿菜单指指点点，一副京城老饕的派头。钦点的羊腿肉看着就让人垂涎！据说羊肉是这店里的招牌菜，点击率一直居高不下。下一筷，果然是肉味鲜美，软烂细嫩，不腻不膻。难道这就是原汁原味的西北美食？生活在海边的城市，习惯了用海鲜作佐的海味鲜，相遇西北美食的瞬间，有几分陌生，更有几分钟爱。还来不及品尝浸泡在油酱里的深紫蕨粉条和散发着油肉葱香的地道兰州拉面，一盅乳白色的汤水又已置于身前！赶紧划拉了几口拉面，就迫不及待地喝起白汤来。一入口有点凉，更有丝丝的甜，特有醇醇的香。朋友告诉我是用燕麦制作的酒酿（北京也叫醪醅），第一次得尝此物，就有过喉不忘之意。于是，就刻意地记下了它的大名，叫甜醅子！

贪恋美食的后果真是不堪设想。不一刻，这胃就敌不过美食的进攻，呀呀叫痛了。人生最痛苦的事是美味当前而你已是无能为力。哎，早知要来尝如此丰盛的美食，我又何必早餐呢？悔不该，悔不该也！

依依不舍走出这家酒店时，赶紧看了一眼店牌——"燕兰楼"。这是一个有着名媛味的名字儿。

朋友是北京人，虽是响当当的红三代，却没有丝毫的纨绔之气，和善，敦厚，沉稳，总是以一颗未来佛的善心在帮助人。这次的热心相陪，又让我们见识了深藏在胡同里的美味。

一家叫羊城美食的酒楼，打着平民粤菜的旗号，藏在胡同的浅处却不甚显眼。门前的石板台阶光可鉴人，往细致里看，还能找到年代久远的痕迹。店面有些陈旧，屋内的白墙也有些斑驳，桌椅也都上了些年纪，但从胡同两边悬在门上"羊城美食"的红色牌子里，依然会感受到此店莫大的号召力。也许是喜欢这里的安静，也许是喜欢这里的随意，店内，三五成群围着一火锅吃得汗流浃背者比比皆是。鸡锅，是来这店朵颐者必不可少的。这里的鸡据说是养在充满帝王之气的西山脚下，和混合饲料喂养的鸡有着完全不同的口味，就凭这只出身不凡的鸡，也足够让京城的吃客们钻进这条胡同寻找市井的土味了。

乘着天光未尽，友人们还没到齐，赶紧去胡同里溜达转悠下。

傍晚的余晖，打在墙边的梧桐树上，落一地斑驳的影。织着光影的石板地，风追着叶子在轻轻地打闹。新刷的灰墙盖住了被时光打磨过的墙砖，有些虚情假意。停在树下的各色车辆已把关于胡同的历史渐渐抹平。唯有几扇粗粝的红漆朱门，力不从心地遮掩着浮世的虚华。

据说，在北京这样的胡同曾有过 2000 多条，但现今完整保存的已不足 500 条。

这条胡同的名字叫前炒面胡同。一个有着如此烟火味的胡同，想必也有许多烟火故事吧！细细追查起来，此地果然是一条小吃街，因有多处卖炒面的店家而闻名。而今，故事已远，即使我们走进胡同，再也碰不到故事发生的场景，再也碰不到一个老人还在院子里给我们讲着胡同里过去的事情。

天已暝，我来不及抚摸这家院子里写满沧桑的墙砖，来不及细品那间朱门内门石，砖雕，石刻，瓦楞的讲究和况味，就急急地走了出来。心想，在这皇家与市井交错的胡同里，说不定也会藏着个把军阀的住宅，或是帝皇将相的府第。

走吧，走吧，我不停地告诫自己，不要又掉入那一些"老旧"的情怀里去。

其实，有着这样情怀的人也不少。朋友和我一样是 70 后，似乎也有着对老去生活情节的依恋。与我讲起颐和园里屋后的一棵老树，也是满怀深情。城市化的大举推进，虽然把我们童年生活的场景破坏得荡然无存，怀抱无处安放的乡愁和童真，我们依然会循着记忆美美地去寻找曾经的足迹。比起那些生活在现代公寓里，看着日本动画片，打着电子游戏长大的 80 后、90 后孩子，70 后的我们应该是幸运的。至少，我们的生活中，拥有过关于老屋，老宅，老树，老石头的记忆。这种对老旧事物的记忆，盛载着我们的情感，在岁月的明灭间着如蝶般翻飞。

有时候，我们拼凑这些零零碎碎的记忆片段，只为安放流离的思念，搁浅那些消失的童真。

莲花佛国——九华山

到得九华山，已是天色将晚。

晚霞正染红天边，给佛国的天空挂上了绚烂的云彩。成片的黄墙，散落的殿宇、飘烟的香炉、摇曳的烛光、成群的香客、构成了莲花佛国的一幅写意风景。

九华山，是九十九朵莲花与神秘佛国的结合，是"人佛共存"的心灵净土。他曾因朝鲜半岛上的新罗国王子金乔觉在此出家为僧，苦行禅修75年，圆寂后建寺，而成为地藏王菩萨的道场而名扬海内外。千百年来，九华山成了人们朝佛山，许心愿，拜地藏，结佛缘的圣地。每到佛事的日子，成千上万的善男信女涌向九华山朝拜，传说的莲花佛国、神奇的肉身菩萨、旖旎的山水风光更是给九华山蒙上了无限的神秘色彩。

入夜，当我穿过店铺林立，幡旗招展的九华街，就有清幽的梵唱声从寂静的夜空中传来。寺影，烛影、灯影、树影婆娑，寥落恍惚，让夜晚的九华街充满神圣和庄严。

远眺位于神光岭的肉身宝殿，巍峨雄伟，神圣不凡。她矗立在九华街的一端，成为实现每一位登上九华山香客朝拜夙愿的圣地。

据说，当年金乔觉圆寂的时候山鸣谷啸，群鸟哀啼，地出火光。遗体装在缸内，三年之后开缸依然颜貌如生，符合佛经中菩萨再世的特征，因此人们认定金乔觉是地藏王菩萨的转世化身，于是，纷纷捐资建寺。为保护地藏王的肉身，僧徒们在缸外建塔，在塔外建殿而成现存的月身宝殿。如今，上面高悬着赵朴初题写的"护国月身宝殿"，塔前悬挂八角琉璃灯，长明不分昼夜。塔北门廊下，有黎元洪所书，黑底、金字的小篆横匾，写着地藏菩萨誓言："地狱未空誓不成佛，众生度尽方证菩提"。

修行成佛，是佛门中人的终极目标，而地藏王为了能解脱众生的苦难，宁愿舍弃已获得的一切，背负度化众生的重任，正如地藏二字的含义——安忍如大地，静虑如密藏。不安忍，不执着，就不能宽恕世人；不静虑，不智慧，就不能圆满度化。也许正因为他的大愿和大德，才使得"月身宝殿"终年香烟缭绕，朝拜者不绝。

九华山有99座山峰，寺庙90多所，僧尼600余人之众。听说在海拔5000米的高空俯瞰整个九华山，一座座寺庙就像莲花瓣一样绽放在九华山上，故有"莲花佛国"之称。在九华山中心，晋代的"化城古寺"屹立莲花中心。这座九华山的开山祖寺——化城寺，最早由金乔觉创建，距今有1600多年历史，虽饱经风霜，但仍屹立于此，香火依然旺盛。

秋风萧瑟，吹动古寺旁池水里的一朵水莲。这让我想起了一个与佛、与莲、与爱情有关的凄婉爱情故事。那是佛前忘忧河上的一朵莲，为结尘世的一段情缘，投胎人间一女子，取名菡萏。菡萏在荷塘看荷的时候，遇到了生命中的青，并结为良缘。菡萏和青真心相爱，立下了"死生契阔，与子相悦，执子之手，与子偕老"的誓言，但却不能给青生孩子。青的父母为青娶了妾，青不理妾，仍爱着菡萏。妾找到了菡萏，使菡萏懂得了人间的痛苦和无奈。这时，佛接回了莲，让她忘掉这段孽缘。回到忘忧河上的莲每天守望凡尘，觉得青就像雾，依然每天拥着莲。只要有雾的笼罩，莲就会粲然地盛开，每当雾散尽，忘忧河上就满是莲美丽的花瓣——

我感动于青莲的爱情，感动于佛的宽容和爱怜，更深地感受到爱，即使痛苦也是一种幸福。

在九华山，还有一个佛教的灵魂，就是供奉的肉身菩萨。自金乔觉成就肉身菩萨以来，九华山曾出现过15尊肉身菩萨，现仅存7尊，他们为供奉于月身宝殿的金乔觉、百岁宫的无瑕大师、通慧禅林的仁义师太等。此刻，当我了解一个个肉身菩萨生前的坎坷经历和许多传奇故事后，终于明白，只要是怀着广博胸怀的人，能放下自己救助众生，都可以称为或奉为"菩萨"。他们能成为菩萨皆因是怀有一颗扶贫济困的善心及超脱尘世的清心寡欲。他们或许反常为道、行为怪异、定力非凡，但却心无外求、毕其一生行善积德，救人于苦难。面对历代大德高僧的肉身菩萨，认真阅读他们生平的一个个经历，仿佛觉得佛、菩萨离我们的现实并非那么遥远，他们就曾经生活在我们的身边。

夜深人静，偶尔，还有身着青色长衫的僧人穿行在九华街，他们出入一些店铺内，神态悠闲。我默默地看九华街上闪烁的霓虹，觉得有一些被尘世熏染的杂。

远处，一座座隐在山林间的寺庙，影影绰绰地泛着幽光，他带着一种宗教的神秘，显得有些遥不可及。

第二天，当我在月身宝殿外，见到了齐刷刷跪在地上的一片男男女女，他们肃然、虔诚朝拜的神情，令我震撼。他们个个肩挎黄色香袋，手持三支清香，双膝跪地，嘴里轻声祈祷。这是韩国香客不远千山万水来这里朝拜地藏菩萨。从一张张布满虔诚的脸上，我看到了一种信念和精神，这种精神所滋生的力量，似乎可以征服一切。

这就是信仰的力量。

当我到达天台寺，站在天台寺前远眺黄山，近观整个九华街，却觉出佛世界的宽广和人世界的狭隘。当我徒步登上了建于摩天岭上的百岁宫，见到了无暇大师的供奉肉身，才深知无暇大师能活到110岁的秘诀。

生命，由因缘所生，存灭无常。如流水一般，前前逝去，后后生起，生生息息，从不间断。人的一生要经历很多，当人们要洗刷罪孽、规避灾难、祈求心愿，拯救自己，就会求助于佛。总以为，佛、菩萨，是至高无上最神圣的，他主宰一切，无所不能。

其实佛能给予的智慧，无非也是让人们平静处事，真诚待人，善待自己、善待别人。因为他们自己生前的人生就是一种善的修炼。

游走在莲花佛国，当我置身其外，用敬畏的目光，远远凝视菩萨，并用非佛的心境解构一路的风景，心间就多了份淡泊宁静。

再见，时光

徽州印象——西递

有人说，西递是历史与现代，人类与自然的焊接点。其实，西递更是古徽州的一个缩影，沉淀着古徽州文化发展的历史痕迹。她散发着的幽秘魅力，吸引着众多解读徽州人文者的热情。

一次仓促的徽州之旅，我近距离触摸了传说中的西递。

西递，原名西川，位于黟县境内，秦汉时曾是山越族聚居的蛮荒之地，后成为名门望族躲避战祸的"洞天福地"，300多年前成为徽州胡氏族人的聚居地。

金秋的正午，我走进了这桃花源里的人家。

还没到西递的村口，远远地，就看见了村头广场上高高耸立的一块牌坊，坊身黧黑，坊檐朝两边上翘，恢宏而威严。进得村庄，沿着环村石径徜徉在古民居的夹巷中，偶尔抬头，在巷的不远处，冷不丁伸出的连绵马头墙，常让人有些猝不及防。墙头檐上的青瓦早已长出了绿苔，斑驳的墙体也已失去了旧时的明朗。

随手推开西递人家的大门，里面往往是一片幽暗，要稍候片刻，让眼睛适应了屋里的暗光，才能看清房厅里的摆式。八仙桌、高背椅、条案、自鸣钟、古瓷瓶以及照壁上挂着的中堂画，这一富有地域特色的摆设正蕴含着西递人对平安、宁静的向往。

在西递的一些大户人家，厅前两侧的门框、石柱上往往可见精美的石雕、木雕，花草虫鱼、福禄寿喜，一应俱全。厅前还建有天井，这屋顶上空出的一块，可采光、通风、静观蓝天白云，更有承接雨露，集聚财气之意，古时的黟县人称它为"四水归堂"。

试着挤过蜂拥的人群，我站在"瑞玉庭"前仰望，这一方天井里的天空，明净蔚蓝，静如水面。时值午后，几束光线正映照在高悬檐下的宫灯上，风吹灯动，游移的影在四壁的木雕上晃动，岁月的尘埃随风轻轻飞扬，在一群叽叽喳喳的游人间，西递似乎也失去了些历史的重量。

天微热，十月的秋阳尚有些夏意。懒懒地坐在"西园"的阶前，透过"西园"里方形的石窗，看隔墙熟得正红的柿子。柿树舒展着优美的姿态，在阳光下探过青砖的墙头窥看着嬉闹的人群。

有清香的气味经久地飘荡在院子里，阿婆在院内摆了饼摊，出售西递的小吃芝麻糯米饼。这时，饼正摊在煎盘里，发出吱吱的响声，阿婆随手撒一把黑芝麻，顷刻间，饼就熟了，这一熟悉的情景就像是儿时的老屋，散发着浓浓的亲情。

就这样，我坐在"西园"的阶前，看过往的人群穿行在高墙深巷的西递，时而喧哗，时而寂静，竟有些时光交错的恍然。

在城里久了，习惯了精致的物质生活，对美的感受竟显得迟钝，看惯了城市里人工养护的山水绿树，诗情和诗意在浑然中消失。而我们在城市里却经常想念乡村的宁静，总是在向往，希望能回归自然，能返璞归真。内心里我们多么希望有个像西递一样的村庄，把潜在心底的一些渴望随着自然款款流出。

日渐西斜，不太扎眼的阳光正穿过威武的马头墙，在斑驳灰白的墙上投下一片薄薄的影。谁家门楣上的柿子正艳，篮里翻晒的霉干菜正香气四溢。在这里，依然可见一些从容不迫生活的人，他们就坐在门前，悠闲地纳着鞋底，看着我们这群进进出出的人。

旅游的繁荣，使本就善于经商的西递人家沿巷开起了一间间店铺，售些古玩、玉器、木雕、歙砚，虽然村头巷间商业的氛围渐浓了，虽然也无都市里整日不绝于耳的噪音，然而我多么希望西递仍是深居在黟县的深山隐士，以一种别样的风情立在尘世的一角，不必经受世人的惊扰，她只是静静地流淌在时光的隧道里，焕发着历史的荣光，讲述着她的过往岁月。

背着沉重的相机行走在村庄，竟有些累了，我站在这浅巷的转角，看着街巷里不断晃动的黄色小旗和鱼贯而出的人群，有些伤感，有些失落。

　　时间赋予了西递生命，她的美甚至远远超越了村庄本身及承载的历史记忆。西递是超然的，她应该维持生活的本真，保持这份寂寞，悄然地存在于现世繁华的背后，任凭岁月的洗礼。

　　蓦然间，我记起了海子关于《村庄》的诗句。

　　　　村庄在五谷丰盛的村庄我安顿下来
　　　　我顺手摸到的东西越少越好
　　　　珍惜黄昏的村庄珍惜雨水的村庄
　　　　万里无云如同我永恒的悲伤

到天涯海角去看海

到天涯海角去看海。其实，这是一个在我心底埋藏了 20 年的夙愿。

记得，第一次萌发这个愿望，是基于 20 世纪 80 年代末海子的一首诗："面朝大海，春暖花开"。

从明天起，做一个幸福的人

喂马，劈柴，周游世界

从明天起，关心粮食和蔬菜

我有一所房子，面朝大海，春暖花开

从明天起，和每一个亲人通信

告诉他们我的幸福

……

那时，我正值"少年不识愁滋味，为赋新词强说愁"的年龄，在象牙塔的校园里，盛行的朦胧诗像一股流行风和我们随影随行。那是一个短暂、脆弱却令人悸动的浪漫年代，有着太多用心灵歌唱的诗人，北岛、舒婷、顾诚……海子，就是其中的一个。他，似乎一直都在渴望倾听远离尘嚣的美丽回音，他活在自己的世界里，与世俗的生活相隔遥远，甚至一生都在企图摆脱尘世的羁绊与牵累。海子诗中的核心意象，广阔浩荡，生机勃勃，是我们的安魂之乡、理想之乡。矛盾的他给我们营造了一种面朝大海，春暖花开的幸福意象后，却抽身离开了这个世界。那一年，伤感弥漫了校园，19 岁的我带着对海子的沉痛怀恋，在无人的操场读着"面朝大海，春暖花开"潸然泪下。从此，心里就涨了一片海，这片海饱含着青春、激情、浪漫、理想、憧憬，停泊在我的生命之外。

转眼间，八十年代已成绝响，浪漫的青春也成了镜中花。凡尘落幕后的夜晚，沉寂的心偶尔在诗的意境中停留、想象、神往，坐拥大海就成了一种遥不可及的幸福感受。

这片停在我梦境里的海，宁静、深远、蔚蓝，她总是让我在不经意间跌入她的碧波之中。有时，是因为逃离，有时，又是因为憧憬。

9 月的一天，当我真实地站在三亚湾的海滩，直面孔雀蓝的海水时，却似乎抵达了一个遥不可及的神的地界，竟有种窒息的快乐。有时候，现实与梦想太接近，就容易给人一种失真的感觉。

原以为只有三亚的海水是蔚蓝的，没想到三亚的天空同样也有着摄人心魂的蓝。水天一色的蓝，她们心照不宣地互为装点，不知是天空的蓝渲染了海水，还是海水的蓝辉映了天空。坐在沙滩上眺望，高远清净的蓝空似乎在遥远的天际溶入了水波荡漾的辽阔水面，似乎又像是从天幕展开的一匹蓝绸，迎风飘展，从高空到天际一直又绵延到眼前。

我想，如果有一个地方，一旦与它结识，就会害无尽的相思，那就是海南的三亚，一个中国版图中边缘岛屿的最南端。这个漂泊在南海上的陆之南，不仅是享乐主义者的世外桃源，更是小资部落的心灵歇息地。因为在男人眼里，它是一个柔波荡漾风情万种的少妇，让人情不自禁想去拥抱她。而对于女人，它又是一个阳光明亮率性刚劲的宽厚男子，令人迫不及待地想扑向他的怀抱。

这是一个独特的城市，有着最宜人的气候、最清新的空气、最和煦的阳光、最湛蓝的海水、最柔软的沙滩、最风情的美女、最美味的海鲜……还有着"椰梦长廊"之称的三亚湾和驰名中外的"天涯海角"。这个拥有 1919. 21 平方公里土地，有着 53 万人口的地方，位于北纬 18°09′34″~18°37′27″，东经 108°56′30″~109°48′28″之间，是中国唯一的国际性热带滨海度假胜地。

也许是维度不同，这里的白昼显得特别长。已是晚上 7 点，夕阳还挂在天边，挣扎着还没落入海里。如这般金秋的天气，此刻，家乡的夜晚早已暮色四合，华灯满街了。

迎着温暖而潮湿的海风，我漫步在三亚湾的沙滩。浩瀚的海水因为夕阳的低角度照射，依稀透着咖啡的质感。沙在海浪一次次的追逐中被掩埋、沦陷。脚下，除了由远而近不断翻滚的白浪，海水没有了白天所见的温情，成了一片幽暗而诡秘的深沉，混沌悠远。

入夜以后，在海的左前方，就出现了一片明亮堂皇的城市之火。她们点缀着三亚湾的夜空和海水，就像是我在青岛蓬莱阁看过的某个海市蜃楼的片段，遥远而虚幻。沿着三亚湾沙滩一直往左走，就能到达灯火阑珊处，那是南海岸上的喧哗都市，充满着人世间的嘈杂。那里有来自天南海北的热衷夜生活的旅人，她们汇集在酒吧、茶室，快乐地跳舞、开心地大笑，悠然地闲看落花。这一种放纵在酒精的作用下显得飞扬跋扈，而咖啡和茶只是让人变得格外感性和慵懒。

夜晚的三亚湾很静，静得只听见海浪"哗、哗……"的一声声呼吸。踩着被自然力不断推涌的白色浪花，我常常不知所措，逃离？迎头而上？或不管不顾？我的裙摆就在一次次的犹豫间变得湿重起来。

身边不时走过一对对情侣，她们依偎着并肩而行，沙滩上深浅不一的脚印，就像是开在沙滩上的一朵朵幸福之花。这是一座甜蜜的岛，每年都有很多新人从全国各地来到这里，在这个岛上放牧爱情，在天涯海角许下"执子之手，与之偕老"的诺言。或许吸引她们来这里的不仅仅是三亚的美丽景色，还有更多的是因为喜欢大海，喜欢那种被浪花拥抱的幸福感觉。

在三亚湾海湾，长长的海岸线边分布着繁星似的宾馆。在宾馆的海景房里打开窗，就能看见海。出宾馆走 200 米，穿过"椰梦长廊"，就能到达三亚湾沙滩，就能奢侈地拥有一片沙滩和海域。沙滩上有木质的躺椅，坐下来就可以面朝大海。

面朝大海，就想起了向往海边幸福生活的海子，我的心不禁湿润起来。

忘情塞罕坝

都说河北坝上草原风景有名，只是久闻其名，未见其实。那日，我们一行 12 人终于有机会成行，奔赴这个"美丽的高岭"。

坝上是一个美丽的草原，更是一片神奇的土地。据说，无论我们站上哪个山坡，只要走过，就会被她征服。因为，它是花的世界，林的海洋，水的源头，云的故乡。

时值深秋，承德去坝上的路旁景色姹紫嫣红，漫山遍野的红叶溢金流丹，簇簇红叶中，金黄的白桦叶，黛绿的松针，融在一起煞是好看。

似乎还在半梦半醒之间，车子就已进入了塞罕坝森林公园景区。成群的马儿在丘陵、平原、树间悠闲地漫步，苍苍莽林在窗外滑行而过。

月亮湖到了，导游的一声提醒让我们倍感兴奋。

落日的余晖正照着傍晚的月亮湖，明镜般安宁。此时，月亮湖更像一个腼腆的小女子，静静地守候在这里。

湖上，偶尔有一两只水鸟掠过水面。走进了，才发现湖面尚结着冰。

我们跺脚、搓手，口中呵出的白气，一阵阵飘散在胸前。尽管夕阳暖暖地照在身上，却感觉不到一丝温暖。

傍晚五点，我们终于到达了红山军马场宾馆。

第二天一早，推开窗户，我们欣喜地发现，窗外竟是白茫茫的一片。下雪了!

令我们意外的是,草原竟是以这种奇特的方式来迎接我们这些客人。牧场的司机告诉我们,这是今年的第一场雪。同住的剧组人员等了近半个月没遇上,却因我们的到来,雪便纷纷扬扬地飞。

草原的第一场雪景可遇不可求的,却让我们给赶上了。莫非这就是华北人民特有的热情,不张扬,不失礼,体贴入微。

灰蒙蒙的天,白白的雪的世界,寂静得让人窒息。一棱一棱起伏的山峦,错落有致。车子行进在草原上,恍若行走在画中。

每到一个景点,我们欢呼着下车。夹皮沟、桦木沟、五棵树、骆驼山、五彩山,因我们的到来而显出几分羞涩。

其实,在这个静静的雪的世界,只要我们静下心,就能听到白桦树叶在枝丫间的窃窃私语,就能听到雪亲吻草儿的呢喃之声。

远处,几只不知名的鸟儿在树丛间雀跃,三三两两的牛羊在茫茫草海中若隐若现,两只野狍子在雪地上飞快地奔跑。天空,偶尔掠过晴空的飞机,留下一道白色的银河。

唯有在这里,才可以静听花开花落的声音,静观云卷云舒的变幻。这一次与大地的心灵约会,使我们感受到了大地心脏的律动。

这里曾是清朝皇家的狩猎场。历史上著名的乌兰布统之战就爆发在这里。而如今站在茫茫草原,举目眺望,只见树,草,无不顺坡而生,趁势而长,不张扬、不喧嚣。虽然历史的慷慨悲歌已然不再,但风雪中似乎水寒依旧,风萧依旧。

在蛤蟆坝、小红山子……我们戏耍、打闹、留影,惊起了林中的群群雀鸟。我们深深地陶醉于树的风姿,地的广袤,雪的柔美。这里的一石一木,一花一草,一牛一羊,无不演绎着人生的真美。

美丽的塞罕坝,如果我是画家,就会拿笔泼墨作画,将此情此景尽数揽入画卷;如果我是歌唱家,就会用最动听的歌声赞美你;如果我是诗人,就会用最美妙的辞藻来修饰你。可惜我什么也不是,只是走过你身边的一个匆匆过客。除了在心中默默地感谢命运让我们在这个萧瑟的季节相遇,只能把你的美景悄悄地储存到生命的磁盘里。

时间，在一次次快门的咔嚓声中定格。心灵，在一阵阵忘情的欢呼声放飞。

2011 年，坝上相聚，快乐永恒。

走后岸

天台后岸，已是名声大噪，这是毋容质疑的。群友中，就有发烧到一年要跑后岸十几次的。我之所以想去后岸，是想去看看记忆中的后岸与现实已相差多远。

记忆中的后岸，是 27 年前中专读书时一个闺蜜同学的老家。山清水秀，宁静安详，上了年岁的老屋绵延在始丰溪畔。同学的家在村中心，开了一间小店，经营着日杂用品。她爸聪明能干，有文化，是村里的干部。她妈做得一手好菜，用天台的特产糊拉汰、角饼筒等把我们这些贪嘴的吃货喂得胃饱肚圆。

走进后岸，已找不到记忆中老房老屋的影子。村口，一块大石头上赫然写着后岸的村名，石旁一条宽阔的石板路沿着始丰溪逶迤伸展。路边，步行道上有盖着稻草的木制摇椅，沿溪的一侧有石制的护栏。后岸本是个出产石材的村，哪怕是铺路的条石，也是拉了细缝显得特别精致。漂流码头，室内运动室，卡丁车，多人骑脚踏车，新农村小康楼，停车场，游乐设施一应俱全，敢情已是十足的风景点范儿了。

除了陪在身边的女同学依然熟悉亲切。陌生，是对后岸最真最深的感觉。呵呵，连这次管我们饭的主人也从同学她妈换成同学她姐了。

"水车人家"就是同学姐开的农家乐，自家地造的自家房，自己掌厨烧的农家菜，地道、入味，有特色。名气大了，甚至还常接待省市里来的大小领导。

去时，正值午饭时间。尽管是刮风下雨的台风天，但"水车人家"还是生意爆满。不大的房间里，挤了三张桌子，满当当地全是客人，虽嘈杂，倒也不凌乱。在后岸吃饱玩累了的游客，随时可在楼上开个房间住下来，打牌，喝茶，聊天，随性地想在这里住几天就几天。人来人往中，这种管吃，管喝，管睡的所谓民宿在后岸各家兴起，让村庄少了份安静多了些市井。

还记得27年前的那晚，同学家沿山公路边的二层新房里，青春年少的我们，懵懂中憧憬着未来，纯真的欢乐席卷了漫漫长夜。还记得那年那夜的第一声春雷，伴着闪电轰隆隆从房顶砸下，地动山摇的巨响让不安和惊恐在黑夜里四处漫延。清晨，有哒哒哒，哒哒哒的拖拉机声再次在公路上响起时，青春期厚沉的睡眠才被有效掀翻。

时光流逝，只有那依山的公路还在，但与村口那条新建的石板路一比，就显得神气不足寥落有加。恍若当年风光无限的正房夫人被后娶姨太们的风华所取代，最后只沦落到敝帚自珍，自寻清静的境地了。

虽然，不喜欢农村小康楼的呆板和千人一面，更不喜欢小康楼外墙上明亮的马赛克，但后岸的小康楼间，因为保持了村里的沟渠水系和河塘，各家的庭前又都种了自家喜欢的花草树木，于是规整中也就透着灵动。

正是荷花盛开时节，满塘的荷花开得正艳。花间，在水中自然风干的结籽莲蓬特有韵味。或许是我的表情泄露了对莲蓬的痴爱，姐竟然穿雨靴亲自下塘采莲蓬了。雨越下越大，当我抱着一大把莲蓬放到车里时，兴奋，成了此刻最美的心情。

村中的路旁，一条蜿蜒的溪水伴路而行，沟沟渠渠中，嬉戏的红鲤鱼在流水中沉浮吐气，围着岸边的水草曼舞轻扬。如果站在浸水的石板上任意抛洒点面包屑，成群结队的红鲤鱼就会瞬间游拢在脚边，搅作一团地争抢着吃食，冷不丁会溅你一身的溪水。

路旁，看到民房外墙上寒山拾得的宣传画，又记起了多年前，在附近有个六月也能见雪的寒岩寺里，首次听到了寒山拾得的故事，并用小本子记下了一段经久流传的偈语。

寒山问拾得曰：世间谤我、欺我、辱我、笑我、轻我、贱我、恶我、骗我、如何处治乎？

拾得云：只是忍他、让他、由他、避他、耐他、敬他、不要理他、再待几年你且看他。

每次和同学聊起她的老家，总似有一个情结，总觉得和这段文字有关。从年少时的一知半解到如今的了然于胸，多少年的变化，或许就是对这段文字最真的修炼！

还原一座岛的本真

"台州地阔海冥冥，云水长和岛屿青。"20 年前，当我第一次读到杜甫这样美妙的诗句，就想着要约上某人，登上椒江东山顶上的观海楼，面向茫茫东海，做一次深深的瞭望。

冥冥东海，云水之间，星星点点的 106 个岛礁中，有我向往的岛屿。它在离椒江城区 50 多公里的海面上矗立。它的名字，叫大陈。

据说，大陈的由来源于一故事：从前有一姓陈的渔夫，因为忍受不了官吏的欺压，带领一批渔民来到岛上，从此过上了安乐的生活。人们为了纪念陈姓的渔夫，便把这个岛取名为大陈岛。

至于后人为何把大陈分上、下大陈，似乎已无从考证。都说上大陈礁岩奇特，岛貌旖旎，下大陈风景宜人，渔港风情浓厚。也不知是什么原因，多年来，我现实的脚步总没踏上梦想的小舟，一任大陈之行搁浅在海边的城市里。

儿时的记忆中，曾有远房亲戚在大陈，每年秋季，总有虾干、鱼烤等海鲜干货寄到外婆家来。因为这些鲜美的海产干货，小小的我总是在心里向往着去一次被海水拥抱的大陈岛。有时淘气了，母亲就吓唬我，"不好好读书，长大了就把你嫁到大陈岛换咸烤。"每当听到这样的话，我心里其实还有点小得意。等长大些了，才知道除了鲜美的海鲜，大陈的海岛生活是意味着苦，累，飘摇。

10 年前，当我怀着兴奋的心情终于踏上了梦想中的大陈岛，一路风浪颠簸后的疲乏，却让我浑身无力。住在碧海山庄的那一夜，我仿佛头枕海浪，一直在波涛中沉浮。黄昏下，大沙头港湾千帆云集、桅樯如林的情景历历在目。入夜后，万千渔火明明灭灭的画面，不停地在我脑中闪烁。海浪拍岸的"哗哗"声，一直响彻耳边，辗转中，竟然一夜无眠。

天，终于亮了。

清晨，在岛上唯一的街道上，有渔民提着竹篮在卖晚潮的小网海鲜，也有从崖礁上挖来的观音手、辣螺等壳类生物。她们随便把东西摊在脚下，就有一帮早起的游人围着地上的岩头老虎、虾姑、鲜虾、小白蟹们讨价还价。说是一条街，其实港边除了一排建于四五十年代的二层楼房作为商铺卖百货，就是一些私家小店，卖着从大陆运来的水果零食和自家腌制的鱼生，蟹拌。在游人看来，或许这街还不够繁华，集市还小模小样，但对于几乎能自给自足的本地岛民来说，有这样一条集生活用品，沽酒买菜，一应俱全的街，已经很知足了。

六月，正是夹竹桃花盛开的时节。我陪美院的设计团队再次来大陈岛考察。从山顶的别墅区出发，山路边的夹竹桃繁花似锦，密密匝匝地相伴着与我们一路同行。一路上，山风狂野，吹得粉红粉白的夹竹桃花迎风乱舞。推开车窗，就有一种夹杂着咸味的幽香扑鼻而来。车穿过一片幽幽的黑松林，就到了岛的东海岸。见一亭，被谓为"美玲亭"。在亭内，抬眼就可见巍巍两片巨礁组合成的"甲午岩"岿然屹立。极目远眺，则孤帆远影，海天一色。

到岛的西侧高地——垦荒纪念碑前，我们还没喘过气，回过神，一场突如其来的夏雨，就从碑后的那片草地飞奔而来了。顷刻间，呼呼狂风挟裹着一大片一大片雪亮的雾雨，飞卷盘旋着，犹如弹声呼啸中，有千军万马怒吼，厮杀着冲将过来。惊魂未定中，我们折断了伞，刮伤了脸，像是战场上节节败退的溃散残军从山顶一路落荒而逃。

终于撤到一处废弃的碉堡里。回望高高矗立在高坡上的垦荒纪念碑，竟有一刻的恍惚。抬头环顾这个到处布满碉堡、水牢、战壕、坑道、防空洞的岛屿，我情不自禁地陷入了战争的惊悸。

曾经，这个弹丸之岛就上演过一场旷世的枪林弹雨。1955 年，昔日宁静的大陈岛驻扎了荷枪实弹的士兵，田园式的渔村筑起了堡垒、炮台，拉上了铁丝网。警报在这里拉响，炮弹在这里乱飞，中国首次海陆空三军联合作战的战役在这里打响。曾经，这片平静的海面硝烟弥漫，血如残阳染红海水。曾经，成千上万官兵身陷战争的泥潭，葬身东海。曾经，一万七千大陈人带着戚戚的乡愁，被迫漂洋过海去了彼岸台湾。

如今，当我站在海边眺望远处的海。海面风平浪静，海中礁石静立，仿佛几千年来就是这样的姿态。

潮起潮落间，历史的脚步已渐远。60年了，海风已吹散战争的硝烟，潮水已湮没烈士的英魂，山花已覆盖了山岩上的满目疮痍，大陈人背井离乡的思念也在流离的风尘中碾碎。让我们一起抹去那段血雨腥风的战争记忆，忘掉那段揪人心肺的拔根迁徙，搁下那段撼人心魂的垦荒史吧。

历史会记住大陈岛，一个战争的神话，一段垦荒的记忆，一场发展的历程。

今天，当我走在蒋介石、宋美龄、青年垦荒队员、胡耀邦、习近平，他们走过的山道，风依然是那样的轻盈，空气依然是那样的腥咸，连眼下的海水也是那样的湛蓝。多纯粹美好的一座海岛呀，我想，如今人们来大陈，除了瞻仰历史，更愿意通过大陈这个岛屿来加深对海的认识，感受对海水的亲近。

就像六月的一天，我独自走进大小浦渔村，看到"海上小桃源"生活时的激动。一个港湾，几艘船，十几间石屋，一座神庙，就是渔村全部的结构。向阳的地方，有三两渔妇在石屋的浅坡上织网。七八个渔民在港湾的入口，一边大声说笑，一边踩着岩边的白浪从船上抬满筐的鱼虾上岸。豪迈、爽朗、粗犷的笑骂声夹杂在海水的起落间，掷地有声。岸上，几只黄色的家狗，围着满筐的鱼虾嗅嗅，又舔舔散落在地上的残渣，慢腾腾地在人和鱼虾间穿梭。今天，在大小浦渔村里，这种饱含海洋气息，和谐、安宁、平静的生活表情，不就是我想象中的渔家生活吗？

那么，就去买一筐刚刚上岸的鱼虾，借用渔家的灶台，清煮起来吧。然后，搬张小凳子坐在阳光下，慢悠悠地剥着蟹，吃着虾，尝着鱼。

我想，这种海岛上充满鲜甜的记忆，才会让我们回味一辈子。

走过梨花处，静听年华声

那么远，似乎又那么近，这隆隆的雷声响彻在耳边，在窗外，在我独自沉睡的迷糊意识里。滴答滴答的雨声渐近渐远，一直敲击着梨园小屋的窗棂……

雷声和雨声的隐约朦胧中响起手机的音乐声，随手拿起手机，好友一句"今天是否冒雨前行"的问询，才使我猛然记起要去温岭滨海看梨花。恍惚间记起刚才雨打窗棂身居梨园小屋的感觉，有些迷惑。

努力睁开眼，发现自己仍躺在自家暖暖的被窝。

微凉的晨风吹起窗帘的一角，几条绿枝横亘窗外，有种隔世的恍然。看看窗外尚未透亮的天，还是灰蒙蒙一片。寂静中，只是雨声依然富有节奏地滴答着固有的音乐，在独自吟唱。那梨花带雨的情景昨夜潜入我梦境，却原来是人未走，心已远的一种虚幻。

然而就是这样的雨，这样的一种情景，总让我在每个花开的季节里，和花和雨纠缠不清。梨花含苞时，春雨已渐频了，雨水对花朵总有着太执着的痴情，总是给予最柔情的滋润，就像我追寻春天的景物有一种蠢蠢欲动的情愫总难以消散。尽管踩不准春日里每个节气的调子，赶不上每一个花事的繁华，拜访春日的梨花，却成了我在三天假期里外出行走的理由。

上午，雨渐止，三两好友驱车前往温岭滨海老五生态农庄。

春日的乡野一马平川，油菜花尚不及谢幕，叫不上名儿的花花草草热热闹闹地迎风招展，喧闹而清新。稀稀落落的农家沿路而建，不断有还没学会让路的家犬安然地漫步在马路中间。汽车喇叭的一声鸣叫，惊吓得它们仓皇逃命。

等我们进入老五农庄的界地，看见早有一批举着相机的人在梨园走动。梨花，却没有白染四野的恢弘气势。整齐划一、规规矩矩一块一块的梨园就像是训练有素的士兵列出的方阵，严谨而呆板。

相比儿时记忆里的梨树，却少了些花的秉性和灵气。记忆中的梨树都是散植在房舍周围的空地或菜园边上，一嫁接成活后，就任它自由地长。不像这果园中在果农剪刀下讨生活的梨树，没有自主的性格和面貌。树还是梨树，花还是那个花，却没了记忆中梨树的风姿和绰约。

拿着相机深入梨园，拉长镜头聚焦小小的月白色花瓣，不杂一丝邪念地沉溺其中，还是被它的素白所震慑。凝视枝头凝水的梨花，洁净似雪，那遗世的清绝蕴含着夺人心魄的美。这时，总会想起一两个梨花带雨的女子来。《红楼梦》里的林黛玉就因着对花的柔情和爱怜流尽了泪，处处透出忧郁的美，即便是笑，亦是落落寡欢的样子。由此，古人总喜欢把女人的悲伤、忧郁和梨花带雨相连。一句"玉容寂寞泪阑干，梨花一枝春带雨"道尽了女人的美丽和哀愁，而此时，女人的眼泪如花之雨露，倒成了打动男人的武器，叫男人不爱都不行。黛玉的一曲《葬花吟》"……试看春残花渐落，便是红颜老死时。一朝春尽红颜老，花落人亡两不知"，不知忧伤了古今多少女子的情怀。

穿行梨园，一种繁华落尽的苍凉跃然心上。一树一树的梨花禁不住一夜的暴雨，纷纷离枝飘坠。看满地落英，斑驳了泥土的面容，回首看过往岁月，才深知生命匆匆，总归要倦鸟知返，落红也总归要化作春泥更护花。

好花不常开，好景不长在，即便是人们精心培育的花草也逃不过生死轮回。静立梨园，竟有些空落，又有些了悟。

再看枝头，落花处已由嫩绿的新芽取代，一种勃勃的生机重又蓬发，突然觉得生命的美丽有多种状态，比如花朵、新叶、枝条，比如青春、成熟、沧桑，何必就拘于一格呢。

赶紧找准焦距，收藏这一瞬间的美，留给以后两鬓斑白的日子静静地回味。

梨花带雨开，年华似水过，年年花相似，岁岁人不同，其实只要我们心中有爱，生命中有花样的情怀，生活始终是多彩。

湖边别墅

许多次，同事在我面前津津乐道，长潭水库边上有一私人别墅，设计精巧，倚山临湖，环境幽雅，是她梦寐以求的理想家园。

明知只是不远处的一种风景，纵然有千般好，也不能为我所有，但唯美的心还是被她的描述所打动。终于在一个阳光的下午，我们一起去了趟长潭水库。

离上次去长潭水库，似乎已好长时间，关于库区的记忆已荡然无存。车外掠过的风景清新而陌生，一路上我一直在寻觅同事所心仪的别墅。

在沿着水库蜿蜒伸展的公路边，终于见着了传说中的私人别墅。一个不大的院落，正是因为主人的独具匠心，才使得它在这个库区的房屋中显得鹤立鸡群。

所谓的别墅是一幢别具一格的三间二层小楼，黑瓦、半身白墙、半身鹅卵石墙，组合而成的屋外造型，朴实而典雅。两间主屋，一间偏房，分别以人字架屋梁，独自成型，又错落有致地相互依存。墙上有窗，白色的窗框醒目而亮丽。日渐西，阳光正透过窗玻璃隐出蓝印花布帘幽谧的身影。两间主屋依山而建，傍着主屋的另一间偏房，屋顶的人字架拉开长长一撇，勾勒出了檐角回肠荡气的风韵。檐下，白墙处，用亚光不锈钢隔出的阳台宽大舒适。如果打开白色的落地窗，站在阳台上直面湖水，眼前的湖光山色就会尽收眼底。

正当我用眼睛在对这栋别墅的外观进行保存、收藏时，那边同事却在兴奋地介绍起来。

只听见她指着两扇木门说，我第一次来这里，这个院落还没有门，那时，我们看到这幢房子，就径直走进了这个院子，兴奋得就像回到了自己的家。桌布在草地上一铺展，吃的东西往上面一放，就在这院子里，整整待了一个下午，直到天黑了，才怏怏而归。

顺着她的手指，我才发现，在鹅卵石柱和玻璃墙的中间确实有两扇木门，是由几根横木条几缕尼龙绳相互串成。就是这样的一扇门，居然让我们和理想中的家园无法亲近，站在门外，我们个个显得很不甘心。

在门外拍着院内的风景，总感觉有一种咫尺天涯的遗憾。终于，我们决定翻门而入。一进入院内，同行的几个人，纷纷倚着墙感叹，要这是我的家，就今生无憾了！

是呀，长久以来被城市"圈养"的我们，多想拥有这样一个自然而宁静的居所。

我靠着别墅的鹅卵石墙，懒懒地看着山坡上任性疯长的山草，享受着春日里阳光的温暖。一阵微风吹来，空气中似乎有股幽兰的馨香在浮动。习惯了小区里雕琢的草地，人工养护的花花草草，这一种山野的清新和幽静竟让我有些沉醉。

许是好久没人居住，这院落竟有股寥落的冷清。地上的草兀自慢慢地长着，青石板缝里的花独自清冷地开着，一口水缸，一个石臼，做伴在院内一角，默默守望着。突然有种伤感升起，这么一座美好的家园，不该有着这么深的落寞情绪，更不该只是库区湖边的一处风景，它该充盈着子女绕膝的温存和散发着书香墨味的诗情画意。

正当夕阳西下，残阳的余晖染红天边，晚霞与水光辉映成水天一色。我想，如果湖面上有船，就会是一幅渔舟唱晚的美丽画面。如果水面上有飞鸟，就会有落霞与孤鹜齐飞的景致。如果我是这里的主人，夜了，一家人就坐在阳台，品茗、话家常。累了，就拖一张竹制的躺椅在阳台，随性躺下，浴着夕阳的余晖，看一本喜欢的书籍、听一段钟情的音乐。喜欢的书籍可以是村上春树的《挪威的森林》《泰戈尔诗集》，音乐最好是古筝演奏曲《高山流水》或理查德·克莱德曼的钢琴曲《秋日私语》，这样应景应情的书籍和音乐，更便于放松神经，让我的思绪随意地潜入某个故事的情节，随意地触及某段音乐的灵魂。如果疲倦了，就什么也不做，什么也不想，静静地看天，默默地发呆。

起风了，就静听风吹蓝印花布帘窸窸窣窣的响声。偶尔，也会听庭院里落花的声音、墙外山草的沙鸣、湖面水鸟的惊啼。世界很静，除了风声和许多种天籁之音的交响，这世界就变得澄净透明。

面对这一幢湖边别墅，我们之所以还能浮想联翩，或许，在我们的内心深处，总还留有一些浪漫的心结，她和年轻时的梦想一起，只是被生活的尘埃封存。而有一天，当我们理想中的梦幻之景突然变成现存的实体，展现在我们的眼前，我们除了惊讶，更多的是心痛。

10 年前，我们可以像这别墅的主人一样，花两万元在这郊野买地造房，构筑自己的理想家园，但我们却随着大众拼命地往城里挤。今天，我们也可以花 20 万元在这桃源般的水库边买一块这样的地，建一座心仪的屋，但我们还是以种种借口阻止自己的行动。

前进一步是梦想，退后一步是生活。

梦想和现实似乎只是一步之遥，又似乎总是不可逾越。碌碌无为的生活中，我们不自觉地被社会同化，被俗事左右，渐渐地放弃了对理想的坚持，学会了向自己的内心妥协，学会了随遇而安。

30 多年来，理想只是天空的纸鸢，似乎触手可及，又似乎飘在长空。

一枝园印象

走进一枝园，是在一个星期六的午后。太阳正移过园内唯一的白墙青瓦建筑，斜斜地落在园中的龟背竹上，投下一地细碎的斑驳。

当我回过神，抖落由汽车盘旋上山坡所带给我的惊恐，细细领略这院内的景致时，才发现这个不算太大的院落，被几棵一人合抱不过的樟树高高撑起的华盖遮去了大半，沿墙垒起的土丘长满了棕竹、苏铁、玉兰、石榴、红枫等各种植物，形成了一个小型的植物园。加上两间略显徽派气息的三层小楼，安逸宁静，具有浓郁的农家风范。这样的第一印象与曾先生一路上调侃的"基地"相去甚远，竟让我有一种猝不及防的惊喜，也许这正是曾先生想给我们的一个小小幽默吧。

"一枝园"，位于台州市玉环县清港镇一个叫柏台的小山村，修建于 2000 年，占地近三亩，由二间四层主楼，一个庭院和大片田园和果园组成。是曾子敬先生的乡村寓所，也是他乡村情结落地的心灵栖息地。

在主人曾先生的招呼下，我们登上了长满苔藓的石级，抵达一枝园的后山坡。一抬头，就见着一个长长的平台，台上备有石桌、石椅，紫色的石莲正伸出枝叶盖住石围栏上镌刻的诗文名句，历代文人赏花吟月、观云放鹤的悠然心境尽收在内。得到一画家的指点，主人在此栏边种上单瓣白梅添幽增香，虽不是梅开的腊月没见着梅的风姿，却能感受到主人的爱梅之意，赏梅之情。站在这平台，醉着这山水，你的心可以遨游多远呢？

一转身，令人耳目一新的是眼前的田园风光，一畦一畦的新鲜小蔬长得正欢，油嫩葱绿的木耳菜伏地生生不息、叶宽茎长的芋艿长得气度不凡。顺着主人的手指处，藤蔓上挂着一个个硕大金黄的南瓜就进入我们的视线。瓜是那种大葫芦样的瓜，跟儿时外婆家种的瓜没啥两样，看着就让人记起外婆家的宁静后院，彩蝶纷飞、瓜香满园。走完园中石板铺就的小路，推开被石莲缠绕的两扇旧门，吱，一声，门开处正是满目的收获，漫山的文旦及早熟的蜜柑挂满枝头，硕果累累的喜悦就不期而至了。

一旦抵达山野，我们的心灵和眼睛都会不由自主地被一种莫名的力量驱使着，我们会发现，身体中沉睡的一切，原来是可以随时苏醒的。这久违的山野气息，突然使我有一种冲动，也想买一块依山傍水的坡地，筑一方桃源风景，拥一种朴素的情怀，享受春有百花、秋有月，夏有凉风、冬有雪的自然美景，满足并快乐着。

在曾先生的绿色庭院里，有10多位名家为他的"一枝园"题词。除了门楣上王伯敏先生所书的"一枝园"三字和被紫藤遮掩、树荫覆盖的张大千手迹门联"树看出屋青三面、水为当门绿一湾"，还有俞包象、金通达等笔迹散落在院内的石栏景致间。原中国书法家主席沈鹏题写的《登石梁》小诗："突兀双峰隐石梁，飞流滚雪目生凉，竹桥摇荡轻身过，不负斯行湿袖藏。"刻在扇面的石块上，放在一株老梅的旁边，使得"春风第一枝"显得特别生动。

从后山返回庭院走上入住的三楼，西窗的阳光正透过树隙，给走廊洒上满地的树影，儿子欢呼着搬来一把藤椅，安放在绿荫满地的走廊，躺上去自个儿享受着小人书带来的快乐，美美地坠入他童真的世界里。

曾先生的书斋，名为"闻樟轩"，是由王宾虹的高徒王康乐题写。此书斋占了房子的相当比重，隔墙用的花格上摆放着历代花瓶、古董，两面白墙挂满字画，一张3.5米长的画桌搁在中间，十几位文人墨客围坐着开个笔会、沙龙不成问题。闻着樟香品茗、谈书论画，闻着樟香读书、写字、画画，是怎样悠然的一种雅趣，是怎样散淡的一种心境！

境界是思想的远方，远方是心灵的一块圣地，是生命憧憬和向往的未来。"千峰顶上一茅屋，老僧半间云半间；昨夜云随风里去，到头不似老僧闲。"这是弘一法师的心境，也是主人思想抵达的境界，一种人生与自然交融的境界。他租驴驮石上山建幽居，就为修得"半间云"品茶轩。他说要是在那里，一面饮茶论画，一面把玩着"供养烟霞""为吾起松声"等名家印章，自然再生情趣不过。在三楼的一间偏房里，主人述说着筹建这庭院后山上沿路修建的"美人计""暗度陈仓"等三个凉亭以及那"半间云"品茶轩的林林总总，我发觉他那种自豪、满足和沉醉是发自内心的，是理想到达心灵的喜悦。只要我们携带着生命中的美丽一路前行，我们的心灵就能诗意的栖息。

入夜的清风朗月下，我站在三楼的阳台，放眼四周的青山绿林，清新而安逸。村庄就分布在眼前的一座山脚下，形状很不规则、但却极为天然、合理。村子里的树木大都是结实挺拔的樟树，他们粗粗细细三五成群地长着，把村民的房屋都掩在了它们伸长的枝叶里。正是美人蕉花开的时节，风一吹，那清幽的花香就飘荡了过来……

许多时候，我们宁愿花很多钱跑很远的路费很多时间去旅游，风景却打动不了我们，我们始终在寻找，其实最美的风景它就在自己心中。

我记得，丰子恺先生说过，人的生活可以有三重境界。分别主真、主美、主善。我们的物质生活是主真的，每一个人在现实生活中有规则、有职业、要顺应很多很多的要求，但求真实而已。我们的精神生活是审美生活。这种审美是三两亲朋好友在一起听听音乐、品品诗画，完成一种文学的陶冶、艺术的享受。人生至高的境界是一种灵魂的生活，这种灵魂是主善的。

品读"一枝园"主人的乡村情结，我想，在物质极丰富的今天，我们几乎穷尽一切可能，享受极致之美味、美声、美色，但却害怕陷入越来越没有感觉的怪圈，生命中停不下的究竟是匆忙的脚步还是焦虑的内心呢？

赶　海

每年的母亲节，我要么和母亲、家人一起吃顿饭，要么就给母亲添件新衣，顺便还捎去个祝福，就算是尽了孝。每年的母亲节，儿子也会给我制作卡片，写上祝福送给我。每年的母亲节，总能感觉到肩头沉沉的责任，总能被儿子纯真的祝福感动。每个母亲节，就因这些责任而忙碌，就因这些祝福而快乐。

今年的母亲节，本以为会和过去所有的母亲节一样，单调而千篇一律，谁知朋友的一声呼唤，竟让今年的母亲节有了新的内容。

原以为只是几个好朋友一起到农家乐聚一餐，没想到车子过椒江大桥，竟驶入临海桃渚地带，再七拐八弯，穿村过坝把我带到了海边。

车子在一座房子前停下，我们还来不及兴奋地喊出：看，多美的海。一阵回旋的狂风就把我们的声音卷到了浪里。

正是涨潮时，滔滔白浪前赴后继地扑岸而来，风夹着沙尘呼呼有声地扫过来，把我的大筒裤吹得变了形，紧紧地贴在我的双腿上迈不了步。脸被吹得生疼，刚下车，我们就被这里的海风震慑了。

逃到房里，才回过神来。听朋友介绍，才知这里叫红脚岩，是临海市红脚岩渔港经济开发区的所在。

红脚岩，许是因这山的红岩，礁的褐石而得名吧。沿着海岸，我们一路见到的都是火山熔岩地貌，赭红的、褐色的岩层千疮百孔，不知是被海水撕咬后留下的伤痕，还是山崩地裂后挣扎的结果。顶着风，我们爬上了陡峭的岩石。坐在海天相交处，放眼大海，绿岛只是一条条浮晃的船，静静地卧在海的怀抱，在浪的摇篮里酣睡。

炙热的太阳白得晃眼，天空却高远而湛蓝。弯腰掬一捧水，没提防，手里的花伞又被一阵海风吹得花枝乱颤，不小心栽了个跟斗，嬉耍着跌入了海。海风凛冽，艳阳灼肤，朋友领着孩子已爬过了两个山坡，而我们却涉趣未减，依然如孩童般兴奋地在礁岩间跳跃弄姿。

下午两点，潮水终于退了，刚才还像雄狮一样吼叫的海浪立刻变得温顺起来，仿佛拖着疲惫不堪的身子，慢慢地，向大海深处溃退。似乎只在一瞬间，浪就逃得无影无踪，海滩就显得宽阔起来。远处，海滩的礁石刚刚露出水面，一些心急的赶海人便已奔向浅水，开始捡那些贝壳了。

渐渐地，踩着潮水脚印赶海的人儿就多了，远远地，就成了滩涂上一道别样的风景。

经不住朋友的怂恿，我们戴上斗笠，抹上防晒霜，决定也去赶一回海。

除了几年前，曾在桃渚的南门坑赶过一次海，这就是第二次下海。当我脱掉鞋，一脚踩入滩涂，酥软软的泥沙顷刻间就漫过了小腿，那种被泥沙包裹的温润感觉爽爽的。我们淌着水，深一脚浅一脚地踩着泥沙，在滩涂上小心翼翼地前行。

听说，滩涂的每个洞里都有小蟹或蛏子等，就心痒痒地想去捉。却因我们没有赶海的经验，没带赶海的工具，只得望着滩涂上大小不一的圆洞兴叹。只有一些只以为戴着盔甲就可躲避我们眼睛的傻泥螺，还在我们的眼皮底下探头探脑地游行，待我们走近了，才忽地一下缩身往泥里钻，逃不及时，往往又成了我们的战利品。

午后的阳光，晃晃地耀眼，滩涂上的水洼成了一面莹白的镜。一群母亲忘情嬉戏、欢乐的身影在红脚岩的滩涂上不断地摇曳，竟是那么无所顾忌！

第五辑
草堂纪事

重返乡村
一场风花雪月的事
秋　美
山　间
……

重返乡村

不知已是第几次奔走在去山里的路上。

一小时的路程，在许多人看来是那么遥远。而于我，却是那么便捷。出发，上路，疾驰，每一次的奔走和忙碌总是那么欢快而温暖。

近期，建在山窝窝里的农家小院终于已接近尾声。尽管墙上的木窗还没完整地安上，但盖了瓦的房子总算渐渐有了屋的感觉。随着屋内隔墙的不断分割，茶室，会客厅，厨房，餐厅，卫生间，水景池，楼梯，卧房等各种功能区间的不断显现，一座家宅的模样已渐渐清晰起来。

每个星期的奔忙，终于有了小小的成果。兴奋地在偌大的屋子里走来走去，想象着在这儿安上扇老花窗，那儿加根原木柱子，墙上再镶块老石窗……这种让梦想落地生根的美好感觉，取代了身体的疲惫和秋天的燥热，连期待都显得有些明媚。

尽管不大的院子里，黄沙还堆着，石料还码着，墙上拆下的脚手架还叠得老高老高，但却丝毫没妨碍我梦飞翔的方向。他们像一只只快乐的青鸟，在尚未完工的院子里扑腾扑腾乱窜。

有时也迷惑，我怎么就会在这个陌生的山窝窝里建了一个农家院子呢？只是一意孤行地想让梦想开花结果？还是不舍乡村的土地情节，在不经意间作了一次重返？

曾经，为了甩掉"农民"这顶帽子，努力读书挤破头往城里挤；曾经，为了购一套房，省吃俭用终成了城里人；曾经，为了升一职，

再见，时光

兢兢业业工作终于如愿。可是，当我的身体渐渐习惯了城市的喧闹和繁华，没想到心却开始奔向乡野。

从乡村到城市再到山里。23年来，我不知自己是在前进还在后退。只是知道与自己的心越来越近了。

也许，更多时候我们想逃离现实，只是不想沦为美国作家阿伦特笔下，现实社会中的一个群氓。并不犯什么伤天害理的罪，却为图自己的小便宜、盲目从众，导致了整个社会群体的混乱。那么，远离城市，过纯粹的乡村生活，给自己的心灵找一个安放的家。并让自己的心灵渐渐强大起来。爱，或者不爱，要，或者不要，一切由心说了算。

乡村的家园曾是我们生长的根，不管我们走得多远，成就多大的事业，总要走回出发的地方，就如母亲在生命深处的召唤。很多时候，我们回首乡村，回望童年、少年时的欢乐，不仅仅是对城市欲望、纷争和物质背后空虚的对抗，更成了心灵避难的一种渴望。乡村里有着太多家园的故事，它在不远的地方，等待着我们一次次返回，呼唤我们徐徐回望。

回望来路，却发现曾经熟悉的家园已被庞大的城市建筑所侵占、替代。我们生活过的乡村似乎在几年间都藏了起来。我们想返回乡村的家园，却发现家园已烟消云散。家园消亡后的恐慌，伴随着安放情感的纠结，让每一次回首，都成了虚无的瞭望。

这种带着乡愁的情绪，不仅仅是一种诗意的修辞，更是我们内心的情结和宿命，甚至是我们一辈子都在进行的救赎。

于是，隐匿在群山中的小村庄，就成了我们一次次的流连。

直至，要入居山间了，住在新农村小康楼里的母亲还在抱怨，不该把房子造到山角落头。她说，既吃不上好东西，又没个相熟的人，你们一定会后悔的。母亲是不会知道，我要一口吸来带有甜味的空气；我要连绵不断的山，隔开繁华听不到一点尘世的声音；我要潺潺从石上流过终年不断的水，我要一个鲜花还充满野性的地方。这样，我就可以随草木一起见证四季，或者，静坐廊上，看屋檐飘雨。

我只是觉得，只要生活在喜欢的地方，哪怕粗茶淡饭，一身布衫。只要内心充满喜悦与美好的期待，这种感觉就叫满足和快乐。因为在心深处，只是想要一种这样的生活，只闻花香，不谈悲喜，喝茶读书，不争朝夕。四季交替中，只想让日子慢一些，再慢一些。即使孤独，也要让孤独唱出歌来，即使寂寞，也要让寂寞开出花来。

梦想是梦想，生活是生活。大多时候，因为我们把两者分得太清，一个安放在遥远的地方，一个用来淹没自己。所以，如何过上梦一样的生活，只是我们穷尽一生在努力。

如今，当我站在溪水的隔岸，遥看这片青砖的屋宇，它比我的设想更宏伟壮观。徽派建筑的马头墙起伏威武，屋上的灰瓦纵横分明，老花窗勾出的窗棂写满了岁月的风情。四扇老门的墙上该爬上些木凌霄，不大的三合院子里，该种上三五株芭蕉，如果前面再切个围墙，那么就该种上些青竹了。这样，在喝茶、聊天，静守时光时，就能细数雨打芭蕉的情调。夜来读书，当我抬头仰望，除了高高翘起的檐角，还能看到天上的星星。墙基必须要保留一块块漂亮原始的石头，它泛出的佗傺之美能让人抚摸到岁月的伤。

喜欢最美的乡村婺源。青山、绿水、田园、炊烟，保留了乡村最原始的表情。喜欢最美的徽派建筑，白墙、灰瓦，低调而内敛。我移植这两种朴实而寂静的美，就是想把最抢眼和最绚烂的色彩都让给山水、暮色和夕阳。

当我醉醉地闭上眼，我仿佛就看到了几枝出墙的蔷薇，两扇表情丰富的大门，门边被岁月洗晒过的旧砖，采花的蜜蜂，还有在头顶呼啦啦乱飞的麻雀。木凌霄正沿着青苔的壁墙在努力攀爬，胡琴在黄昏的风里打着过门儿。呵呵，这种宁静的乡村味儿，有时想想不知有多爱。

当代建筑师 Juan Herreros Arquitectos 在西班牙设计了一间乡村小屋，叫"乡村避难所"，其门口的乱石和杂草，并没有被任何地板砖所替代，看上去野趣丛生，这似乎暗示着"乡村"将成为人类最后的去处。

美国超验主义作家梭罗，在著名的《瓦尔登湖》一书中说："最美丽，最有表情的风景是湖，它是大地的眼睛。凝望着湖，可以看到那个深浅不一的自我。长在水边的植物，恍如纤细的睫毛，抑或是美颜上的流苏。"这本书谈的不是建筑，却蕴藏着使建筑复活的东西，湖，绿叶，鱼雀，鸟兽。在乡村，我们才能遇到生命中一些意想不到的事物。

禅宗里的故事说得好，艺术家在庄稼地里看到大自然的造化和美，而农民心里想的却是收割。若是自然的湖被人忘记了，心灵之湖也近乎干涸。我想，无论是"采菊东篱下"的悠然，还是驰马奔腾于草原的豪迈，乡村生活的最大诱惑，除了诗意和随意，莫过于浓烈而又自然的田园、家园生活。

把生命安放在乡野，在大自然中筑就梦想生活，这不仅是我们周围很多人的向往，更是我梦寐以求的生活。在乡村，能随时发现田里的庄稼成熟，地里的果树挂果，冒青的菜园泛绿，那是来自田园的喜悦。乡村里邻里和睦，抬头看见就能远远相唤。房前老树下，一到吃饭时间就挤满了人，海碗吃面，说笑聊天……那种南方特有的乡村气质和生活情节，写满了家园的率性和随意。

诗意是属于乡村的意象，它包括美丽的水塘、丰收的庄稼、风情的草垛，诗情画意的小河风光。春天的乡村，水气充沛，潮湿黏稠，植物丰茂，连抒情都不需要注脚，一阵风，一片叶就能衍生出许多美丽的诗行。

生活在这样的乡村，哪怕离群索居，也能找到梦想次第开花的美美感觉。

在这样的乡村，懒懒睡一觉吧。醒来，发现自己就成了天堂坠落人间的天使，一不小心，进入了人间的桃花源。

一场风花雪月的事

一年前，当我和夫君沈三草一起走进这个像桃花源般安静的村庄，就觉得应该把情感和心安放在这里。于是，就心无旁骛地来到了这个叫作胜坑的地方。

我们把这座宅子取名"荷风草堂"，是取我俗名中的荷，儿子小名中的风，沈三草艺名中的草，三字合为舍名，既有和合共谐之意，又有清雅高洁之风。有幸的是，又有缘请到了著名作家莫言先生为我们提的"荷风草堂"宅名。

我们家的"荷风草堂"，我们称之为农家小院。它该是四合院的缩本，乡村生活的蓝本。我对四合院的理解就是正屋，左右厢房及围墙。理想的四合院生活，就是有种满花草的庭院可以诗情画意，有意气相投的一帮亲朋好友可以琴棋书画。而乡村生活，它与自然、生态、建筑、人文有关。守望青山绿水，呼吸新鲜空气，完成童年时乡村的记忆链接，实现梦想中的山水情怀，它向着城市人发出深情地呼唤。

于是，能在青山绿水间建一个理想的家园，就成了一件风花雪月的事。

如今，"荷风草堂"已草草建成。我从一拨一拨的参观的人群里看到了羡慕的眼光，听到了啧啧的赞叹声。我还从溪对岸举起的相机中看到了"荷风草堂"的别样风景！

今日，草堂首次雅集，三十多人来回穿梭着的一群春泥人，在门里门外兴奋地奔走，给刚刚建成的"荷风草堂"添了许多喜气！

也不知从哪一刻开始，欢喜就这样不期而至地弥漫起来。中堂条案上的三瓣芋叶造型给了屋子不少生机。看墙上挂着的白骨花窗，散发着幽深的气息，正应了底下被枯枝围抱的一坛子莲叶，莲蓬。池边有竹及睡倒的枝条，有野趣丛生的意境。东窗下，篮子里野性十足的茅草，狗尾巴草，纵情地在微风中曼舞。茶桌上有粗粝的泥瓶，里面插着的几枝结籽草正伸长脖子游戏着透过窗棂的光影。

这些都是花艺师 jiudy 姐姐和助手常春来草堂路上一路砍摘藤蔓花草，拥抱乡野的倾情之作。

其实，不仅仅是这些移入室内的花草给今日的"荷风草堂"披上了节日的盛装，更有一帮春泥会的才子佳人在这里雅聚，让"荷风草堂"满室生辉。

这边刚歇罢午餐。那边松木条凳、老船木条凳、蒲团都已在厅中列队排好。兴奋闹哄着的人们也终于安静下来。

就这样，胡琴拉起来、古琴弹起来、葫芦丝也吹起来了。掌声，欢呼声在舞蹈、歌曲、戏剧、朗诵、说唱间此起彼落。

这是一场无关风、无关花、无关雪、无关月，无关自然风景，无关爱情的事。风雅，真情，率性是主题，它属于春泥人生活中的纯真、浪漫和唯美。在春泥，最不缺的就是一些曼妙女人，她们无需浓妆艳抹，无需奇装异服，无需新潮的发型。只是如今天，把岁月沉淀的知识阅历，生命赋予的灵性、情趣一一展现出来。这样的场景，够我们自己感动了，够引得老木门外路人的围观了。

秋日的阳光有些微醺，一束倒挂在褐色老门上的白茅草在阳光的照耀下熠熠生辉。我想，女人最大的精彩除了文字、思想的灵光，就是一次次对美的体验。毕竟，人活的是一种精神。

这种风花雪月的情调，在我看来，不是男女花事的贬义，而是一种浪漫的生活雅趣，是生命中艺术化的重要情节。

如何用浪漫的心，去渲染生命的平凡，感知世界些许的浪漫。我和先生营造的"荷风草堂"氛围，一定让许多人找到了梦想开花的美好感觉。

如果你愿意，在"荷风草堂"窗下的一缕微光中，你可以吟着风花雪月诗词、读着风花雪月的书籍。茶室的老船木桌上，你可以写着风花雪月的文字、说着风花雪月的故事、听着风花雪月的歌曲……

在"荷风草堂"你可以习书、作文，可以插花、赏画、品茶、收藏，美食，我们一路捡拾着心情，不知不觉中，就会成为一个风般轻盈，月般透彻的女人。

在"荷风草堂"，只要你愿意，无处不风花雪月，无处不满是风情。

在"荷风草堂"，也许，你会遇见最好的自己！

秋　美

一夜冷风，墙外的几棵桂花树，落了一地的桂雨。橘红、淡黄的花朵儿杂陈着，细细碎碎地铺了一地。

秋的晨凉有些紧，但也暗合着隐约的香，很淡很淡的甜。不经意间，这揉着香甜的空气，随着窗外的晨光就漫到卧室里来。

卧室的屉柜上有花。是三草先生手绘的果型青花瓷瓶，正抱一束火红妖娆的万代兰。青花之素美，红兰之雅趣，与瓶上笔笔蓝色线条之情韵，相映成趣，让这个清晨也有了一种风情的美！

恍惚中，我似乎又听到那夜花仙子 jiudy 在插花时兴奋地啧啧赞叹。好美！好美！在一件价值不菲的青花瓷作品上插花，jiudy 说这感觉妙极了，就像和心仪的恋人谈情说爱，既甜蜜又刺激。插花之美，就是凝结了花艺师的思想和情感。只要用情所至，那么，任何植物，任何容器的插花，就变成了听取内心寂然轰响的另一种境界。

其实，荷风草堂的风景之美，大多是由 jiudy 姐姐移植过来的。比如案几上由一枝冬青红果煽动起来的热烈，茶室里流动着姜荷花的香，一篮子狗尾巴草和芒草花野性的美，都是在老木门吱呀几声后，被 jiudy 姐姐急急抱进来的。

秋色，是最容易蔓延的风景。几根枯枝，几片红黄叶，几把芒草，几粒红果子，就可以把秋美自然而然地引渡到屋里来。

一个人的时候，就喜欢在屋子里走来走去，安然地享受这种秋色满屋的快乐感觉。这样的秋日真好，安静，干净，没有一点声响，仿佛连时间都是静止的。狗也恣意地趴在门前新铺的石条上打盹。只有阳光在老窗间游离着走，在地板上投了一地斑驳的光。

记得那天，崇梵寺东方琉璃药师殿开光，熙熙攘攘的人群中，收到潘姐微信。她叮嘱："水墨清荷，借此吉日、借亲贵手，为春泥众人菩萨前上香一支，佑春泥众友一切安康、家门吉庆。"潘姐对春泥人深沉的厚爱让人感动。这嘱咐的信任伴着秋阳的温暖，洒了一地的幸福。看佛光下，彩绸轻舞，梵音缭绕，花丛中，芸芸众生合掌祈祷，原来世界如此祥和美好！

只要心中有爱，蓦然回首，你就是风景！因为最美的风景就在每个人的心里。

十月的胜坑，村外，山边，路旁，溪畔，漫山遍野的五节芒美轮美奂。紫色的芒花穗穗点点，在阳光下闪亮如蝶。几棵红叶相杂的树，点亮了这旖旎的梦幻，这样的美，不需要镜头的虚化也可以抵达天上人间。在树叶的窸窣声和风吹树叶的唰啦声中，一群追着光的女人在其间不停地穿梭。哈哈，就算是撒野吧，戴上帽子，包起头巾，挎起篮子，疯癫地在菲姐的镜头下走来走去！

美，就是一个个流转的瞬间。当阳光打上芒花的时候，恰巧你在，我在，遇上了，就这么简单。也只有在秋天，在镜头下，我们才可以找回激情燃烧的青葱感觉，才可以发现岁月不曾改变的容颜，依然还可以这样美！

芒草萋萋，艳阳灼灼，有位佳人，在水一方。

你来，或者不来，你走，或者不走，在这个浓墨重彩的季节，秋美，就这样静静地在等待。

山 间

结束七天在"荷风草堂"的山间生活，今晚，我和夫君沈三草终于回到了人间。

公路上，汽车还是那么连绵，灯光还是那么刺眼，涌动的车辆，各自朝每个人心中的方向穿梭而去。

车过二桥。尽管窗外的空气依然游离着隐约的化工味，但因为熟悉和久违，竟然有些亲切。

山间，到底是清冷，孤寂，萧瑟的。比不得人世间庸庸俗俗的暖，嘈嘈杂杂的爱。你看那车流，灯流，人流，声流，霓虹都带着节日暧昧的余情。甚至连空气流也是温和的。呵呵，看来趋暖和趋光不仅仅是飞蛾和虫蝇的本性，大凡是生物，也就逃不脱趋热闹的德性。

回头看整整与外界失联七天的三草先生，正忙碌地接着朋友的电话，我想，他一定真切地体会到了重回人间的感觉！

生活在山间，必须要有一颗出世的心和安静的灵魂。这样，才能发现山间独特的美！

山间的清晨醒得早，六点没到，隔壁烧饭的阿姨就向溪对岸早起的婶们问早了。也许是太安静，那一声声的叫唤钻过木质窗棂的缝隙，惊动了将醒未醒的我。

起来推窗，玻璃上白白的一层水汽，告诉我窗外的气温一定比室内低得多。还没到寒露时节，山里的寒气就已深浓起来。清晨的寒露有些沁人，连吹来的风都有些冷痛。添衣，是必须的，不然一阵深秋的凉风袭了你，一个喷嚏，冷不丁就伤着了柔弱的你。

我是看着白色的炊烟从谁家屋顶上袅袅升起了，才随着早起的人们下楼做饭的。山间的劳作有些早，没过七点，砌房的工人们就已陆续来到。担砖，拉板，拌泥，没一会，就热火朝天地干开了。除了几声犬吠和锯木的电刨声，这时的村庄，是繁忙而有序的。

九点开始，外面的游人开始进入村庄，陆续地占领了溪边的石子路，溪水里的石块。山间清澈的水是最先被扰乱的，其次是溪水里不幸的鱼、虾，总被一些人活活捉住，无辜地成为桌上餐。

在那些寻找风景的人眼里，我家的"荷风草堂"就是风景。马头墙，旧砖头，老花窗营造出的古朴况味让隔岸走过的每个人都要驻足观望。除了一棵500多年的银杏树，这个古村中，想必这也是最有看点的风景了。

闲来无事，总喜欢站在院内，看着被"荷风草堂"檐角裁出的一角蓝天，纯净清澈，不带一丝丝的杂。这种通透的湛蓝，说不定还会误以为这是藏地或者欧洲的天。

对于山里的夜晚，我是陌生的。且不说入住到胜坑这个山村的"荷风草堂"才几天。就是掰着指头算，长这么大也没在山里住过几晚。因为白天，总不懂山间夜里的黑。总以为山里的夜晚黑暗，幽秘，穿行翻飞着许多倏尔即逝的小动物，隐藏着太多的灵异。

那天，叶小弟带一帮朋友及其小孩来"荷风草堂"。黄昏时，我们沿山边一路走。风很软很绵，走着走着，就有一种被轻抚的快感。不远处的溪边，提着一把白刷，不停向我们挥手的是一片一片的白茅草。路边，紫色，白色，绿色的狗尾巴草被夕阳涂上了一层金辉。逆光下，有一种硬朗蓬勃之美。这种美，与梦幻，青春有关。

当我们三三两两牵着手，转过一个又一个弯道时，孩子们则被远远地抛下了，他们叫着，跑着，总是被路旁一些不知名的花儿，草儿，还有虫子所吸引。

傍晚的时候，农家乐里吃饭的桌子终于在道地上摆起来了。这夜，正值农历十二，缺边的圆月高挂在山的峰巅。谁曾想过，会在月下晒一桌子的美味菜肴呢？举杯邀明月，把酒问青天，对酒当歌，怎能不感受下酒不醉人人自醉的感觉！

这诗意的美不仅是酒的醉，更有月光下明明灭灭的萤火虫提着小灯笼在前方引路的美。秋天，这月光下的夜晚，我们听着铃虫在黑暗的灌木丛里的鸣唱。它们发出的生命能量，伴随着我们走在旷世的山间。

秋月高悬，夜静无边。只有孩童们追跑，叫嚣的身影在路上忽东忽西地闪现。一路上，她们肆无忌惮地用手抓捕着萤火虫。好不容易抓住了，两手握成松拳捧着，却一不小心又从手缝溜走了。惋惜，懊恼，尖叫，笑闹，孩童的纯真在山间撒了一地。

那是些生活在都市的孩童，他们的记忆底板里没有乡野的讯息，关于萤火虫也只是故事书里描绘的一种生物。那晚，如果有大笼，我一定捉一把萤火虫放到笼里，像小时候一样把它带回家，挂在床上的蚊帐里一闪一闪地亮。

有月相伴，山间的漫步是轻快愉悦的。我们可以忽视暗夜中许多生物的情节和细节，一任孩童发自内心的尖叫和笑声穿透夜的薄雾，在山间回荡。

居住山间，最喜有朋友相会，同学相约，同事相聚。她们携一腔热情和浪漫而来，或应和我们的诗意情怀，或圆梦她们的理想生活。这不仅与生活有关，更与生命、心灵有关。

能在山间的"荷风草堂"，推杯换盏，品茗闻香，斗牌娱乐。我想，每个人都会找到自己心中的桃花源！

烟火会

似乎在一夜间，天就冷了。隔岸的屋瓦，溪边的苦楝树，路边的无名小草，院子里的草坪都蒙上了一层白霜。今日是大雪节气。大雪未临，而严寒合着大地的脉搏却如期而至了。

清晨的村庄安静而萧肃，除了踩在草坪上咔嚓咔嚓的碎霜声，连一声狗吠也没有。太阳升过远处的山头，已照到我家的石墙上。墙上的白霜有些耀眼，用手一摸，有点湿滑，有点刺冷。尽管天气是冷了些，但一想到今天有春泥的朋友来，心里头就不禁热乎起来。

其实她们是要傍晚才能到达荷风草堂的。此次，春泥人草堂篝火晚会及周边的徒步活动，是继草堂雅集后的第二次聚会。活动策划好已由草堂的室内转到户外，已由优雅的吹拉弹唱改版为抒情的乡间漫步。为配合这次活动随心所欲的节奏，伙食也跟着转型，没有了雅集那次的自助餐，就摆两个火锅，整些荤荤素素的菜，让她们想吃啥就涮什么。

打扫好房间，在花瓶里插上从山间采来的红色冬青果，顷刻间，草堂就满室生辉了。因着满心的欢喜，连煮水，做菜，烧饭，这些平时懒得动手的烟火活，也是干得不亦乐乎。

天台的王军一家是最先到的。其妻淑霞擅长糕饼制作。记得5个月前刚入群那会，群里一帮吃货整日在嚷嚷着她的红枣糕。虽然那时尚不识红枣糕及其主人，但心里总想象着红枣糕的美味，想念着能有幸一睹拥有美食手艺的这个女人。终于在香居遇见了，呵呵，享受到的不仅仅是红枣糕，更有各色各样美味的饼。就这样，淑霞凭着制作糕饼的一技之长，成为春泥会里最受欢迎的女人。这次，她又偕夫君手捧一盘盘蛋糕，款款而来。今晚，那些嗷嗷的吃货们看来又有口福了。

吃火锅最大的好处就是方便快捷，有干净利落的淑霞帮忙，不一会桌上就摆满了洗好的菜肴。只待火锅驾到了。

天已黑，肚已饿，守着一桌菜却无法动筷的感觉真不好。除了王军一家，还有抄近道赶过来的越森夫妇，本以为能抢个头筹，占个有利地形好早点开筷，此刻也只能望菜兴叹。两个孩子猴急得门里门外不停地跑，千声万声呼唤着火锅，火锅快点到！

终于听到笑声和脚步声了，急忙去迎接。却见越森手抱一个大箱，铆足了劲急急往门里冲。箱子落地，刹那的一声轰响，惊得我们一身汗。原来是一大箱的木炭。天哪，莫非他们真要烤火至天亮？

抬头，见门外一干人马已至庭院。有抱花被，抱烤箱，拎食物，拿鲜花，提炭炉，火锅，二胡的，像一个草班子的队伍浩浩荡荡进屋。当咧嘴大笑的乐猪怀抱肥嘟嘟的花被褥，出现在庭中的石条上时，我真怀疑是某个超生游击队员要闯入我家的荷风草堂了。春泥人出次门声响大我是知道的，但大得这么离谱却也意外。除了提着抱着的一床床被褥和大包小包的吃食，竟然还搬来了一个口径达 60 厘米的军用大炭炉。哎呀，潘潘，乐猪，你们策划的这场烤火哈皮晚会，看来要掀翻荷风草堂的屋顶了。

众人所望中，潘潘和乐猪带来的 2 个火锅终于上桌了。一大一小，一粗犷一精致。乐猪的所谓大火锅，无非是在电磁炉上放一不锈钢高锅，一通电，就热情地滋滋冒气。哈哈，锅也如其主乐猪，直达达地热情，奔放。而潘家的小火锅精致乖巧，煮个食物也是文静娴雅，慢悠悠地摆着小腔小调。所以说，这什么人什么事，什么性格都已蕴含在事事物物中。

也许是真的冷，真的饿。十七八个人围着两个热气腾腾的火锅，没多久就把桌上的菜肴扫得所剩无几。等梁兄风尘仆仆地赶到，只能吃些残羹剩菜了。但比起王军、越森两男，梁兄有三位资深美女美酒相伴，明显又占了便宜。哎，梁兄人好真是没办法，连平日里见着梁兄总要撒娇的梁妻潘，也只能无奈地站在一边干摇头。

这边桌上的剩餐还没撤下，那边孩子们就忙着在门槛外生火烧烤了。一时浓烟滚滚直窜室内，还没等我急急关上窗，烤架上的鱼虾就开烤了。

天是真的冷，站在门内都能感到寒气逼人。但一不怕冷，二不怕脏，三不怕累的乐猪又忙上了，在孩子们一声声"乐猪姐姐""乐猪姐姐"中自得其乐。

而茶室里却温暖如春，十几个人围坐在王军主壶的老船木桌边，喝着茶，吃着海岛猫带来的鲜虾干，漫无边际地聊着天。茱迪姐姐的蓝草帽和大披肩风情万种，在手机拍摄中特别抢镜。小萍越森一家躲在红色冬青果后面秀着一贯的恩爱。完成巨量洗碗工作后的常春坐在王军旁边乐乐地笑眯了眼。潘逗着众人，梁兄，依然嘿嘿地笑着。惠兰、淑霞淡淡地坐着，笑谈中，击鼓传花的游戏在有条不紊地进行着。

花落谁家啦！呵呵，一阵阵高歌响起又落下。

夜已深，潘记奥尔良鸡翅还在烤箱内嗞嗞冒气，那粘着甜味的肉香夹杂着烧烤特有的辛焦味，笼罩了荷风草堂的角角落落。

真是难舍呀，孩子们粘缠着还不想走。可是，夜归的春泥人必须返家了。

一路平安！

草堂花会

　　许多年前，当我只是羡慕地站在被鲜花包围的小楼前连呼大美时，我是忙碌而浮躁的。我把这些喜欢的风景放进梦想的领地，总是以为美丽的心情离我很远，鲜花总在我的生活之外。

　　终于有了草堂，有了一个可以按照内心图景生活的地方。于是，爱花，采花，插花也就渐渐成了生活的一部分。

　　身边的好友中，爱花的女子也是越来越多。每到花开时节，因花出游，因花行摄者比比皆是。微信朋友圈内，更会不时有花园折花插瓶或学习插花的美图晒出。就在一两年间，风雅的插花艺术随着传统文化的复苏，似乎已开始渐渐成风。

　　到秋里去，一起采花，一起剪枝，一起捡落叶，一起在草堂插花，是一些爱花女子共同的小愿望。于是，秋日里荷风草堂的这场插花会，在花艺师 Judy 的精心筹划下就如期举行了。

　　一些爱花的女子，她们身着素雅的传统服饰，从四面八方赶来，以最接近大自然的姿态走进心中爱花的小确喜，所有的尘秽在走进草堂的那一刻仿佛就荡然无存了。

　　看草堂内外，二十多个美丽的爱花女子，身着棉麻素衫，提着草编袋，每人抱一束溪边路旁采来的花枝草叶从阶前袅袅着云集而来。或蹲或坐，随性地分散在草坪上整理花草枝叶。

　　这样一幅美女理花图在草堂前铺展开来，我虽非是好色之徒，但也被这意趣盎然的场景惊艳了。

中国传统文化有八雅。琴棋书画，诗酒花茶。这次的"草堂花会"，演绎了花，茶，琴，画四雅文化。午后的时光，是顺着张耀华老师的古琴声渐渐走来的。琴声流淌中，草堂内的花意也慢慢深浓起来。高台上，花艺师 Judy 手拿一枝橘黄的天堂鸟，边讲解着插花的流程和技巧，边在一个黑色的长盘里示范着插花。不一刻，一件曼妙生姿的插花作品就呈现眼前。

台下的长桌旁，美女们相围着剪枝裁叶，打理着手中的花束，不急不躁，不轻不重，许多的闲情雅意，在抚摸花草的过程中，似乎就满溢出来。

爱花，其实是一种极美的精神享受，她让我们在面对一朵花的瞬间，心生欢喜，自然而然地呈现内心的韶华。

琴声悠扬中，人醉花娇，当然少不了茶来相得益彰。在古琴和插花的花台旁，当棉麻的茶席在老旧的木桌上铺起，球形的花器里一朵红芍药正奢靡地开放，茶人燕子就手提石瓢壶开始酌茶。幽幽的茶香在琴声中弥漫，让插花的女子们更显风情绰约。风雅，也就成了顺理成章的事。

在许多风雅的活动中，插花是关乎心情和精神的，是生活中深埋在内心深处的一种腔调。现实中，我们不缺买几朵花的钱，缺的是一份侍弄花草，营造美好心境的小情小调。我们也不缺住房，缺少的是在房子周围以及房间内种上绿植的闲情逸致。我们更不缺时间，缺少的是为自己为家人泡一杯花茶的耐心。

蒋勋说，美应该是一种生命的从容，美应该是生命中的一种悠闲，美应该是生命的一种豁达。而生活中，我们总是步履匆匆，追逐着衣食住行中无尽的物质享受，忽略身边很多的风雅之美，让生活中的慢渐渐变成了最奢侈的昂贵。插花，赏画，就是一种能让我们慢下来的生活方式，她让我们在把玩和品赏间，保持了一种精致的生活状态，让"慢"节奏的生活更加有了韵味。

慢下来，当我们面对一朵花。芍药、玫瑰、红果，哪怕是一束茅花，也能闻到花开生香，听到花谢一笑。插花之美，美得不仅是那些待插的花，更有一些花器之美，一旦恋上就会让人难以释怀。不同类型的瓶、篮、缸，不同造型的瓷、陶、罐，插什么花，怎样插，许多的乐趣和情调，有时就在这心心念念间细品慢享起来。

　　静下来，与一幅幅画相遇，就是让生命以最好的姿态绽放，就是让心灵深处有花般的柔软，以一朵花开的心念，让时光变的清宁，一任自己在书画的空灵和愉悦里前行。赏画之美，就是让我们从笔墨在纸上勾勒出的生命变幻中，回归优雅，回归诗意。比如一些鲜不可藏的花，一旦被画家用一管墨笔绘成画。鲜活，就展示了其生命的另一种存在。

　　有了花，生活会变得活色生香，有了画，生活会变得情趣文雅。有花，有画，有茶，有琴的时光里，生活就会掀起缕缕诗意的浪花。

　　草堂花会，就是让我们有缘释放凡尘中的重负，用一颗素淡的心，沐浴秋野，静听水声。尝试着用一束野花生姿，一幅好画净心，一盏清茶怡情，一段音乐醉人，让自己成为红尘里一个温暖的女子，即便是走在烟火的路上，生命也带着一份静雅的清逸。

草堂春夜

　　山里的春，是被一场又一场的春雨催醒的。

　　春雷响过后，大地才渐渐醒来。还没到清明时节，这雨，就频繁而急急地下了，一个接一个，不停歇地下，把院子里的黄泥土也喂得饱饱的。院子里的草坪，是去年秋里铺上的，曾匆匆绿过一阵子，后来就进入了枯黄期。

　　这草坪里的草，喝了一天的水，也想打起精神，趴在地上久了，还想伸个懒腰。虽然看上去还有些黄不拉叽，但明显地精神抖擞起来了。草丛里开始钻出点点新绿，原以为是草坪返青的先遣部队。再仔细一看，竟是一些双瓣宽叶的杂草，正鬼鬼祟祟的探出些头来。

　　傍晚时，雨终于停了下来。草尖上，冬青叶上，梅枝上都挂满了水，连园子里石条的浅孔里也积满了水，湿亮湿亮的。

　　自那场三月的雅集喧闹过后，草堂在寂寞中已守了一段不短的时光。那次雅集时插在瓶里的花，也敌不过时间的洗劫，风干枯萎了。

　　正是草长莺飞时节，该去山上挖几株山兰，重新装点草堂了。

　　穿上雨靴，和三草一起拿着锄头，挎个篮子，沿着溪边走上了对面的山坡。

　　山坡上，黛山隐约，白雾缭绕，不远处，一簇一簇的杜鹃红了。踩着一地的黄泥，我们沿着山坡探鼻寻觅着。雨后的山林空气清新，植物干净明亮，泥土的清香夹杂着草叶间的山岚之气，让我们走在路上犹如腾云驾雾。

春天的山草长势特别喜人，蕨类植物、车前草、清明草铺满了溪边的山坡，深绿、浅绿、黄绿相间着，断足了劲往上长。特别是一些刚刚长出的嫩芽，嫩得发红发亮，嫩得发毛渗水，我们生怕一不小心碰伤它们细细的茸毛。找块大石头坐下，见那随地爬行的马齿苋也比前几日更为蓬勃生机，一些不知名的紫色、白色小花因为水珠的映衬，鲜得让手痒痒地想去摘。还没找到兰花的影子，即使找到，要不伤害它们，又能透过这些如盖如云的枝叶，把它们移挖出来也不是件容易的事。

采几束鲜花回去吧！

春天的山坡，烂漫的杜鹃花、山栀花。春天的田野，满垄的野花、油菜花、紫云英……喜欢给草堂里那些坛坛罐罐换上新鲜的花，喜欢那种移花入室，顷刻间，满室添色增香的感觉，仿佛心情也能随之明亮生动起来。

有时我想，为什么我们会迷恋自然古朴的山村，沉醉幽静安然的古街古巷，是因为在我们的内心里还有着对青山绿水，满天繁星的向往吧。我们寻找一个适合自己生活的环境和住所，建造一个理想的房子和完美的空间，着迷于心中的一片小景，就是想给自己单调的生活营造一片斑斓，为生命赢得更多的明媚。

夜，终于收敛了白天的光亮，就像安静收敛了世界的繁杂。

这样的夜晚，如有二三好友一起品茶，那也是美妙不过的。静静夜里，轻柔的音乐萦绕在空气中，听茶壶在陶炉上嗞嗞冒汽，听友人叙述婉约生动的故事，闲散中，续一杯一杯醇香的古树茶，这夜里安静的味道不知不觉间就浓了。

而今夜，只有我和三草一起。他，在纸上慢慢地画着，我，坐在老旧的木椅上静静地看书。累了，我去看看他的画，他来翻翻我的书。房间里有安静的气息，有缠绵的味道，也有打发时光的寂寥。

春天里，雨夜的安静，刚好能收容一颗将老未老的心，刚好能沉溺一个将淡未淡的梦。此刻，多大多远多美的世界，都与我们无关。

　　清代张潮在《幽梦影》写道："人莫乐于闲，非无所事事之谓也。"其实，这里所说的闲，就是闲情逸致吧。

<blockquote>

一个小庭院，质朴有味，

几段故事，可咀，可嚼

每一盏茶，浅尝深呡

每一寸光阴，散淡流转

拉起卷帘，阳光进来

照见自己，安然

</blockquote>

再见，时光

冬夜听雨

一直喜欢秋天，只因秋的舒爽干燥。而今年的秋，颠覆以往对秋天的美好印象。眼巴巴盼着，以为这个周末不会下雨了，结果还是淅淅沥沥地下了一地的雨。秋深以后，这缠缠绵绵的雨，十几天来一直不紧不慢地下，仿佛已经成了这季节的主人。以为秋天里下够了雨，冬里该消停一阵子了，没想到还是无休无止的雨。

尤其是今夜的雨，滴滴答答，滴滴答答……不急不躁，不休不停。这单调，重复的声音像极了门前溪里那不断流经的水。如果不静下心来仔细辨认，就容易把雨声和水声混为一听。

滴滴答答，滴滴答答……这雨声水声交汇的声音填满了冬夜的清冷。

许久未听到如此纯粹的自然之声了。拂去心头的几丝烦躁，其实耐下心，在冬夜里临窗听雨也是一件难得的雅事。

临窗听雨，当你融入雨的情境，应和着雨声的节奏韵律，听雨也就成了一件欢乐的事。如果你把这密密的雨丝想象成成千上万根可弹可拨的弦，雨声中，就能听出琵琶的悠扬，古琴的清越，吉他的浑厚，古筝的空灵。如果你把这漫天的雨丝想象成一片森林，这滴滴答答的落雨声就是穿越在林中婉转的鸟鸣。除了这些来自心间寂然轰响的声音，烟雨中，莽山丛林，山川大地，世间的一切景色仿佛都已不复存在，只有这滴滴的雨声以及雨夜里呈现出的特别情绪。

临窗看雨，雨像一张巨大的磨砂纸朦胧了窗外的青山，阡陌、树影。临窗看雨，雨渐远渐近，总会让人想起一些诗意的情节，比如雨打芭蕉，比如小雨敲窗，再比如，看见一个丁香一样结着愁怨的姑娘，撑着油纸伞从小巷的深处走来。

那把买来不久的油纸伞，还挂在草堂的壁上。如果是天色将黑未黑的黄昏，我就会撑着这把油纸伞，到溪的对岸去。在石头老屋和五百多年的银杏树下，在卧了五百多年的弓形桥上来来去去地走。既然已经离开了城市的雨林，这样的雨天，就该踩着被雨水打湿的石块，吸着被绿植过滤的甜腻空气，把自己走成山村里的一道风景。

有雨的黄昏，透过蜡梅枝条的草堂灯光特别温暖。要是有人被这光亮吸引了，恰好这两扇上了年纪的木门又没关上，他就可以站在围墙的阶下，读着这副"琴棋书画诗酒茶，笔墨纸砚山石花"的对联，看着中堂里沈三草的大幅山水画，感受到草堂的书香之气。也可以借几枝蔷薇花作前景，举着手机拍下这庭院以及檐下著名作家莫言书写的"荷风草堂"额匾。

入夜了，可以邀些意趣相投的朋友来。在二楼的闻香室，三五好友盘腿围坐成席，每人沏杯热茶，再在茶几上点根沉香，有一搭没一搭地说着话。这样的雨夜，更适合打开手机蓝牙连上音乐，听博士音响里缓缓流出的静美梵音，任凭音乐伴着竹帘内袅袅的烟气和氤氲的水汽，慢慢淡了雨夜里的轻愁。品茗闻香听雨，这清冷的夜晚就会因为这美丽温暖的场景而浪漫温情起来。

今夜，一个人的雨夜，我慵懒地躺在床上，听满世界全是滴潺的雨声。这种被雨声敲出的清寂于黑暗中穿越而来，淡淡地飘浮在草堂的空间里，覆盖了所有尘世的声音。这样亲切而又熟悉的场景又让我想起了 W，一个喜欢雨，矫情又自我的女子。

W 是我的初中同学，天资聪颖，是深受老师宠幸的优等生。她玲珑娇小，坐在班里的第一桌，而我修长清瘦，坐在班级的末几排。我们心性相合，彼此互赏。可惜只同窗了一个学期，我就转学去了县城，以后就彼此疏有来往。

20 世纪 80 年代中期的某个暑假里。那年，她，十五岁。我，十六岁，我们在小镇的街头重逢。我们谈各自的生活，谈港台流行新曲

"月亮代表我的心"，谈喜欢的琼瑶言情小说《情深深，雨濛濛》，整个假期我们又亲密地走在了一起。她比我早一年考上了商校，她在宁波，而我在黄岩的一所农校，一周三次的书信往来成了我们最大的精神寄托。好不容易等到暑假了，我们一起看书，一起沉溺在琼瑶小说的滥情浪漫里。喜欢在雨中散步，喜欢共撑着一把伞走很多个街口，到城门头买骨头粥和蛋饼。喜欢雨中的诗意，喜欢在有雨的黄昏，一起慢慢走上寂冷的枫山。这种因为浪漫情怀而假想出来的一切美好感觉，让豆蔻年华的我们显得多情又特立独行。

她先我一年在椒江的城里工作了。周末，我从学校赶来椒江。不能出去的雨夜，我们一起坐在灯下打毛衣，粗大的棒针牵着白色的毛线在我们的手指间来回穿梭。一个晚上，我们就能联手完成一件短款毛衣。白色的毛衣，配我紫色的裙，她说这是她最喜欢最纯美最诗意的搭配。我记得，第二天我就穿着这件白毛衣拉着她在街上兴奋地走来走去。她最喜欢吃花生，我每次从黄岩来看她，总是带大包小包的脆皮花生给她。她吃着脆皮花生，总是笑着说这是世上最好吃的东西。

这样的雨夜，应该是她喜欢的雨夜，也是我欢喜难忘的雨夜。因为它不仅承载了我们美好的记忆，更把这段少女时就印在生命里的浪漫情怀带到如今的时光里。

工作、恋爱、结婚后，我很快回归到现实生活，变得充实而真实。而那个曾一度陪她走过六年爱情生活的男孩终于离开了她。他走了，而她依然还活在浪漫的爱情故事里。后来，她终于找了个男人把自己嫁了；后来，她又有了孩子；再后来，因为一些莫名的情结，她封闭自己，拒绝了所有的朋友。

年轻时以为最真的情谊，也在她得了抑郁症后的反复无常中，变得越来越远。少年往事中相识相知的一切美，就这样碎在了残酷的现实面前。夜深人静，我追忆着曾经的往事，依然难以释怀。我体会着她的痛苦，却已经无法彼此走近。这让我懂得，生活中，不是因为我付出了，认真了，就都可以得到圆满的答案。

岁月催着我们一天天老去，再也没有了可以任性挥霍的大把时光，再也没有了可以用来挥霍的无悔青春。多年不见的她，还是原来的她吗？如果她愿意，我真想帮她把 26 岁以后的痛苦生活全部清零。

老子说："万物芸芸，各归其根。归根曰静，静曰复命。"

这样的雨夜，我在山里的草堂，为她祈祷：让内心的安宁，重新成为她生命的福音。

再见，时光

银杏叶黄时

最是小芝红树林最美的季节，最是今年秋冬里最湿热的气候。12月中旬，牛头山水库边上，成片的红杉林终于在游人的盼望中叶红如霞了。

入秋以来，充沛的雨水让库区的水位不断上升，连岸边几块终年裸露的大岩石也被浸漫。水的对岸，红黄相嵌的小芝红树林景色，虽然还没过霜，终因节气的到来也被慢慢染成红色。水库管理站边上，来自各地的旅游大巴已填满了大半的停车场，路旁的小摊点加上如织的游人把本已狭窄的小路挤得满满当当。沿着库区到胜坑的破损山路也已修好，做好了广迎天下客的准备。

13日下午，沪上著名旅美喜剧导演平心远先生顶着一路烟雨，到访临海小芝胜坑村，来到了沪上台州籍画家沈三草先生的创作室"荷风草堂"。山色斑斓，烟雨笼罩中的小山村有着桃源般的静美，当几条家狗不声不响地尾随着平先生一行走过石桥到达草堂时，寂静的山村才渐渐显出生机来。或许是下雨的缘故吧，来村里游玩的客人并不多。要是在天气晴好的平常周末，溪对岸的小路上早该站满了拿着相机拍照的游人。

我家的草堂是这个村落里一处别样的风景，从溪对岸看过来，莫言题款的"荷风草堂"四字在檐下溢着文化味。许是知道有客人要来以示盛情吧，草堂外大朵的黄色蔷薇也怒放了。

人生多少尘埃事，何敌雅趣一处藏。一边参观草堂的厅室摆设，一边欣赏沈三草的作品，平老师禁不住连呼遗憾遗憾，昨晚要是住在这里该有多妙！

平老师是个真性情者，见二楼有个小闻香室，兴奋得连鞋子也顾不得脱，就往和风椅上盘腿一坐，合手闭眼作陶醉状了。风趣幽默，说笑逗乐，真不失为一位喜剧导演的本色。见平老师如此随性豪放，平易近人，随行的周总，柯老师也被感染了，草堂里一时笑声四起，顿时欢乐满室。

平老师现任上海滑稽剧团策划总监，他不仅是一位喜剧表演家，还是曲艺戏曲专场活动的导演。2009 年旅美深造的平心远被师弟周立波召回，共同策划了《立波壹周秀》。同时，他对书画艺术也有很高的鉴赏力。平老师说："从三草作品中看到了他的坚毅和坚守，这年代拥有这种坚持态度就十分难能可贵了，何况他作品的笔墨和思想已到达境界，期待有合作并进之机缘。"在二楼的画室，沈三草给平老师等人的画册一一签名。书识有缘人，画结知音者，艺术的流长离不开慧者的认可。

那日，又恰逢村头古银杏叶黄之时，每个来这里的游人都喜欢在老银杏下美美地秀自己。平老师也不例外，看到一树的黄金叶，兴奋地叫着与大家合影。有条老黄狗总是不即不离地跟在平老师身边，赶也赶不走。哈哈哈，这年头怎么连条老狗也知道追星。

踩着一地又厚又软的银杏叶，走过溪边被时光打磨过的老石块，平老师和我们一起参观了几个外乡人造在这个村落里的宅院。

虽是一路烟雨，匆忙走过，但山村的安静和美景却仍是让人流连。临走时，平老师哈哈笑着说，我还要来，不仅要在这里住一两天，可能还住上一个星期，一个月。

那看来柯老师的红楼美梦真要在这里再续了！

申时茶会

喝茶，是生活中一件再平常不过的事。

一撮茶叶，几口杯，一壶水，一个或几个人，就能坐着喝起茶来。

喝茶，又是一件最不平常的事。为了品得几口非同寻常的茶，有人上茶山亲自找茶，有人花钱囤茶，有人喜欢吆喝着与人斗茶。其实，对于一个真正喜欢喝茶的人来说，能遇上一款好茶，能遇上几个性情相近的人一起喝茶，那就是生活中一件美好的事情。

如果再能有一个幽美宁静的环境，在对的时间，用正确的方法，喝一场有仪式感的茶，以及喝茶时的闲情雅趣，更能使我们进到一个别样的境界。

五月二十二日，荷风草堂，有场"申时茶会"。

早几日，我们就已约起，到草堂去，到那个微雨就能生雾的胜坑小山村去。

初夏里，五月的花儿已开得繁花似锦，五月里的修竹也正翠绿成林。五月，一群走心的女子和男子因为茶要相聚在一起。

是日，天气晴好。在"荷风草堂"的园子里，老白宣的茶席已在草地上优雅地铺开，一丛透着清新雅意的兰花叶正从纸的一头伸到席上来，犹如给白宣的茶席绘上了画中的兰。席上有陶炉和铁壶相叠着互伴，青瓷的全套茶器应和着席上的黄色雏菊，清雅、禅趣，自然的流芳满溢着在阳光下荡漾起来。

要入得今日茶会，在古宣上签名报到是一个必不可少的环节。提笔、蘸墨，撩起衣袖，如古代女子淑淑然在白宣纸上签写名字。尽管心怯怯想着自己的毛笔字不太专业，但内心里还是喜欢入门前的这个腔调，因为握着毛笔的古典感觉有时想着也会让人醉。

窗下，一张老木桌旁，乐猪已拿着长柄竹勺给每个赴会者倒水净手。水夹着花瓣的馨香从手中又轻流回陶盆里。几朵粉色的花瓣飘着，在陶盆的山泉上，清澈中带着诗意。当我在飘满鲜花的水盆中看到自己的笑脸时，我知道，这一刻是让我与水先搭上脉，是让我随时做好与茶预约的准备。

似乎早已都准备好了，草堂的大厅内，原木的长条凳已在长桌前排好。盖着蓝印花布的长桌上，铺开了白色的长茶席，每个位上坐前各置一口杯、一盏酥油灯、一方纸，就等着品茶者入席。

参加茶会的人陆陆续续地来了，散坐在院子里、茶桌边、竹林下。大都是一些相熟的人，就高兴地打着招呼，兴奋地聚着一起聊起来。因为好久没来草堂了，又加上这次茶会草堂做了些场景布置，这些爱美的女子就喊着陈军和昔尼两摄影师不停地给他们留影。而在隔壁的大茶室，引茶师陈红正在忙碌地给几个临时客串的侍者演练茶会的各个流程。

下午三点，伴着引茶的音乐，"申时茶会"按时开始。在引茶师陈红老师的引导下，十五位茶人围坐着桌子伴着音乐开始进入醒冥状态。灯光暗了，埙声响起。仿佛来自远古的声音，瞬间从世外穿越而来。幽远、苍凉、空灵，萧平老师一曲朴拙抱素的《绵》，让我们的心顷刻间安静了下来。

引茶师陈红老师说，"申时茶会"讲究的是喝茶的时间和方法。申时，正是养生时，申时入水，能增加体内新陈代谢，有排废清体之用。申时茶就是在下午3点至5点，用腹式呼吸法喝茶，来平衡情绪和肌体，喝到身体动汗，达到身心通透愉悦。

当铁壶里的水沸起，滋滋冒气时，陈红老师手捻茶则，将触感紧实的7年老白茶轻轻跃入圆润而饱满的朱泥壶。不一刻，老白茶的香气氤氲着就在房间里弥漫开来。

众茶人闭目安神，沉醉在天籁的音乐和茶香里，开始进入一个静心养息的状态。

此次茶会每人将饮下不超过 500 毫升的水，随着茶艺师的引导，侍水者将为众茶人侍七杯茶来分饮。

跟随着柔和的音乐，大家渐渐放松了身体。陈虹老师开始引领众茶人用腹式呼吸法喝茶，在一呼一吸中感知身体中每个细胞的变化，渐渐感受茶与身体的对话。

我也啜一口茶，含着。呼气，肚子慢慢往里收，吸气，肚子徐徐往外鼓，一呼一吸、一收一鼓之间，茶从舌尖，再缓缓释放到喉头，然后带着欢快的情绪与身体互动着。这入口的茶轻缓流经喉咙，流经肺、心，再流到千经百脉、五脏六腑，犹如窗外溪里的水，穿过千转百弯的浅滩，再流向广袤的山川大地，滋润着万物。

不知不觉中，一杯，两杯的茶汤就下去了，紧接着后背就开始慢慢发热，三杯后，已是全身发热，毛孔打开。然后，汗从额头沁出，从鼻尖渗出，从手心发出，强烈的身体反应顿时让人觉得百脉畅通，全身淋漓。

抬头看草堂的客厅，竹叶在白墙上投下稀疏婆娑的影，长桌白茶席上盏盏摇曳的烛光打亮片片的花瓣，散发着虚幻的浪漫。再看十几位闭目沉醉在茶里的众友人，真有一种恍如隔世的梦境之美。

此刻，寂静是最恰最美的，仿佛连轻轻流淌在空间里的音乐也成了多余。

芸芸众生，念念生起，念念不绝。佛经中有"无生"一词，让我们有"一念"时，要如千年的开花，千年的绽放，不生杂念，不打妄想、不受干扰。而这一刻，我只想把心安在喝茶这个"念"上，任凭这个"念"占据我的感官、占据我的身体，并成为我生命的能量。音乐忽高忽低，茶香若有若无，就这样，我醉在茂林修竹、烛光摇曳的画境里不能自拔。

等到四杯、五杯、六杯茶毕，众茶人已是大汗淋漓。再等喝完七杯茶，已是感觉耳聪目明，神清气爽。正如文志茶友在分享中谈到，这茶汤裹藏着能量汩汩地流入身体，入口、润心、沁脾，感觉周身温暖通透而鲜活，有春雨润物之滋养，有恰逢甘霖之酣畅。与其说，我们在寻一种茶里滋味，不如说，我们在借着茶寻一处有古典风韵的情怀，寻一处心灵的皈依之地。

这时，我想起了当年赵州从谂禅师关于"喝茶去吧"的典故。

禅师在开坛布道时，对首次风尘仆仆远道而来的禅僧，说"喝茶去吧"，对常来寺院拜访他的禅僧，也说"喝茶去吧"，对侍奉在他身边心生多虑的院主，当头一喝，又让他"喝茶去吧"。从谂禅师是禅宗历史上震古烁今的得道大师，他认为真正的禅修不是神秘莫测的故弄玄虚，而是在日常生活中一点一滴的尽心修炼。他的"喝茶去吧"无非是让我们在生活中要面对当下，觉知事物中"念"的单纯，渴了就喝，困了就睡，炎热的天气有风就凉快，不要心生妄念思想。

在我看来，品饮"申时茶"，也是一种别样的禅修。它就是让我们把心性处在喝茶的安静状态，自然而然地吸气，自然而然地呼气，自然而然地让茶水通过喉咙进入到我们的身体进行新陈代谢。专注当下、安于当下，喝好"申时茶"，其实就是一次人生最圆满的修行。

我想，此次茶会，除了七杯茶带给身体的不一样力量，更重要的是在七杯茶里我们照见了自己宁静的内心。她，让我们在尘世中能自如地拿起、放下。

做一个最美的绣娘

日暮堂前花蕊娇

争拈小笔上床描

绣成安向春园里

引得黄莺下柳条

这是古代诗文里描述刺绣的美好诗句。那么在这个满目含春的六月，如何做一个美丽的绣娘呢？

其实，在五月里，我就在想象着一个有微风有斜阳的上午，能在草堂的窗下架起花棚，做一个美丽温婉的古代女子，右手捻一根针，神情安定地绣着棚子里的一块缎，一段锦，一角绫或一方绢，绣着一些美丽精致的图案，一朵娇艳欲滴的并蒂莲，或是双栖双宿的水鸳鸯。

这样的一幅画面，总在我的眼前挥之不去。因此，心里总在雀跃着期盼，盼望着这个六月里的一天，能和一群有着刺绣情结的女子，缘聚草堂，裙裾飘展，巧手绣袋。

在我的印象里，刺绣是一门精巧细致的手工活，且性情浪漫。刺绣艺术不仅能磨炼耐性，还能培养人的心性宁静。她不仅很中国，很美丽，更是一种抒情生活状态的心情和格调。它让人游走在空间和时间之内，在慢时光的静享中，按照心性的喜好创造属于自己的针指艺术之美。

我喜欢热爱刺绣的女子，温婉，沉稳，娴静。当她们拉着五彩的丝线，专注在一朵花的针法，沉醉在自己描绣的一朵艳花里，她们就是世上最幸福快乐的女人。

今天，在胜坑这个小山村，一个叫"荷风草堂"的宅院里，我披一身轻纱，和一群女子云集一起，来赶这场刺绣小集。兴奋中，我提着裙，踮着脚，学古代的女子在草堂的老地板上满心欢喜地莲步轻移。

此刻，在草堂的屋里厅外，展出了一些由"绣都"掌门人廖春妹收藏的众多老绣品。云肩、红裙、肚兜、虎头帽、涎兜、绣花鞋……它们悬挂在草堂的墙上、枝头，竹间，不停地在风中摇摆，就像是一个远古的风铃，诉说着绫罗绸缎、布锦棉线的美丽故事。从这些上了年岁的绣品上，我终于见着了被时光洗涤后锦衣绣品泛出的清冷悠远之美，也仿佛闻到了旧时光里小女子带着体温的脉脉温情。

院子里的溪石上，几个早到的清丽女子悠闲地坐着评赏裙中的刺绣。从茶室的窗台往院里看，枯枝上晒着的红肚兜正呼应着她们手里的红裙，温热的太阳又正给她们涂了一层容光，一幅精美的赏绣图就在这里完美地呈现了。

随着袅袅女子的陆续到来，安静的草堂渐渐喧闹起来，修竹中，芦苇旁，绿树边，书法前，画下，三三两两的女子散落其中，原始与古朴、文化与历史、场景与美女，勾勒了草堂一种独特的文艺之美。特别是两块雕花木板和沈三草苍劲隽永的书法"做一个最美的绣娘"组成的主题背景，以及背景下一副绷着黑色重工刺绣的长花棚，这种书画艺术与民间刺绣的场景组合赋予了文化一种特别的内涵

在刺绣历史上，宋代的绣画因达到刺绣中的最高境界而名垂青史。那时，文人士大夫喜欢把嗜爱的书画艺术用刺绣来表现，并形成各种刺绣之风。明代董其昌作品《筠清轩秘录》绣画，就是充分体现了宋绣特色之美。而此次活动的绣画主题，正可以让我们回顾经典，感受绘画和刺绣结合的一种文化之美。

这次的草堂刺绣，既不是绣一个荷包，也不是绣一件肚兜，而是在一个丝质的袋子上绣自己喜欢的图案。图案花样是国家一级美术

师、全国著名画家沈三草老师亲自设计的，有怡然自乐的雅士在闲庭赏花、有归隐山间的文人在静心读书、也有禅意稚趣的智者在观鱼论道……在刺绣前，来自"绣都"的刺绣女工早已把"花样"印在丝袋上，只等着美丽的绣娘们按图开针走绣起来。

还没到集合时间，一些性急的女子就拿着米色丝袋，撑好圆花棚，缠着刺绣女工教她们刺绣针法了。平针、别针，刺绣女工一针一线熟稔的手把手示范，看得旁边的人也跃跃欲试。

上午十点半，活动终于正式开始，从台州"绣都"服饰有限公司总经理、国家高级工艺美术师廖春妹的介绍中，我们了解到了台州刺绣的发展。廖春妹是"台州刺绣"的研究、创新传承者，她告诉我们，除了民间刺绣手艺的代代相传，二十世纪七八十年代刺绣的鼎盛是先由西方天主教堂舶来后，再作为妇女的谋生手段而盛行起来的。

打开记忆，儿时关于母亲刺绣的一些场景又清晰起来。

五月，栀子花开的下午，母亲经常伏在一个木制的长花棚上绣花。有时是一人，有时是和邻家的一个女人一起。有时绣的是一朵花，有时绣的是一只蝴蝶或什么。小时候，喜欢静静地趴在绣棚上，看母亲的手上下穿动着一针一线，然后，几瓣叶、几朵花、一两条鱼就这样栩栩如生地跃然布上。因为好奇，有几次我钻到绣棚底下，想看看绣布背面的图案，母亲总是狠狠地骂我，生怕针线不小心戳破我的眼睛。

在我的记忆中，母亲所学的绣花手艺好像只为谋生所用，因为除了赚钱养家，从没见着母亲为她自己或我们绣过什么。

倒是外婆的一手好针线活给过我关爱和温暖。小时，见过外婆一针一线给娃时的我缝制的白色绣花涎兜。月白色的粗布上，红花绿叶搭配出的小清新艳而不俗，百看不厌。那时物质也不丰富，物物相传还是一个很好的传统，老一辈人对后辈的爱，大都喜欢体现在衣物相拥的温暖中。

而这次在袋子上绣画，虽然绣品不能与肌肤亲密接触，但我们可以随性地背着它日行千里，远走他乡。

做一个最美的绣娘

喜欢作者三毛，既有闺中小女子的情意绵长，又有浪迹天涯的侠女气概。她也是一个爱"女红"的女子，她说"一向喜欢做手工，慢慢细细地做，总给人一份岁月悠长，漫无止境的安全和稳当。"在她与荷西生活的家中，随处都是她的"女红"布艺。我想，只要我们的内心足够强大，那么完全可以摒弃所谓的时尚名牌，穿着自己缝制的衣服，挎着自己刺绣的袋子，穿着有大朵牡丹的艳丽裙子满世界行走。

此刻，为了绣好这只心仪的袋子，你看草堂内外，窗下，花间，画前，门口、草地上、水池边，三三两两的女子围成一堆、二堆、三堆，她们手捻一根针，面对一条枝或一瓣叶，手捧圆棚心无旁骛地穿针走线。有些是一人坐在椅子上专注地绣，有些是母女俩轮流合作着绣，又有些是好姐妹围坐一桌安静地绣。

如果没有摄影师的走动声以及相机的咔嚓声，时光就该停止流动，空气仿佛也已凝固，只听见针线穿过丝布发出的咝咝声，犹如流淌在静寂时光里悠远琴弦的颤动，微微地让人心动。

在窗边，我看到身穿一身红衣的 jessie 正捧着圆花棚全神贯注地绣画，这种认真投入的神情让我想起了古代待字闺阁的女子，怀着向往幸福生活的小情怀，藏一腔期盼和雀跃，绣着火红嫁衣时的缠绵情景。

记得在一次"绣都"老绣品展览会上，曾见有这样的一幅照片。一座破败斑驳的老房前，一对结婚的新人正在红毯上夫妻对拜。画面上，泥巴驳落的斑渍老墙、黑压压的庆婚亲朋与脸遮红方巾、上穿绣花红袍、下着红裙、脚穿红缎绣花鞋的华美新娘，形成了强烈的视觉反差，新娘的嫁衣尤其显得美艳奢华耀眼。红红的嫁衣，红红的嫁娘，红红的日子，红红火火的生活，我情不自禁把"女红"这两个字，想象成了"女儿红"。

这一天，是女人一生中最喜乐最幸福最华美的红。为了做精做美这件嫁衣，呈现结婚这一刻的美丽，古时女子，大多从十一二岁就开始学做"女红"。平常人家的女子，学做"女红"刺绣，大多有谋生之长计。而在大户人家，除了琴棋书画，刺绣也作为富家小姐们的闺中才艺，只不过是悠闲时的一种消遣，是性情中的一种才情。但无论是富家小姐还是平常女子，为自己绣一件华美的嫁衣在结婚日展现最美的容颜和才艺，是当时每一个青春少女最美丽的愿望。

心想，如果 jessie 是旧时的女子，她一定是一位绣艺绝佳的绣女。今天，她就用 4 个多小时第一个完成了袋子上的"读书乐"绣画，并有幸得到沈三草老师的亲笔签名。

在当今这个浮躁的时代，能安下心专注一件事、静享一段小时光，已不是件容易的事。或许唯有深陷其中的人，才能体会到专注的快乐吧。正如用近 6 个小时完成绣画作品的张佼说，"过程很美好，我也可绣娘"，并且让我找回了"女人味"。

来自天台的美才女艮音说：草堂绣事，与其说是一场女工活动，不如说是一次美的感知和体验，让我们更多地认识到了人性之美、艺术之美和传承之美。

我想，当技术遇上艺术，当刺绣遇上"女红"情结，每一个刺绣的女子都会焕发出异样的光彩，都能在"做一个最美绣娘"的体验中感受到情结落地后的圆满。

做一个最美的绣娘

花和画的相会

"陌上花开，可缓缓来矣。"

虽然，我不是吴越王钱镠思盼着戴王妃早日归来，这天，我等在秋日的草堂，也盼着爱花的女子们身着华衣袅袅而来。

凉风起，花红叶黄，又是一年秋，离去年的草堂花事已是又一年。花仙子茱迪姐姐说，她的一些花友们，来过或未曾来过草堂的，好多人一直都心心念着到我家的草堂来，插花、赏画、听乐、拍照，想让许多美好事都能聚在一起乐享。

看来，回归传统，回归优雅，回归有品位的休闲、风雅生活，不仅是藏在某个人心中的小涟漪，而是成为大家内心激荡的呼唤。

于是，花儿与画儿、人儿就这样约上了。

草堂还是那个"荷风草堂"，只不过墙上的几幅山水画被换成了应题的瓶花。活动前又经巧手的花仙子花草树叶一布置，就会生出许多不一样的风景来。因为几枝一路剪来的红叶，草堂内"池塘"里的干桃枝上、青灰寂冷的石窗上就有了秋色。又在三草老师的一幅"花与画的对话"的书法旁，装点上一束一束生动灿烂的黄色跳舞兰，立马就是秋色满屋的欢娱景象了。

陆续赶来的女子，被桌上鲜翠欲滴的田园小蔬诱到，情不自禁地啧啧称赞。酥排骨的肉香一阵阵飘来，让几个跟随母亲一起来草堂活动的小家伙垂涎欲滴。开了一长桌的流水席，鲜花和美食当道，开饭时间已到，还是美食先上吧。

这次活动，难得有擅长笛、箫、埙的台州中学萧平老师有空也一同来助兴，带来一首近千年前南宋词人姜夔所作的一阙词曲《鬲溪梅令·好花不与殢香人》。今被萧平老师以箫声演绎，再现了作者荡舟湖上，思念爱花如花少女时情真意切的柔情。

无论是在文学诗词，音乐戏曲，还是美术绘画中，大凡情境里出现如花美女的，一概会从作品中生出许多柔情来。花如女人，女人如花，花和女人，自古文章里就有说不完道不尽的话题。

今天，当花与女人相遇，音乐带给人除了当下的听觉之美，更有了让人想象的梦幻之境。在这样的音乐情境里，茱迪老师对着桌案上的花篮，手拈鲜花即兴来了个中式插花。

中式插花，讲究圆通和谐。主枝、客枝和使枝被谓为天、地、人，枝与枝之间讲究呼应，枝与叶之间注重和谐灵动。

茱迪老师边插花边向众花友介绍：主枝是"主"。象征领袖、父亲，是作品的灵魂，是稳定插花主题的重心。客枝和主枝相表里，扶持主枝成势。使枝的活动范围大，是一篮花里最长的一枝，线条优美灵动，像这次我们就采用了飘逸的雪柳作为使枝。通常情况下，主枝、客枝、使枝之间的长度比例为3：5：7。

除了三主枝之外，还有从枝，主要是围绕着作品的主题、氛围作陪衬之宾而已，如我们这篮插花里的紫色孔雀菊，就是从枝部分。

茱迪老师说，插花，是一门艺术，一种文化，除了能锻炼大家的艺术审美，还能激发大家热爱生活的态度。每一朵花，都有自己的生命表情，一张一合，一荣一枯。爱她，才会用心去珍惜她的美丽。爱她，面对每一朵花才能闻到其散发到生活里的特有馨香。

美丽的鲜花尽管娇媚可人，但终究鲜不可藏。同样一篮花，如果用另一种形式来表现呢？

中国著名国画家沈三草现场就用一管墨笔写生绘画了这一篮花，不但凝固了这一篮插花所蕴藏着的蓬勃生命力，更赋予了这篮插花另一种艺术美。

沈三草说，绘画、插花其实都是艺术，他们之间有着相通的美学要素。绘画和插花一样也讲究空间布局、疏密处理、色彩搭配等艺术技巧。空间布局落实在绘画上就是如何在纸上确定主体给画面构图，然后做好主次的疏密留白处理。而落实在插花上就是处理好三大主枝的长度比例关系和方向把握，做好空间内的立体构图及枝叶部位的疏密处理。一幅画要有一个主色调，因为这决定了一幅画的格调气息。比如，这次的插花是以绿色调为主，有深深浅浅的绿，最配以白色的百合和冷色调的紫色花朵，因色系和谐统一，所以，同样依此色调画成这幅画，看去还是清雅自然，仍有点"虽由人作，宛若天成"的自然气息。

一次花事活动，不仅让我们了解了插花的流派、流程和技巧，更重要的是掌握了艺术的艺理、懂得了审美的情趣。

面对一盘亲手插成的花，有惊讶，更有喜悦。惊讶的是平日不太拈花惹草的自己，也能让那些连名字都叫不上的花草在自己手中变得雅意荡漾。喜悦的是，插花让我们学会了审美，知道了静下心能与每一朵花对话。

安静而美好的秋日下午，空气中有轻缓的二胡声流淌，是国家中级二胡演奏员春泥小猪在边上拉起了一首《睡莲》曲，二胡声中沈三草在纸上勾勒出的笔墨鲜花，呈现了鲜花超越时空的另一种生命姿态。

这画里的一篮花，她不是简单的复制，而是画家吸墨落笔，一点一线，用安静的心和熟练的技法展现出插花的水墨神韵。

生活中处处有艺术，花有花样的美，画有画境的雅。作为女人，当然，首先要懂得，非唯我爱花，花亦爱我也。许多时候，不仅要有戴花的心情，更要有插花、赏花、入画的心境。

在生活中，每个人都有自己的场，《红楼梦》里林黛玉爱花惜花有伤感的柔弱之美，奥运会上游泳健将傅园慧有用尽洪荒之力后仍谈笑风生，率真可爱的魅力。许多时候，过怎样的生活，做怎样的人完全取决于自己。

蒋勋说："每个人的心里都有一个'兰亭'，每个人都有自己的生命情怀。"我想，无论是大浪漫，还是小情怀，只要心中有诗情画意，我们的生活天天就是"兰亭"。

再见，时光

草堂外，门前的溪水经年不断地流着，除了滋养着溪边的花花草草，仿佛与草堂已成了相守相望的邻伴。

今天，草堂内云集的美女，把欢快的氛围从庭院里的草地延伸到院墙边的腊梅，再到溪边的花，现在似乎又已经漫延到满溪的绿水中了。

日已西斜，然这些余兴未了的女子，仍提着一篮篮花沿着门前的溪石，又袅袅着踏歌去了。

学会用诗意的眼睛看世界

记得去年时，有次与梁英老师在草堂谈到少儿阅读，谈到在家庭教育中，家长的阅读审美会直接影响到孩子的阅读取向，影响到孩子的人格修养。我非常赞同她以诗歌教育的形式来引导孩子关注生活中的美好事物，来表达真实情感的主张。

上半年，当我在"江海诗歌"的公众平台上又一次听到她和女儿母女中英文共同朗诵英国诗人史蒂文森的一首小诗时，就萌发了在"荷风草堂"举办一次少儿诗歌课堂的想法。她那个5岁的女儿洛洛不但能用英文朗诵诗歌，还聪明乖巧、善解人意、又知性十足。其实小洛洛的优秀成长就是她诗化教育的一个成功案例。都说父母是孩子最好的老师，我想，趁秋还未深天还不冷，那就召集些用心的爸爸妈妈们来草堂，体验下儿童文学作家梁英老师的诗情和沈三草老师的画意吧。

刚开始报名是想限在20个家庭以内的人数，没想到开课当天竟来了25个家庭。反正中午是各家自带特色美食的聚餐，反正已向邻居借足了长条凳、小竹椅，反正来的好多是小朋友，不够坐，那就在地上铺张毯子，让她们自个人盘腿去吧。幸亏草堂也习惯了挤，50多人把大门厅全满满地填上吧。

其实，这次活动我最担心的是这一群在城市里长大的熊孩子，是否会被草堂前面的溪水溪鱼，石头野果吸引后野得收不住。幸好有随行的爷奶爸妈跟着，他们在院子里的草坪上和公鸡们一起扑腾一阵子就回屋了。

因为大多的家长没有接触过诗歌，总以为诗歌是高深不可亲近的。所以刚开始听梁英老师讲课时，我看大多家长和孩子的表情都是比较严肃、拘谨的。

其实，那天的讲课是从共读一首优美的儿童诗开始的。

半圆月

【西班牙】洛尔迦

月亮在水上行走，
天空是多么澄净！
河上古老的涟漪，
慢慢地织起皱纹。
一枝年幼的树枝，
以为月亮就是一面小镜。
……

当大家刚开始跟着梁英老师朗读时，都还有些不好意思，都不敢大声念出来，但随着几首诗念下来，孩子、家长、老师的声音就合在一起，慢慢地就变成了整齐的高声朗诵。这下孩子们的诗感来了，诗兴来了，接着诗情也就来了。

棍子上的屋盖

【意大利】罗大里

我给你写首诗讲讲下雨：
下雨天大家都躲在家哪也不去。

我可拿小棍子顶个屋盖，
走到东走到西，自由自在。

尽管那倾盆雨哗哗地下，
尽管那阵头雨劈劈啪啪。
尽管那黑绸的屋盖上滴滴答答，
我简直压根儿不去理它——
我这个小屋盖，雨穿不过。
我就在雨声中，唱我的歌！
……

　　特别在朗诵这首韵律感很强的诗歌时，我看见每一个孩子歪着头，咧着嘴、兴致勃勃地边念边笑，仿佛都沉到诗的欢乐情境里去了。

　　尽管冷空气南下，室外的风有点大，吹得爬在墙上的凌霄叶子沙沙地响。而房间内因为大家读诗的热情高涨，抑扬顿挫、声情并茂的朗诵声回荡在草堂的角角落落，更显得热气腾腾。

　　梁英老师说，学习诗歌，不仅要背，更要读。除了背那些经典的唐诗宋词，还要引导孩子去读儿童诗。因为儿童诗贴近孩子的生活认知，读诗，又更容易引发情感上的共鸣。通过读诗，让孩子从自己的生活里找到有情趣的东西，生发出诗意。

　　是刚才响亮而有节奏的朗诵声挤过关着的两扇雕花老门，溜到外面去招人耳目了吧，不然怎会有这么些游客扒着门缝在向房里偷窥呢？

　　这时，烧菜的厨房里飘来了阵阵麦饼的甜香，孩子们已经开始心猿意马了。梁英老师正讲到美国诗人、插画家、作曲家、乡村歌手谢尔·希尔弗斯坦的诗，说他的诗想象奇特，有趣味韵律、生动活泼，还有能博孩子一笑的幽默。于是，她就让大家一起念一首谢尔的诗：

经常撒点胡椒面

经常往头上撒点胡椒面，

经常往头上撒点胡椒面。

如果你不幸被野人活捉，

卖给衣衫褴褛的老巫婆，

她把你抓起来闻闻，

想把你炖成汤喝。

她会"啊啾"一声打个喷嚏，

"天哪，你太辣了！"她说，

"恐怕和我的口味不合。"

她会大叫一声把你扔出窗外，

你就此从那里逃脱，

很快安全地回到家里，

坐在椅子上多么快乐！

只要你经常经常经常经常

经常往头上撒点胡椒面。

……

读完诗，刚才被饼香诱惑得蠢蠢欲动的孩子们，这下又被这首胡椒面的诗歌逗得欢笑无比了。我想，在生活中，我们如把读诗变成一件孩子快乐的事，快乐的事情孩子喜欢了，做喜欢的事，孩子就会变得越来越快乐。

在讲课过程中，梁英老师告诉我们诗歌创作的方法有许多，如：比喻法、拟人法，反复法、描述法等。诗歌创作的技巧也有很多，如：押韵、呼应、转意、诗眼等。但是认为一些初学者，完全可以通过模仿培养创造力。她说，"模仿"总被认为是不好的，但小孩子的成长，如走路、吃饭、穿衣、学习，画画，哪一样不是从模仿开始呢？儿童诗的创作，完全可以从模仿自己喜欢的写作结构，语言风格，创作手法开始。

学会用诗意的眼睛看世界

当有人问诗从哪里来，我觉得诗从想象中来。当梁英老师给了孩子们一个圆，问他们圆是什么？圆像什么？其实这就是对孩子想象力最好的启发，灵感最大的促发。我想，儿童诗有儿童诗的趣味，就是因为孩子能以孩子的角度、思维去发现他们世界里的美。如果有灵感，如果不及时捕捉、记录它，灵感就是一道来无影去无踪的闪电，最终什么也没留下。

我从没想到一帮满地乱扑腾的小孩子，能在参加一堂儿童诗歌阅读课后能现场创作诗歌，但偏偏是这些小孩子让我们惊讶了。在梁英老师的适度引导下，他们每人拿着一张纸，有的趴在凳了上，有的趴在地上，都埋头创作去了。10 分钟后，在场的近 20 个小朋友除了非学龄的三四个孩子没写出诗歌，其他的都完成了现场创作，有的甚至还创作了 3 首。10 岁的屈小雅凭着对荷风草堂的印象，就写出了一首清新的小诗。

我是一座房子

屈小雅（10 岁）

我是一座房子
青青的砖
花花的窗

我是一座房子
白白的墙上挂满了画

风过来了
偷偷地
透过门缝挤啊挤
笑迎过去了
朗朗地
绕着房子转啊转

花绽开笑脸

伴着风跳着圆舞曲

孩子们乐啊乐

诗是快乐的乐园

我是一座房子

我叫荷风草堂。

这首"情景交融"的诗，是屈小雅把对草堂活动的感受通过诗歌语言形象地表现了出来，既抒发了她的情感，又让大家感受到了她洋溢着童真童趣的愉悦情景。

这次的儿童诗课堂，如果说是因为孩子学诗而来，其实是家长们借了孩子的光，也蹭了一堂生动的诗歌课，果果他妈晓萍收获就很大，也现场即兴来了一首诗。

刚刚获得诺贝尔奖的鲍勃·迪伦也说过："我认为，诗人，就是那些不认为自己是诗人的人。"

就是我国最早出现的一部诗集《诗经》，她在内容上分为《风》《雅》《颂》三个部分，也就是一部歌谣、雅乐、乐歌的集锦。包括后来出现的唐诗宋词、汉赋元曲，大都也来自生活中诗人自己对生活的各种感受。其实在生活中，许多的灵感有时也像蒲公英的小伞，喜欢随着风任性的飞，我们一般对她置之不理，或让她来去自由，从没想到要把她聚结成美丽的文字，在纸上生根发芽。

学习诗歌，就是告诉大家要敢于靠近诗歌，敢于展开想象的翅膀，敢于用诗意的眼睛来发现我们生活中各式各样的美，捕捉神光闪现的灵感，真正做一个诗意的快乐的人。

但是，还得提醒下各位家长和孩子，切不要把一个句子拆开，分成几个字、几个段，就认为自己在写诗了。诗有诗的语言、诗有诗的韵律，诗有诗的意象、诗有诗的意境。多读好诗并学会在诗里寻找诗的美感，那才是重要的。

学会用诗意的眼睛看世界

家长的阅读审美很重要，家长的眼界有多高，提供给孩子的文字就有多好。阅读是吸纳，写作是表达，如果我们的孩子能读到许多好的诗，如果我们能创设一些情境，让孩子也尝试着去写一写诗，你会发现，孩子其实就是天生的小诗人。

　　诗歌是思想的翅膀，它通过文字的足迹，可以让心作一次次美丽的飞翔。我们培养孩子的美学观念可以从诗歌入手。我想，只要我们教会孩子用一双诗意的眼睛看世界，那么他们看到的世界将是最美的世界，就如美国诗人惠特曼曾经写过一首诗：

有一个孩子向前走去

有一个孩子每天向前走去，
他看见最初的东西，他就变成那东西，
那东西就变成了他的一部分
……

阳光地带

我打开草堂大门，迎面扑来一股凉意，原来是这草堂内被囚了好些天的空气迫不及待地冲出来与我拥抱了。我拉开客厅的窗帘，阳光透过窗棂如花朵般怒放在地板上，突然开出一片阴柔的窗花来。来到草堂与美丽的窗格影子不期而遇，这是一件多么让人快乐的事情。

多久没关注影子了，自己的，别人的，或者是某个物体的，总是在等岁月匆匆流过时，才发现许多日子悄然过去竟然不着一丝痕迹。这个上午，仅仅是因为地上这个窗格投下的淡淡影子，却让我有了一份怦然心动的欢喜。

为什么我们会那么喜欢阳光，我想，除了它能带给我们温暖、光亮，更重要的是还能带给我们意想不到的美丽影子。哪怕是瞬间即逝的影子，只要曾经投射过，总会在记忆中留下一些烙印。就像我们有时去做许多看似劳心劳力又无用的事，就因为心中有阳光的照耀，才投射给人们无上美好的心灵感应。

今天，会有台电文学协会的一些文友会到草堂来，我带着阳光般的喜悦在草堂里忙着插花、擦桌、铺台布。踩着草堂地板上窗花的影子，竟让我有种步步莲花的喜悦。

天气晴朗，阳光正好，在清理打扫园子的时候，突然想到了一首杨万里的诗：

园花落尽路花开

红红白白各自媒

莫问早行奇绝处

四面八方野香来

也许是缘于好心情，草堂里这冬日的园子也让我生出了花香满园的春天感觉。

恰逢小芝的红树林当红，村头的老银杏叶黄时，今天又是双休日，进到山村里来的游玩者络绎不绝。尽管隔着一条溪，还是有好多人踏着溪石进到草堂来参观。好不容易送走一拨又一拨的客人赶到农家乐与台电的文友们见面，已经是大正午了。

这次活动中参加的人员，除了老莫、江仲民、沈璐等几位认识的文友，大多的年青文友还是第一次见面。老早就知道台电有个文学社，有一本名叫《海岸线》的文学刊物，有段时间刊物发行时总会给我寄上一本。后来在报社工作时经常有台电的作者向我们投稿，刊物上有些作者熟悉的名字也会出现在《今日椒江》的副刊上，因此与台电的文友见面时就多了一份亲切。

所以当文友们一起坐在草堂的茶室里就着"文学的创作与生活"这个主题侃侃而谈时，一切是那么自然而然。

台电文学社写诗歌的江仲民认为，诗歌是小众的艺术。纵观数千年来，无论是西方的《伊利亚特》《奥德赛》，东方的《九歌》《梨俱吠陀》，在那个时代，在多数人看来，都是晦涩难懂的。但在今日，我们基本上都能轻松地理解，这说明诗歌具有一定的超前性、小众性，并且只能被小部分人所真切体会。

他说"洛阳纸贵"的诗歌不是不好，而是作为作者一定要听从自己的内心，沉下心来写诗、写好诗，努力保持自己的独特性、完整性。摆脱一些不必要的束缚，挣脱约定成俗的固定思维，不要在意别人的看法，只要你感觉写出的诗你喜欢，能愉悦你，这就是对的。至于你到底写了什么，要表达什么，这些问题就交给评论家来完成吧。

写小说的沈璐是两个孩子的母亲，她说虽然当前养儿育女的生活和成天写八股文的工作现状磨掉了她许多写小说的热情和激情，但内心里依然有创作的欲望，有在生活中慢慢积累经验素材的想法。她说小说创作于她而言，好比精神世界的岛屿。一个孤独的舞者需要舞蹈，比舞台需要舞者，更能激发他的创作与激情。一个人只有不停止地去学习，将视觉的、听觉的、味觉的、触觉的，甚至痛觉的种种感官都打通，并呈现出来，小说的角色才能从平面走向立体；一个人在生活中体验得越多，思考得越深，就越能将故事讲得生动和感人。

同是写小说的殷俏威则认为：小说创作一开始由创作的冲动引领，一定的过程后，小说创作更多的是一种思考，是一种讲故事的能力和技巧。

写散文的我则认为散文最可贵的是真。一个真正的作家，他首先是他自己生活思想的真正主人，然后才是一个作者。他们写自己遇到的、看到的、想到的真切感受，才能不空洞，才能用真情实感打动自己也打动人。我认为，除去那些伟大的使命感和责任感，写散文的意义更多时候是为了取悦自己和释放自己的情绪。

在聊到散文的话题时，台电文学社的冯珍妹说，灵感稍纵即逝，写散文要勤动笔，有所感、有所思就要马上写下来。她说在台电文协，写散文的人比较多，但创作却不是很积极，有时还要等到向大家催稿子了才开始动笔，这样就容易失去第一时间记录真情实感的热情。她指出，特别在写游记散文时，切忌写成流水账，应该把当地的风土人情、自然景观以及自己旅行途中的感受，都融入到文章中去。这样就算是去城市旅行，也可以写出鲜活饱满的文章来。

末了，大家也谈到对网络文学的关注。近些年，因为网络文学发展很快，充塞在网络上的作品难免良莠不齐。理解网络写手日写几千上万字靠烧脑生活的艰辛不易，佩服他们强大的韧性和精神耐力时，作为一个写作者，既要分得清是非，又要能甄别作品的优劣，不被那些被大众热棒，由许多写手联合拼写如流水线生产般制作出来的近百集电视剧剧本迷惑。相信真正纯粹的文学一定不会被金钱和利益绑架，依然崇尚着人间的真善美。

不知是西斜的阳光透过窗棂照到大家脸上有些热乎，还是因为这个有点神圣的话题交流让大家有些激动，坐在草堂的茶室里大家吃着聊着不知不觉就过了一个下午。

金钱可以让人穷奢极欲地庸俗苍白，也可以让人悬壶济世般地高尚丰富。而今天我们离开物欲横流的城市，坐在这不奢不华简朴自然的山间草堂，拥抱着满室的阳光，敞开心扉谈纯粹的文学，聊关于文学的那些事儿，依然能感受到内心欢喜带来的快乐。

这样的欢喜，不仅仅是因为我们内心里还有一种情怀，更是因为对心中热爱的文学分享后带来的快感。

回 向

月光下，一溪白水。

夜晚，水是安静的，山是安静的，村庄也是安静的，而我的心却无法安静。

在这个叫作岙陈的小山村，我终于有了一幢属于自己的宅院。这块被我租来享用 30 年的土地，在成为我的房子之前，曾是一片橘园。更早些，是一陈姓人家的住户。有年水库移民抓中阄，他们就搬离了这个村庄。

现在，我居住在他们曾经的家园，和我的画家夫君一起偶尔在这个山村里过着文艺的乡居生活。

这座乡村宅院，被我们谓为"荷风草堂"，是集我名中的荷，儿子小名中的风，以及夫君名中的草字组合而成，寓有和合美好之意。我们一起邀友人习书画、品佳茗、观荷风、听泉声、归田园、种桑麻，只是想实现一个梦想中的桃花源，体验一种牧歌式的现代田园生活。

"荷风草堂"，是夫君沈三草的绘画殿堂，也是我的文学净地。"荷风草堂"是我们的精神高地，更是我们梦想开花的地方。

26 年前，我和沈三草相遇。21 年前，我们因着文学和绘画一起步入婚姻。红尘中，磕绊相偕着一路走来，只为彼此的一句"执子之手，与子偕老"。

如今，我们营建"荷风草堂"，就是想让更多性情相近的人，因为文字，书画，设计，收藏，插花，摄影等雅趣而相聚在一起。

去年，我们开通"荷风草堂"微信公众平台，最大的愿望就是能以文会友，论艺谈心，让和我们性情相近的朋友能一起彼此支持，互相照见，一起快乐地优雅，美丽地高贵。

因为在我们的内心，总不忘追求一份质朴平实而又不失诗质光华的生活。我想，只要没有战争，无论我们生活的周围是如何喧嚣与躁动，总有一片安静的角落，任我们循着心迹去寻找自己的影子。

太阳出来了，影子出现了。太阳下山了，影子消失了。影子曾经来过，但却从未存在过。生活中，我们忽略影子的存在，就如同忽略心性清明的存在。必须在驻足回首的瞬间，在知觉中被观照着。因为没有了知觉，生命中便什么也没有存在过。

台湾女作家龙应台说："思想需要经验的累积，灵感需要感受的沉淀，最细致的体验需要最宁静透彻的观照。"

在我42岁的时候，当我终于明白这些道理，终于决定必须舍弃生活中一些浮华，开启一场无悔的心路。我就和夫君一起建造了"荷风草堂"，以文艺的名义，重聚生命里一些新的因缘，闲里看花，静时观水。那么，即使在忙碌的现实中找不到安静，至少还能保持一份心灵的恬淡，守望着自己的精神家园。

这个决定，似乎是一念之间，又似乎是水到渠成。它，于我，是诗化生活的象征，更是老宅情结的落地。而于我夫君，则是城市归隐田园创作状态的尘埃落定。我们希望，这种文艺模式的开启就像调养身性的瑜珈，在调养身体的同时，更能调整固有的一些生活习性。

以前，孩子还小，每天接送孩子，做饭，工作加班，整理凌乱的房间，每天总感觉有许多事没做完。匆忙的生活节奏常常让自己深陷在生活的琐事里不能自拔。

随着儿子的渐渐长大，放手也已成为难以回避的必然，走心就成了生活中越来越强烈的念想。就如一杯不断晃动的水，终归有一天要沉淀下来，透出其原本的水色和本性。

在过去20多年的时间里，我在那个看似风光的行政堆里麻木地转呀转，直到有一天我才发现，我所做的一切于我人生价值已偏离的很远很远。于是，所谓的"荣辱"之感渐渐消散，任何的仕途欲望也慢慢地消退，有一个强烈的愿望，就是想找回一个安静的自己，做着自己喜欢的事情。

我想，生命也是有段落的。有些属于柴米油盐，有些属于奋斗打拼，有些属于风花雪月，有些属于生老病死。有时可以随波逐流，有时也要积极上进，有时又要任性妄为。乘着将老未老，先把那个最真的小我，活成最大最任性的自我吧。

感谢生命中每一次出现的机遇。难忘的2007，报社工作和台州博客的开通让我重新续上了文学之梦。

记得，是在椒江区新闻中心，那时我分管副刊。是《今日椒江》这张报纸复活了深埋在我内心的文学细胞。当报纸上那些散发着油墨清香的铅字每天在我的眼前呈现，心里那颗不安分的文学种子又开始跳跃。2周一次副刊约稿，台州博客的上文，除了同事编辑鼓动，更有一批热心的读者支撑了我对文学的热情，激发了我重新创作的动力。

每个人的生命中都有贵人，我也一样幸运，仕途也好，文学之路也罢，他（她）们出现在我生命的某个阶段，总是帮助我沿着梦想的方向前行。

感谢组织的各级领导，每次调动都让我的人生更加丰富，并且能衣食无忧。感谢薛勇、钱国丹、王安林、王寒、徐杏菲等文朋师友的鼓励肯定并帮助，让我的文集出版能够梦想成真。

在我过往的岁月中，生命中最挥之不去的还是关于老宅的情节。自从有一天被母亲唤着去参加了送别祖宗的祭礼，自从知道了生我养我的老宅已被城市的推进拆除无痕，无根的记忆总是在一些寂寥的夜晚蔓延着纠缠。我写老宅，写老宅里年少的我和那些远去的尘封往事。我想挥手作别那些远去的时光，那些无法续写的生命断章，但是，这种寂然的纠缠，却成了一种强烈的念想潜伏在心底，成了我一次次走回乡村的诱惑。

　　基于"老宅情节"于我现在的"荷风草堂"，以及今后生活的非凡意义，我把该系列文章的标题"再见，时光"作为我此文集的书名，以此"回向"给我至亲的亲人以及和我一样有着老宅情结的人。